MOZART

Jean-Victor Hocquard

Solfèges
SEUIL

La première édition de cet ouvrage a paru en 1959
dans la collection « Solfèges ».
La présente édition, revue et augmentée,
comporte une nouvelle discographie et une bibliographie mise à jour.

Couverture : photo G. Dagli Orti ;
Société des Amis de la musique, Vienne.

ISBN 2-02-019455-4
(ISBN 1re publication 2-02-000228-0)

À la mémoire de Paul Villemont de Séligny

Vue de Salzbourg avec la forteresse. Mozart passa les deux premiers tiers de sa vie dans sa ville natale. Peu à peu, il la prit en exécration, à cause surtout de la morgue de son employeur, l'archevêque Colloredo. Il s'y fit pourtant de bons amis, parmi les aristocrates qui le choyaient et les notables bourgeois qui le respectaient. Mais la vie musicale y était si confinée qu'il finit par y étouffer. La ville est fort belle et reflète des aspects essentiels de la musique mozartienne. (Arch. Mozarteum, Salzbourg.)

PRÉLUDE

Le bicentenaire de la mort de Mozart eut un retentissement auquel personne ne pouvait s'attendre. Certes, comme à l'occasion de célébrations de cet ordre, on peut regretter qu'il y ait eu du déchet : on applaudit par snobisme, on profita de l'aubaine pour se mettre en valeur comme interprète ou comme musicographe, il y eut une véritable inflation de littérature dans des numéros spéciaux... Mais tout cela compte pour bien peu à côté de la lame de fond qui a soulevé une

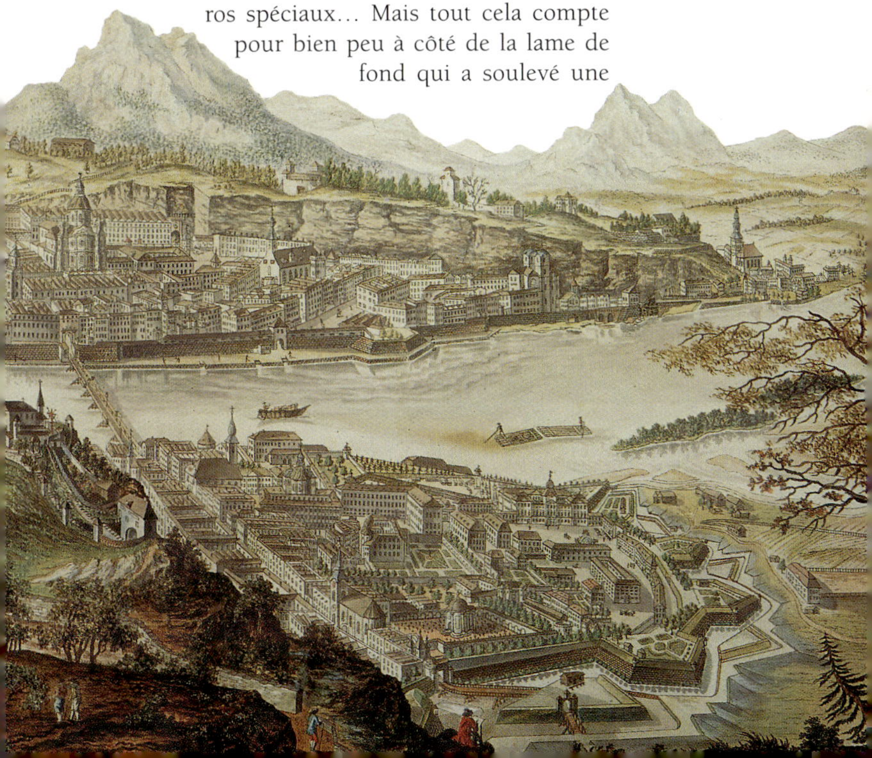

masse d'auditeurs sincères et sans arrière-pensées. Le moment le plus impressionnant à cet égard fut, le 21 juin 1991, la Fête de la musique, où des dizaines de milliers d'enfants, aû théâtre d'Orange et par toute la France, vibrèrent à l'unisson, médusés par le charme mozartien.

Cela permet de mesurer le chemin parcouru depuis deux siècles. Car l'accueil qui fut réservé à la musique mozartienne a considérablement varié au fil de la succession des générations.

La démarche, dans l'ensemble, a été la suivante. Pour commencer, pendant tout un siècle, Mozart apparut comme le dernier représentant de l'Ancien Régime musical, comme l'auteur très raffiné d'œuvres badines et galantes. À la fin du XIXe siècle, en réaction contre les nouveautés audacieuses d'un Wagner, se répandit l'image stéréotypée du « divin petit Mozart », directement inspiré du ciel. C'est pour lutter contre cette figure de bonbonnière qu'on découvrit, au début du XXe siècle, un tout autre aspect, celui d'une gravité, d'un pathétique, d'un démonisme inquiétant. On admire alors Mozart pour avoir pressenti les orages tumultueux d'un Beethoven, les harmonies hagardes d'un Schumann, les abîmes mouvants d'un Wagner... Arrivé à ce stade, on passa d'un extrême à l'autre : on écarta les œuvrettes gracieuses qu'on flétrit du qualificatif de « galantes ».

Avec le recul que nous avons aujourd'hui et grâce aux travaux si intuitifs des grands mozartiens de la première moitié de notre siècle (Georges de Saint-Foix, Hermann Abert, Alfred Einstein, pour ne citer que les plus marquants) nous voyons combien ces conceptions sont tendancieuses et déformantes. Il n'y a pas, dans la carrière musicale du Maître, des « manières » successives. Il n'est point parti de la galanterie rococo pour aboutir, par un enrichissement progressif, à la « grande » musique – entendez par là celle des grands romantiques allemands. Tout au long de sa vie il a continué à produire de la musique gracieuse et légère. La *Kleine Nachtmusik* est contemporaine de *Don Giovanni*, la *Sonate facile* K. 545

■ Cet enfant, parmi les musiciens lors de la cérémonie du mariage de Josef II avec Isabelle de Parme, pourrait être Mozart. La peinture est de Martin Meytens (1695-1770) et date de 1763 (détail). Mozart avait sept ans. (Château de Schönbrunn, Vienne.)

Il m'est déjà souvent venu à l'esprit de comparer nos musiciens avec les œuvres des jours de la Création.
Le chaos – Beethoven.
« Que la lumière soit ! » – Cherubini.
« Que se forment des montagnes ! » (grandes, mais en lourdes masses) – Josef Haydn.
Des oiseaux chanteurs de toute espèce – L'École italienne.
Des ours – Albrechtsberger.
Des reptiles – Gyrowetz.
L'homme – Mozart !

Franz Grillparzer (1791-1872).

fleurit au pied de la grande *Symphonie en mi bémol*. Plusieurs œuvres qui avaient été situées par Köchel en 1778, à cause de l'influence « galante » qu'on y trouve, ont dû être reportées à des dates ultérieures. Ainsi l'*Allegro pour piano en sol mineur* K. 312 est à présent daté de 1790. Les trois sonates pour piano K. 330, 331 et 332 ont été récemment reportées, pour des raisons graphologiques incontestables, en 1783-1784. C'est donc un fait que Mozart a continué à écrire de la musique dite « légère » après son installation à Vienne en 1782. Pourquoi ? Les raisons d'opportunité qu'on met en avant (commandes pressantes, pièces écrites pour élèves débutants, besoin de rattraper un public rétif aux innovations) ne comptent pas ici : Mozart n'était pas homme à faire des concessions sur le plan de la qualité. Ces œuvrettes sont de la même venue que les grandes pièces tragiques. Elles sont aussi « mozartiennes » les unes que les autres.

Ne nous arrêtons donc pas aux aspects. Allons à l'essentiel, à ce qui est proprement mozartien.

Sans vouloir rien définir *a priori*, nous utiliserons ce mot simplement pour désigner quelque chose dont la présence est incontestable. Cela se retrouve partout dans son œuvre, de la messe solennelle au petit cantique maçonnique, du concerto à la sonatine, de l'opéra au lied. Quelques mesures suffisent : à tel contour mélodique, à telle inflexion rythmique, ça y est !... on reconnaît la présence de quelque chose d'unique. Et ce quelque chose est trop vaste pour être la marque d'une individualité et pour être le signe d'une époque. On ne peut réduire cela en formules, car c'est inimitable. On ne peut pas non plus le ramener à un style, car, malgré l'adéquation parfaite de l'expression, cela est trop translucide. L'analyse n'atteint pas jusque-là : c'est trop synthétique, entendons : naturellement, organiquement synthétique. À quoi bon, d'ailleurs, l'analyser ? Il suffit d'écouter, avec la qualité d'attention qui permette de goûter ce qu'il a, pour nous, distillé.

Tout est là : savoir l'écouter.

Il ne faut surtout pas en attendre ce qu'on demande ordinairement à la musique : qu'elle vous prenne comme la mer… qu'elle vous submerge et vous emporte. Ici, il faut être bien éveillé, garder les yeux ouverts, rester lucide afin de dégager soi-même les vibrations sonores, harmonisées et rythmées à l'issue de l'idée régissante (pour composer, il faut *rester dans l'idée,* écrit-il le 14 mai 1778). Or, pour être attentif à cela, ai-je besoin de passer par des catégories culturelles ?

Pour saisir des aspects, oui, ces catégories sont nécessaires. Mais le délice de la spontanéité, qui seul compte ici, s'échappe alors d'autant… Cette musique a la propriété de se laisser colorer selon les faisceaux d'éclairage que l'on braque sur elle. Mais la transparence, c'est-à-dire Mozart même, la lumière seule peut la sonder.

MOZART, VU PAR UN ALLEMAND

Nous voyons donc que finalement c'est tout de même un Allemand qui a élevé l'école italienne de l'opéra jusqu'à l'idéal le plus parfait et qui la proposa à ses contemporains après l'avoir élargie universellement et ennoblie. Cet Allemand, ce génie le plus grand et le plus divin, c'est Mozart.

Richard Wagner, *Über deutsches Musikwesen,* 1840.

Est-ce à dire qu'il faille être un spécialiste pour apprécier cette musique ?

Mozart a répondu à cette question dans une lettre qu'il écrivit à son père le 28 décembre 1782 à propos des concertos K. 413, 414, et 415 :

> Ces concertos tiennent le juste milieu *(Mittelding)* entre le trop difficile et le trop facile. Ici et là les connaisseurs seuls peuvent y trouver satisfaction. Pourtant de façon que les non-connaisseurs doivent en être contents, sans savoir pourquoi.

Cette position centrale *(Mittelding)* n'était même pas pour lui l'objet d'une préoccupation : c'est tout naturellement qu'il s'y trouvait situé, en vertu de cette spontanéité qui est au cœur de ce que nous désignons par le mot de « mozartien ».

Ce qui importe, pour y être sensible, c'est une certaine qualité du cœur, qui se manifeste par l'attention silencieuse.

L'histoire qu'il raconte le 1er mai 1778 est significative à cet égard. Il a obtenu à Paris une lettre d'introduction de Grimm chez la duchesse de Bourbon. On lui fait faire antichambre une demi-heure dans une pièce glaciale. Encore une heure d'attente.

> Pour abréger, je me mis à jouer, sur un misérable et détestable pianoforte. Mais le plus vexant, c'est que Madame et tous ces Messieurs n'interrompirent pas un instant leur dessin, en sorte que c'est pour les sièges, les tables et les murs que je dus jouer. Dans des conditions aussi défavorables, je perdis patience. J'avais commencé les *Variations* de Fischer... J'en jouai la moitié et me levai. Alors une foule d'éloges. Mais moi, je dis ce qu'il y avait à dire, qu'avec ce piano je ne pouvais pas me faire honneur... La duchesse ne voulut pas me laisser aller : je dus attendre une demi-heure encore, jusqu'à ce qu'arrivât son mari.
>
> Lui par contre s'assit à côté de moi, et écouta avec toute son attention. Et moi, j'en oubliai tout le froid, le mal de tête, et, sans me soucier de la mauvaise qualité du

> piano, je jouai comme je joue quand je suis bien en train. Donnez-moi le meilleur piano d'Europe, mais, pour écouter, des gens qui ne comprennent rien ou qui ne veulent rien comprendre, et qui ne sentent pas avec moi ce que je joue, alors j'en perdrai toute joie à jouer.

Voilà l'approbation à laquelle Mozart tenait le plus : la présence compréhensive d'auditeurs attentifs. « Puis, un silentium extraordinaire », est-il heureux d'écrire le 8 avril 1781. Durant les deux derniers mois de sa vie, il eut la joie de trouver un tel accueil. Et auprès de qui ? Auprès d'un public populaire, fait en majorité de non-connaisseurs, qui se pressait en foule au théâtre *auf der Wieden* de la banlieue viennoise, pour admirer *La Flûte enchantée.*

> J'arrive à l'instant de l'opéra. Salle comble comme jamais. Le duetto *Mann und Weib,* la scène du Glockenspiel bissés comme d'habitude… Mais ce qui me fait le plus de plaisir, c'est l'approbation par le silence ! (7 octobre 1791.)

Ainsi, ce qui réjouit le cœur de Mozart deux mois avant sa mort, après plusieurs années d'insuccès, c'est ce qu'il appelle *der stille Beifall,* expression qui peut se rendre par : approbation, assentiment dans une attention profondément silencieuse. On ne peut en effet goûter pleinement cette musique qu'en étant soi-même attentif, silencieux, présent.

Et inversement cette musique a la vertu d'aider l'auditeur (et l'exécutant) à être activement silencieux et lucidement présent.

Oui, mais présent à quoi ? À ce qui est purement « mozartien ». Mais encore ? Comment définir, ou du moins cerner cette notion ? Le danger, ici, est très grand. Vouloir substituer à la réalité musicale directement saisie une construction conceptuelle, n'est-ce pas une aberration ? Qui osera affirmer : « Voilà ce que Mozart a voulu dire, et qu'il a traduit en musique » ? Mozart n'avait rien à « traduire » : ce qu'il avait à dire, il l'a dit pleinement. En musique. Et tout le reste est de la paraphrase creuse, oiseuse.

Et pourtant nous sentons bien que l'essence de cette musique est de l'ordre de la pensée. Saint-Foix a eu cette réflexion profonde : « Mozart ne construit ni ne formule aucune théorie. Cependant le véritable pouvoir de l'artiste, et qui est le sien, est d'élever, au-dessus de toutes les contingences du monde, son âme et celles de tous ceux qui le suivent en l'écoutant. Et l'on ne peut nier que, au terme de toutes les étapes que nous avons tenté de décrire, cet idéal n'ait atteint un degré supérieur, non point dans l'ordre musical, proprement dit, mais dans celui de la pensée » (V, p. 140).

C'est sur cette pensée que j'ai axé toute ma recherche, non pas à l'encontre, ni en marge des grands mozartiens que je révère, mais en focalisant mon investigation sur ce qui me paraît être le centre de la musique de Mozart. Au départ *(La Pensée de Mozart)*, ma recherche était encore engoncée dans une esthétique philosophique ; puis dans mes études ultérieures j'ai peu à peu éliminé de mon approche tout ce qui se ressentait de catégories culturelles. Et, à mesure, je découvrais des œuvres méconnues, je découvrais des paysages inouïs de beauté. Car Mozart est vraiment inépuisable.

Dans cette nouvelle édition, je présente le dernier état de mes investigations sur Mozart.

Il y a un point sur lequel je n'ai jamais varié ; c'est celui-ci : la constante de toute son œuvre, depuis l'enfance jusqu'à la mort, a été l'aspiration à la sérénité.

> Je ne puis t'expliquer mon impression, écrit-il à sa femme le 7 juillet 1791, c'est une espèce de vide, qui me fait très mal…, une certaine aspiration, qui n'est jamais satisfaite et ne cesse donc jamais… qui dure toujours et même croît de jour en jour…

Cette aspiration, ce *Sehnen,* ne pouvait être calmée que par la solution des problèmes fondamentaux qu'il se posait avec anxiété : qu'en est-il de la mort ? de la vie ? de notre raison d'être ? Mais, dira-t-on, ces questions ne sont-elles pas du ressort de la philosophie ou de la théologie ? Mozart, lui, les a abordées par l'intuition musicale, ce qui lui a permis d'échapper aux prises de position propres aux « doctes ». Comme le remarque Karl Barth, « il a su des choses qui ont échappé aux Pères de l'Église et à bien d'autres théologiens ; et ces choses, les autres grands musiciens avant et après lui ne les ont pour ainsi dire pas connues ».

Je ne dirai pas qu'il n'utilisait pas la pensée conceptuelle, mais s'agissant de ces problèmes elle ne lui suffisait pas. Il fut aidé dans sa Quête du vrai par la religion, et plus encore par la Franc-maçonnerie à partir de son initiation en décembre 1784 – date capitale dans son évolution. Il est insuffisant de dire que cela a eu des répercussions dans son inspiration musicale : celle-ci

Léopold Mozart, Wolfgang et Marianne. Dessin aquarellé de Carmontelle. Il en existe quatre versions faites à Paris et à Londres. Sous forme de gravure, l'image a été diffusée dès 1764 dans toute l'Europe. (Musée Carnavalet, Paris.)

était le siège central de sa pensée. C'est là qu'il réalisa le travail progressif de la décantation, qui lui permit de dépasser les « aspects » limités et limitatifs de la pensée conceptuelle.

Il ne faudrait pas croire que, ce disant, je veuille faire de Mozart un prophète, ou un maître spirituel. Il eût été le premier à en rire ! Ce fut tout simplement un chercheur acharné qui a passé sa vie entière à nettoyer son aspiration foncière au vrai. En concentrant notre attention et en l'orientant dans le même sens que lui, nous pouvons profiter de son travail. Il peut nous aider grandement à nous restituer à nous-mêmes.

De quel artiste peut-on dire la même chose ?

Nous diviserons la vie musicale de Mozart en quatre périodes :

La jeunesse

Naissance le 27 janvier 1756 à Salzbourg. Les voyages (jusqu'à la fin de 1778).

La maturation

Depuis le retour de Paris (janvier 1779) jusqu'à la découverte de Jean-Sébastien Bach en 1782. Sur le plan de la vie privée, cette période est coupée par la rupture avec l'archevêque de Salzbourg (mai 1781) et l'installation à Vienne. Le 3 août 1782, mariage avec Constance Weber.

La pleine maturité

que nous ferons partir du premier des six quatuors dédiés à Josef Haydn (31 décembre 1782) et que nous arrêterons à la *Symphonie Jupiter* (10 août 1788).

La décantation de la poésie musicale

Du *Divertimento-trio* dédié à Puchberg (27 septembre 1788) au *Requiem* interrompu par la mort (5 décembre 1791).

La Jeunesse

27 JANVIER 1756-JANVIER 1779

■ Léopold Mozart. Compositeur assez médiocre, ce fut un théoricien hors pair et un pédagogue remarquable. Il publia un *Traité de l'art du violon* (1756) qui fit autorité. On est souvent injuste envers lui : il aurait été tyrannique envers son fils. S'il fut intransigeant sur le plan de la morale sociale, il fut dans l'ordre musical un maître excellent pour Wolfgang, lequel soumit toujours ses œuvres à son examen critique. Par reconnaissance, il le fit entrer en Maçonnerie en 1785. (Mozarts Geburtshaus, Salzbourg.)

Les tournées de l'enfant prodige 1762-1769

Le milieu musical

Dès sa prime enfance, Wolfgang est baigné dans une atmosphère musicale. La chapelle archiépiscopale de Salzbourg comptait des compositeurs honorables, comme Eberlin et Aldgasser. Leur musique, que l'enfant entendait à l'église ou au concert, n'est pas indifférente pour son évolution ultérieure, car chez eux le baroque italien était venu tempérer ce qu'avaient de compassé les traditions germaniques. En 1782 la découverte de Bach réveillera en lui des impressions d'enfance, et il demandera à son père de lui communiquer des compositions d'Eberlin. Précisons qu'il exprimera à sa sœur sa déception (20 avril 1782).

Bien plus importante fut l'influence de son père. Wolfgang avait à peine quatre ans quand Léopold commença à lui faire jouer des menuets et des piécettes faciles. À cinq ans il en composait lui-même ; son père le prit alors en main pour lui apprendre la composition.

C'était un technicien sérieux et méticuleux, et un excellent pédagogue. Mais, comme compositeur, il manquait totalement d'inspiration. Par sa formation il appartenait à l'ère baroque ; pourtant il s'évertua, tant bien que mal, à suivre les changements du goût musical, en adoptant le style moderne. Mais il était loin de se douter que ces variations de la mode correspondaient à un bouleversement radical de la musique. Si bien que son enseignement, solide mais scolastique, eut sur Wolfgang une action retardatrice. Certains le lui ont reproché ; mais, tout compte fait, cela ne fut pas préjudiciable à l'évolution ultérieure de son fils. Car c'est par étapes progressives que Wolfgang va entrer dans l'immense mutation de la musique qui marque la seconde moitié du XVIIIe siècle européen.

Avènement d'une ère musicale nouvelle

Ouvrons une parenthèse pour parler – très succinctement – du changement radical qui est en train de s'opérer depuis la mort, en 1750, de Jean-Sébastien Bach.

Extérieurement cela se manifeste, entre autres choses, par la substitution du pianoforte au clavecin, avec les nuances expressives que permet le nouvel instrument à percussion. Dans le domaine orchestral, les ensembles équilibrés de l'ère baroque, fermement appuyés sur une basse continue, cèdent devant l'esprit d'émancipation qui souffle de Mannheim. C'est là que naissent les principes modernes de la dynamique orchestrale : phrasé expressif, force et douceur extrêmes, crescendos et decrescendos ou contrastes brusques…

Si de tels moyens d'expression apparaissent, c'est qu'ils correspondent à un changement profond : on passe de l'écriture contrapuntique à l'écriture harmonique, passage visible par le triomphe de la forme-sonate sur la forme-fugue. L'unité de l'œuvre baroque se faisait par la superposition de linéaments analogues ; l'œuvre moderne aura une unité dynamique, orientée dans le temps par une genèse successive (premier thème, transition, second thème, développement, etc.). C'est la forme-sonate qui va s'instaurer, en s'appliquant partout : symphonie, concerto, musique de chambre et d'église.

Mais, dans les années 1760, cette forme est encore indécise : deux types de sonates sont en présence.

■ Départ des diligences près du pont Augarten à Vienne (détail). Toute sa vie, jusqu'en 1790, Mozart prit la diligence. Treize fois à partir de Salzbourg et de Vienne, à quoi il faut ajouter les retours et les voyages intercalaires. Il n'était pas sensible aux paysages et peu aux monuments, ne s'intéressant qu'aux hommes, en particulier aux musiciens, qu'il allait consulter sur place. Dans la diligence, il s'absorbait dans la composition, ayant toujours sous la main de quoi prendre des notes. (Historisches Museum, Vienne.)

Beethoven, l'un de ces hommes dont il est établi de la manière la plus sûre qu'ils ont du génie, n'avait pas de goût. Assurément on doit se rendre compte qu'en lançant cette assertion on s'expose à l'anathème de tous les pédants. Mais on ne peut étouffer l'observation que Beethoven, en tendant à une forme irréprochable, se laisse souvent entraîner à négliger le contenu. On verra assez souvent chez lui comment la tension montante d'une période avec une résolution bruyante finit dans la banalité la plus rassurante. Il n'est pas question ici de diminuer en quoi que ce soit la gloire de Beethoven. Il ne s'agit dans de tels cas que d'un méchant tour joué par la fée Bon Goût, qu'on avait oublié d'inviter au baptême. (Cette même fée – ces dames hélas trop rares osent se permettre des caprices – ne manqua jamais d'apparaître chez Mozart.) Mozart ne tombe jamais dans la faute que nous venons de blâmer chez Beethoven, car à ses dons merveilleux s'associe aussi le précieux instinct du choix des idées.

Claude Debussy, Extrait d'un article
« Du goût musical » paru le 25 décembre 1910
dans *Die Neue Freie Presse* de Vienne.

L'une (surtout en usage en Italie) est relativement timide : elle reste attachée à la Suite, avec sa division bipartite. Il y a bien un étalement dans le temps, mais la prolifération de mélodies successives ne comporte pas une grande élaboration intrinsèque.

Par contre, dans le type nordique (Philippe-Emmanuel Bach), la coupe est tripartite : allegro, mouvement lent, finale rapide. C'est la partie centrale d'un mouvement, improprement appelée « développement », qui aura le plus d'importance pour l'évolution ultérieure de la musique. Elle est constituée par une mise en œuvre d'éléments tirés des thèmes présentés dans l'exposition, et, comme la structuration en est surtout d'ordre harmonique, le dynamisme en sera surtout constitué par des recherches, de plus en plus hardies, d'extension tonale.

MOZART ENFANT

J'ai vu Mozart à l'âge de sept ans, quand il donna un concert au cours d'un voyage. Moi-même, j'avais environ quatorze ans et je me souviens encore parfaitement de ce petit homme avec sa coiffure et son épée.

Goethe, 2 février 1830.

■ Mozart en 1763, à l'âge de sept ans. Il porte un habit de cour donné par l'impératrice. « Le costume du Wolferl est en drap très fin de couleur lilas, la veste en moire, l'habit et le gilet portent de larges bordures moirées. » (Mozarts Geburtshaus, Salzbourg.)

Ces nouveautés ouvraient des possibilités jusqu'alors inconnues dans l'ordre de l'expressivité. Sans doute est-il excessif de dire que ces formes n'avaient d'autre raison d'être que de permettre l'irruption du démonisme du *Sturm und Drang*. Mais il ne faut pas tomber d'un excès dans l'autre, en voulant couper le langage musical des sentiments et des idées de l'époque correspondante. Le nouveau langage n'est pas survenu par simple coïncidence, ni par un déterminisme propre à une génétique purement formelle.

Où situer Mozart en tout cela ? Il est possible de le voir à cheval sur l'Ancien Régime musical et le Nouveau. On a cherché à le tirer en amont ou en aval de l'histoire. Mais, en fait, il ne fut ni traditionaliste ni révolutionnaire : il n'était pas homme à prendre parti.

Mais revenons à l'année 1762, quand l'enfant se prépare à gagner Paris et Londres.

Le baroque, déjà, a cédé. Ce qui s'instaure à la place, c'est une forme aimable, salonnière, éminemment transitoire, du langage nouveau, et qu'on désigne du terme, assez vague, de « galant ». À la puissance monumentale du baroque ou, dans les petites pièces, à la fine ciselure contrapuntique se substitue la mode du rococo décoratif et badin. Les basses se sont allégées, et sur des accords brisés voguent des mélodies brillantes et enrubannées qui, parfois, quand la sensiblerie s'en mêle, se font tendres et rêveuses. Cela n'avait atteint Wolfgang qu'indirectement, car les modèles que son père lui avait proposés ressortissaient plutôt au genre ancien de la Suite. Il était bon qu'il entrât directement en contact avec des formes plus libres, n'en déplût à son père... C'est effectivement ce qui se produit au cours de son premier voyage.

Paris
novembre 1763-avril 1764

C'est un virtuose du piano et du violon que Léopold se faisait gloire d'exhiber : un enfant de huit ans capable de jouer à vue, le clavier recouvert d'un voile. Mais ce qui nous intéresse davantage, c'est l'enfant qui sait improvi-

■ *Le Thé à l'anglaise chez le prince de Conti au palais du Temple à Paris, en 1766*, par M. B. Ollivier. Derrière Mozart au clavier, un chanteur debout s'accompagne à la guitare. Le public mondain semble peu intéressé par la musique. Il en sera de même en 1778 quand Mozart jouera dans le salon de la duchesse de Bourbon (lettre du 1er mai 1778). (Musée national du château, Versailles.)

Les vrais prodiges sont assez rares pour qu'on en parle quand on a l'occasion d'en voir un. Un maître de chapelle de Salzbourg, nommé Mozart, vient d'arriver ici avec deux enfants de la plus jolie figure du monde. Sa fille, âgée de onze ans, touche le clavecin de la manière la plus brillante ; elle exécute les plus grandes pièces et les plus difficiles avec une précision étonnante. Son frère, qui aura sept ans au mois de janvier prochain, est un phénomène extraordinaire tel qu'on a de la peine à croire ce qu'on voit de ses yeux et ce qu'on entend de ses oreilles. C'est peu pour cet enfant d'exécuter avec la plus grande précision les morceaux les plus difficiles avec des mains qui peuvent à peine atteindre la sixte ; ce qui est incroyable c'est de le voir jouer de tête pendant une heure de suite, et là s'abandonner à l'inspiration de son génie et à une foule d'idées ravissantes qu'il sait encore faire succéder les unes aux autres avec goût et sans confusion. Le maître de chapelle le plus consommé ne saurait être plus profond que lui dans la science de l'harmonie et des modulations qu'il sait conduire par les routes les moins connues, mais toujours exactes. Il a un si grand usage du clavier, qu'on lui dérobe par une serviette qu'on étend dessus et il joue sur la serviette avec la même vitesse et la même précision. C'est peu pour lui de déchiffrer tout ce qu'on lui présente : il écrit et compose avec une facilité merveilleuse, sans avoir besoin d'approcher du clavecin et de chercher ses accords. Je lui ai écrit de ma main un menuet, et l'ai prié de mettre la basse dessous ; l'enfant a pris la plume et, sans approcher le clavecin, il a mis la basse à mon menuet.

Friedrich Melchior Grimm, *Correspondance littéraire,* 1er décembre 1763.

SONATES
POUR LE CLAVECIN
Qui peuvent se jouer avec l'Accompagnement de Violon
DEDIÉES
A MADAME VICTOIRE
DE FRANCE
Par J. G. Wolfgang Mozart de Salzbourg
Agé de Sept ans.
ŒUVRE PREMIERE.
Prix
Gravées par Mme Vendôme Ci-devant rue St Jacques
à present rue St Honoré Vis-à-vis le Palais Royal.
A PARIS
aux adresses ordinaires
AVEC PRIVILEGE DU ROI.
imprimé par petit blé

■ Page de titre des sonates K. 6 et K. 7, publiées à Paris en 1764 et dédiées à la princesse Victoire. (Bibliothèque du Conservatoire, BN, Paris.)

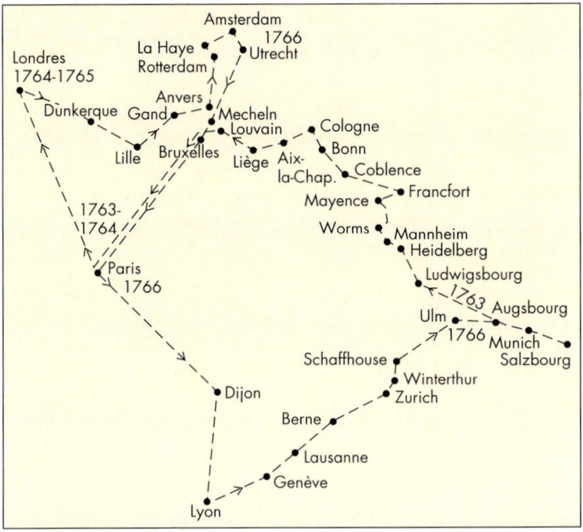

ser sur des thèmes donnés et qui compose des sonates que l'on fait graver, sur place, à Paris. Il sait imiter et s'approprier les styles divers qu'il entend, et surtout il exerce déjà une discrimination très sûre pour choisir et garder les éléments qui lui conviennent. C'est ainsi qu'il se porte spontanément vers la musique de deux Allemands qui s'étaient acclimatés à Paris : Jean-Godefroid Eckard et Johann Schobert. Par le premier, il prend contact avec le style sonate de Ph.-E. Bach, mais cette influence est tout extérieure, en comparaison de la fascination qu'exerce sur lui Schobert.

Les affinités entre les deux musiciens sont en effet très grandes, et portent essentiellement sur deux points : l'amplitude grave des thèmes chantants et la propension à laisser éclater brusquement le pathétique ou la joie. Schobert s'emporte au milieu d'un morceau : une idée qui paraissait d'abord toute simple s'intensifie soudain avec des modulations imprévues, qui transmuent la grâce en tendresse et la tendresse en douleur.

Mais il y a plus. Schobert révèle à l'enfant la fonction poétique de l'art musical, éveillant ainsi la possibilité la

Lorsqu'il eut quitté Paris, il alla en Angleterre où il resta plus d'un an. (...) Son habileté étonnante ne provenait pas seulement d'un grand exercice : il avait une connaissance parfaite des lois de la composition. Il avait une grande maîtrise dans les modulations, dans le doigté, et ses passages d'un ton à un autre étaient extraordinairement naturels et judicieux. (...) Je dois encore ajouter que deux ou trois habiles musiciens m'ont dit que Jean-Chrétien Bach, le célèbre compositeur, ayant commencé et interrompu une fugue, le petit Mozart l'avait reprise immédiatement et terminée d'une manière absolument magistrale.

Daines Barrington, Observations parues dans les *Philosophical Transactions* publiées en 1770 par la Royal Society.

■ Jean-Chrétien Bach (1735-1782). Dernier fils de Jean-Sébastien et d'Anna-Magdalena, il se rendit en Italie où il fut l'élève, comme Mozart, du Padre Martini à Bologne. Il devint catholique et ne rentra pas en Allemagne : en 1762, il se fixe à Londres. En 1764, il accueille chaleureusement le petit Mozart, qu'il prend sur ses genoux pour lui permettre d'accéder au clavier, et de jouer en alternance des improvisations. Ils se retrouveront à Paris en 1778, et Mozart pleurera sa mort. (BN, Paris.)

plus foncière de son génie. Sans doute Mozart n'était-il pas encore capable de capter tout ce que contenait le style du maître silésien. Mais la *Sonate* K. 7, par exemple, nous offre un adagio stupéfiant pour un enfant de huit ans : l'esprit du Mozart de la maturité est déjà là, présent. Toute sa vie durant, Mozart restera fidèle au souvenir de Schobert ; en 1786, le *Quatuor avec piano en mi bémol* K. 493 sera une sorte d'Offrande musicale à son frère en esprit, disparu très jeune, lui aussi (1767), à l'âge de trente-sept ans.

Londres
avril 1764-novembre 1764

Quand Mozart arrive à Londres, il y retrouve aussi le glissement qui se fait, dans toute l'Europe musicale, du style baroque au langage nouveau. L'Angleterre, assez conservatrice, se complaisait encore dans la musique händelienne, de sorte que l'enfant se baigna dans cette atmosphère. Bien entendu, il était loin de se douter alors de l'intérêt que présenterait pour lui Händel vingt ans plus tard. Londres lui réserve une autre rencontre, bien plus importante pour lui dans l'immédiat. Jusqu'alors son développement s'était fait sous l'influence de l'Allemagne méridionale. Paradoxalement, c'est en remontant vers le nord qu'il va découvrir, à Londres, le complément qui manque à l'éclosion de son génie : l'Italie chaleureuse et ensoleillée.

C'est là en effet qu'il rencontre un musicien qui va momentanément compenser l'influence de Schobert : Jean-Chrétien Bach, le dernier-né (1735) de Jean-Sébastien. Entre l'enfant de neuf ans et l'homme de trente ans qui prend le bambin sur ses genoux pour l'approcher du clavier, s'établissent une estime et une amitié qui ne seront jamais rompues.

Qu'apporte à Mozart ce musicien formé à Milan ? Comme Schobert, il éveille en lui un trait foncier de son génie : une puissance d'envol empreinte d'une grâce féminine, le sens du fil mélodique à la fois suave et lisse. Jean-Chrétien offre à l'enfant des ouvertures toutes nou-

■ Londres, vue de la maison Rotundo des jardins du Ranelagh, 1751. (BN, Paris.)

Rue Priester à Salzbourg, par Johann Michel Sattler. (Museum Carolino Augusteum, Salzbourg.)

velles, en lui donnant l'exemple d'un Nordique qui a trouvé en Italie de quoi approfondir les possibilités de la musique galante.

Salzbourg 1766-1767 – Vienne 1768

Léopold rentre très satisfait de son voyage : le succès a été vif pour les enfants et pour lui. Musicalement, le bilan est positif pour Wolfgang. Sitôt rentré dans la ville natale, il est accablé de commandes : cantates, sérénades, musique de table. Mais surtout il travaille sous la direction de son père : « Vous savez combien mon Wolfgang a encore à apprendre. » (22 novembre 1766.) Le sens de la responsabilité masque-t-il un fond de jalousie (« l'infâme Schobert... », écrit-il) ? Toujours est-il que l'enfant est replongé dans l'étude scolaire, grammaticale, de la musique, et que l'ivresse d'inspiration qui l'avait saisi dans ses compositions italo-françaises s'efface.

À Vienne, en 1768, commencent les déceptions. Léopold pensait y trouver une situation pour son fils ; mais c'en est fini du prestige de l'enfant prodige : Wolfgang a maintenant douze ans. Notons en passant l'accueil chaleureux que lui fait le fameux Dr Messmer, pour qui Mozart écrit alors le délicieux *Bastien et Bastienne* K. 50, et dont il se souviendra plus tard dans le *Così*. Mais le séjour à Vienne n'est pas stérile.

Il a l'occasion d'entendre des œuvres qui exerceront bientôt leur action sur lui : un opéra bouffe de Piccinni, et surtout l'*Alceste* de Gluck. À l'église, il écoute des œuvres où s'introduisent les procédés de la musique profane. Enfin, et surtout, il prend contact avec la symphonie nouvelle, que Josef Haydn est en train d'élaborer. Les dimensions du genre symphonique s'élargissent : quatre mouvements, y compris un menuet qui comporte lui-même un trio médian. Le ton devient volontiers dramatique, et – ce qui est le plus important – le « développement » donne lieu à une élaboration thématique. Désormais Mozart abandonne la coupe binaire italienne et s'efforcera d'élargir ses développements.

Ainsi commence ce mouvement de va-et-vient qui le fera pour longtemps osciller de l'esprit allemand à l'esprit italien, lesquels répondaient également chez lui à des aspirations profondes. Plus tard, en 1773, après son dernier voyage en Italie, quand il reviendra au style viennois, tout ce qu'il aura déposé en son cœur dès 1768 se ravivera et, après une longue incubation, se manifestera en toute spontanéité.

En résumé, pendant toute cette période de son enfance, que nous arrêterons en 1769, Mozart, à l'âge de treize ans, a déjà pris contact avec la plupart des langages qui seront les siens. Récapitulons : les vieux maîtres allemands, la scolastique de l'harmonie et du contrepoint, le style galant, la sonate du Sud et celle du Nord, l'italianisme vocal de l'opera seria et de l'opera buffa, la musique française, la symphonie et la sérénade viennoises, et, par-dessus tout, Schobert et Jean-Chrétien Bach.

■ Padre Giovanni Baptista Martini (1705-1784). Éminent musicologue d'une érudition et d'un goût parfaits. Il rassembla dans sa bibliothèque des partitions remontant au XVIe siècle, que Mozart consulta certainement durant le séjour de quatre mois qu'il fit à Bologne en 1770. Léopold écrit qu'ils allaient tous les soirs chez le docte franciscain pour s'entretenir de l'évolution de la musique. Le Padre venait de terminer le second tome de son *Istoria della musica*, que Wolfgang emporte pour l'étudier à loisir. Mozart apprit de lui non seulement le contrepoint de la musique d'église, mais aussi l'art de réussir les récitatifs d'opéras. Mozart garda pour cet homme de cœur autant d'affection que de respect. (Soc. des Amis de la musique, Vienne.)

Les trois voyages en Italie 1769-1772

Il faut rendre grâces à Léopold d'avoir eu l'initiative de mener son fils en Italie pour parfaire son instruction musicale.

Le premier séjour dure quinze mois (11 décembre 1769-11 mars 1771) : Milan, puis Florence, Rome et Naples. Au retour, long arrêt à Bologne (20 juillet au 10 octobre 1770) auprès de l'illustre maître, le Padre Martini. Repassant par Milan, Mozart reçoit la commande d'un opera seria, *Mitridate*. Il baigne dans l'atmosphère musicale italienne, et se familiarise avec l'opéra et avec la musique symphonique de Sammartini. Lui-même, réduisant la production d'œuvres instrumentales, s'adonne surtout à l'art vocal. Ce qu'il retire de plus précieux de ce voyage, c'est ce qu'il apprend auprès du Padre Martini. Ce docte franciscain, dont tout le monde s'accorde à louer la générosité, avait la renommée d'être le meilleur théoricien et historien musical de son temps, ayant à sa disposition d'énormes archives de manuscrits. Celui qui avait été naguère le maître de Jean-Chrétien Bach reçut le jeune Mozart avec empressement, et entreprit de le former au vieux style polyphonique, afin de le préparer à l'épreuve d'entrée à l'académie de Bologne.

A. Einstein a contesté l'influence du Padre Martini. Il est de fait que Mozart a peiné sur les devoirs que lui corrigeait son professeur. Et, s'il réussit son examen d'entrée à l'académie, ce fut de justesse, avec la mention : *suffisant*.

Mais la plupart des mozartiens estiment que Mozart tira un bénéfice énorme de ces leçons. « C'est seulement à ce moment-là, écrit H. Abert, qu'il a acquis, sous la direction de Martini, la maîtrise dans l'art de faire vivre, tant pour la mélodie que pour le rythme, chacune des voix de façon autonome, et de conférer grâce à cela la qualité poétique au style d'ensemble. Et comme Martini, en professeur-né, partait dans son enseignement d'œuvres vivantes de vieux maîtres, Mozart eut encore ainsi l'occasion de connaître la musique italienne plus ancienne, ce qui apporta un contrepoids efficace aux influences de l'opéra à la mode » (I, p. 177).

Rentré pour une demi-année à Salzbourg, Mozart reste sous l'emprise italienne pour la musique vocale (*La Betulia liberata* K. 118, *Regina Coeli* K. 108). Par contre sa musique instrumentale balance entre l'Autriche et l'Italie (symphonies K. 75, 73, 110, ces deux dernières nettement marquées par J. Haydn).

Le deuxième voyage (13 août-15 décembre 1771) va retremper Mozart presque exclusivement dans l'atmosphère milanaise de l'opéra : il est entièrement absorbé

■ Manuscrit autographe de *Se ardire e speranza,* K. 82, texte de Métastase. (BN, Paris.)

■ *Concert dans une villa,* par Antonio Visentini (détail).

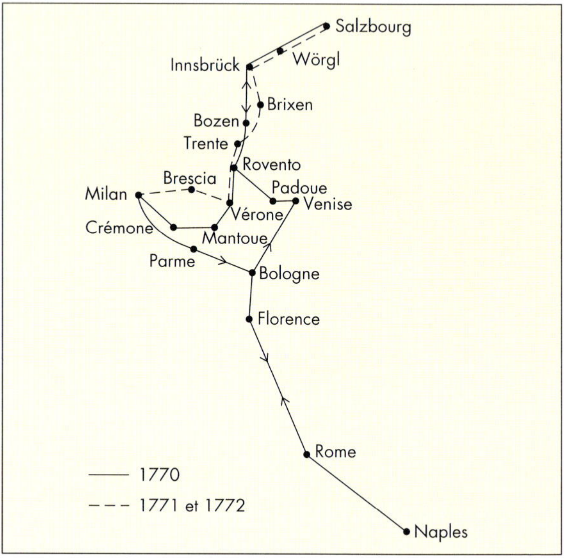

par la composition d'*Ascanio in Alba* K. 111, sérénade à grand spectacle où s'entremêlent à doses presque égales de petits chœurs et des airs.

À cette occasion, Mozart entre en contact avec un musicien de valeur, le vieux Johann-Adolf Hasse (1695-1783), dont l'opéra *Ruggiero* est représenté avec l'*Ascanio*. L'estime est réciproque, malgré l'avis de Léopold qui jalouse Hasse. « Un étrange destin réunit ici, en une tâche commune, le rénovateur allemand de l'opéra italien et le musicien qui plus tard devait triompher de la suprématie italienne. Ce Hasse, grand non seulement comme artiste, mais aussi comme homme, avait déjà à Vienne chaudement pris cause pour Mozart, et se serait écrié : "Cet enfant nous fera tous oublier !" » (H. Abert, I, p. 167.)

De retour à Salzbourg pour près d'un an (16 décembre 1771-24 octobre 1772), Mozart s'adonne surtout à la symphonie.

Huit symphonies de janvier à octobre : K. 114, 124, 128, 129, 130, 132, 133, 134. Dans cette série, écrit Saint-Foix, « il n'y a pas une des parties de la sympho-

Intérieur de la basilique Saint-Pierre de Rome, par Antonio Pannini. C'est là que Mozart en 1770 entendit le *Miserere* d'Allegri, dont la partition ne devait pas quitter, sous peine d'excommunication, la chapelle Sixtine. Mozart l'écouta et, de mémoire, le recomposa. (Cà Rezzonico, Venise.)

nie, ni un des aspects du style symphonique qui n'ait fait l'objet, pour Mozart, d'une étude approfondie, et grâce à laquelle tous les éléments du genre se sont, chez lui, transformés : dimension des morceaux, liberté et variété de l'instrumentation, intensité de l'expression et pure beauté de la ligne mélodique » (I, p. 415). Signalons la K. 132, où A. Einstein remarque l'influence française mêlée à celle de Haydn et où il admire le caractère « expressionniste » de l'andante. Le passage qui nous frappe le plus est le trio du menuet, en mode grégorien.

Dans le calme de Salzbourg, il en vient à perdre de vue le but mondain du genre symphonique : il transgresse les règles conventionnelles au profit d'une inspiration personnelle. L'esprit italien féconde en lui, dès ce moment-là, le style allemand de Haydn, de sorte que, jusque dans ses trois dernières symphonies (1788), Mozart restera imprégné de la musicalité italienne.

Le troisième voyage en Italie (octobre 1772-mars 1773) sera marqué par une intensification de l'inspiration, à tel point que Saint-Foix a pu dire du jeune homme (qui va sur ses dix-sept ans) qu'il passe par une « crise romantique ».

S'agit-il de l'éveil d'une sensibilité nordique en réaction contre l'aspect superficiel que prenait souvent la vocalité italienne ? Certainement pas : le romantisme qui va faire irruption pour très peu de temps – six mois seulement ! – est typiquement latin.

Par chance, c'est une tragédie qui lui est commandée

Salon napolitain de Lord Fortrose avec des musiciens, par Pietro Fabris. Les lettres de Mozart relatent qu'en Italie les concerts publics étaient rares et que pour se faire connaître il fallait se produire chez des mécènes dans des concerts privés. Dans son périple italien, Mozart poussa jusqu'à Naples, qui avait été jusqu'au milieu du XVIIIe siècle l'un des foyers musicaux les plus ardents de la péninsule. Il dut se réjouir de trouver les traces du jeune Händel (c'est à Naples que ce dernier composa son merveilleux *Acis et Galatée*) et, plus récemment, de Pergolèse, dont il put connaître *La Servante maîtresse* et le *Stabat mater.* (Scottish National Portrait Gallery, Edimbourg.)

à son arrivée à Milan : *Lucio Silla* K. 135. Par chance, disons-nous, car il sera détourné de l'esprit superficiel de l'opéra bouffe, et il va pouvoir introduire au théâtre les expériences qu'il vient de faire dans l'ordre symphonique. Le ton s'aggrave, en particulier dans la scène des Tombeaux, où Mozart nous donne les prémices des plus beaux moments de l'*Idoménée* et du *Titus*.

Autre domaine où son inspiration atteint, pour la pre-

mière fois, un sommet : le quatuor à cordes. On ne saurait placer trop haut les six « Quatuors milanais » K. 155 à 160, où surgit un aspect de Mozart qui n'avait auparavant lancé que de rares lueurs : la passion sombre, qui souvent accède au pessimisme. Cela se manifeste surtout dans les mouvements médians, dont quatre sur six sont en mineur. « Aucun mouvement lent de Mozart n'atteint, par exemple, le chant de plainte en *mi* bémol de la première version du K. 156 avec son pas d'airain, ou encore la douleur voilée de l'andante du K. 158. Même esprit dans le sombre et opiniâtre mouvement en *sol* mineur du K. 159 : c'est déjà tout à fait le caractère sauvage, aspirant en vain à la libération, tel qu'on le retrouvera plus tard dans maints passages en *sol* mineur » (H. Abert, I, p. 290).

Il ne faudrait pourtant pas isoler les andantes parce qu'ils sont particulièrement poignants. Les autres mouvements ont aussi un caractère éminemment « mozartien » : la possibilité, non seulement de passer de la joie à l'angoisse et vice versa, mais encore de faire également « chanter » chacune des nuances de ces *ethos*. Les finales sont à cet égard remarquables, et il faudra attendre la grande période viennoise pour voir à nouveau l'expansion mélodique se rétracter aussi brusquement en mineur.

Le dernier séjour en Italie aura donc eu une importance capitale pour la formation du Maître, car c'est la lumière latine qui aura, pour la première fois avec autant de relief, fait émerger des phrases aussi heureuses et creusé des abîmes aussi tragiques.

Entre le retour d'Italie et la vingtième année mars 1773-1775

■ Liste des musiciens de la chapelle royale de Salzbourg dont faisaient partie Mozart, son père et Michael Haydn (frère de Josef Haydn), 1775.

L'année 1773 est un tournant décisif dans la vie de Mozart, non seulement à cause de la qualité des œuvres qu'il produit, mais à cause de sa maturation dans l'ordre de la pensée et de l'écriture musicale.

À son retour d'Italie, il va perdre peu à peu le hâle du soleil méditerranéen en se retrempant dans les milieux allemands. C'est avec beaucoup de bonheur qu'il

ET LA MUSIQUE DE SON TEMPS

Il fut sinon le tout premier, du moins l'un des premiers qui délivrèrent les Allemands du préjugé que le siège de la vraie musique était en Italie. Au contraire, il s'emportait souvent contre la plupart des compositeurs italiens modernes, plus encore contre les virtuoses italiens, contre les chanteurs italiens en Allemagne et surtout contre le goût musical alors régnant dans les grandes villes italiennes – tout cela d'après ce qu'il avait constaté sur place.

Les critiques lui font pourtant tout à fait tort, quand ils prétendent qu'il n'estimait qu'une harmonie pleine d'art et un travail savant. Il ne rendait justice qu'à la musique la plus limpide, celle-là seule devait avoir de l'esprit et de l'originalité. Ainsi, je l'ai entendu parler très favorablement de Paisiello, dont il connaissait bien les œuvres. « On ne peut rien recommander de mieux que les compositions de ce maître à ceux qui ne cherchent dans la musique qu'un plaisir facile », disait-il. Parmi les autres compositeurs, il estimait tout particulièrement différents anciens Italiens, qu'on a malheureusement oubliés aujourd'hui depuis longtemps ; mais il mettait Händel au-dessus de tous. Il possédait les œuvres de ce maître qui n'a pas encore été surpassé en plusieurs genres. « Händel, lui ai-je souvent entendu dire, est celui d'entre nous tous qui sait le mieux ce qui fait *grand effet*. Quand il le veut, il frappe comme le tonnerre. (...) Mais personne, ajoutait-il, ne peut tout faire badiner et toucher, faire rire et émouvoir – et tout cela, le faire aussi bien que Joseph Haydn. »

J. Fr. Rochlitz, « Mozart à la *Thomasschule* de Leipzig », 1789.

(77)

Die Hochfürstliche Hof-Musik.

Kapellmeister.

Herr Joseph Lolli.
Herr Dominicus Fischietti, den 5. Septemb. 1772.

Vicekapellmeister.

Herr Leopold Mozart, den 28. Feb. 1763.

Conzertmeister.

Herr Johann Michael Hayden.
Herr Wolfgang Mozart.

Sopranisten.

Der ehrwürdige Herr Andreas Unterkofler, Titularhofkapellan, und resignirter Kapellhauspräfect; und 10. aus dem hochfürstlichen Kapellhaus.

Altisten.

Vier aus dem Hochfürstlichen Kapellhaus.

Tenoristen.

Herr Joseph Michaelansky.
Herr Joseph Zugrisen.
Herr Anton Spitzeder.
Der E. Herr Franz Karl Schulz.

Paßisten.

Herr Joseph Niclaus Meißner.

Organisten.

Herr Anton Cajetan Adelgasser.
Herr Franz Ignati Lipp.

Violinisten.

Herr Wenzl Saldo.
Herr Joseph Hülber.
Herr Franz de Paula Deibl.
Herr Andrä Mayr.
Herr Joseph Lackner.
Herr Andrä Pinzger.
Herr Joseph Haseneder.
Herr Johann Sebastian Vogt.

Vio-

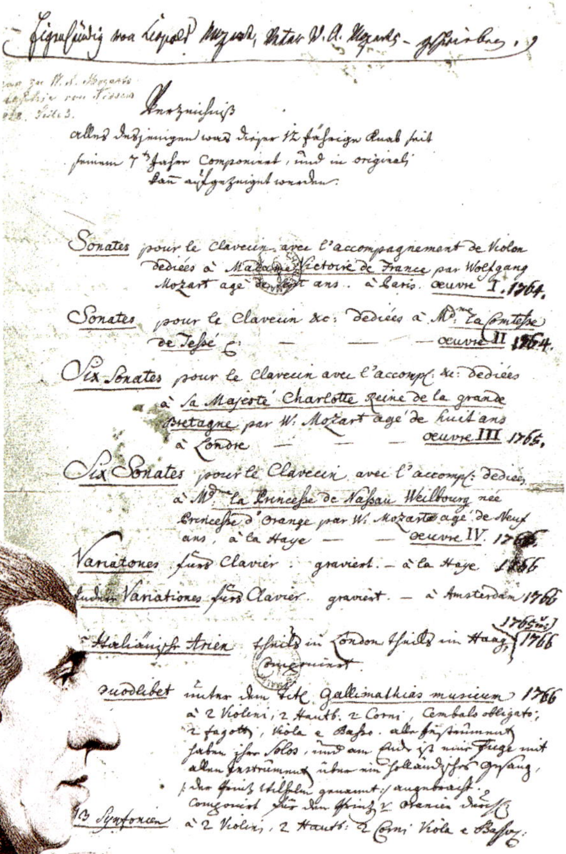
Eigenhändig von Leopold Mozart, Vater W. A. Mozarts, geschrieben.

Verzeichniß
aller desjenigen was dieser 12 jährige Knab seit
seinem 7ten Jahre Componiert, und in originali
kan aufgezeiget werden.

Sonates pour le Claveçin avec l'accompagnement de Violon dediées à Madame Victoire de France par Wolfgang Mozart agé de sept ans. à Paris. oeuvre I. 1764.

Sonates pour le Claveçin &c: dediées à Mme la Comtesse de Tessé — oeuvre II 1764.

Six Sonates pour le Claveçin avec l'accompt. &c: dediées à Sa Majesté Charlotte Reine de la grande Bretagne par W: Mozart agé de huit ans à Londre — oeuvre III 1765.

Six Sonates pour le Claveçin avec l'accompt: dediées à Mme la Princesse de Nassau Weilbourg née Princesse d'Orange par W: Mozart agé de Neuf ans, à la Haye — oeuvre IV. 1766.

Variationes fürs Clavier: graviert. – à la Haye 1766

andere Variationes fürs Clavier. graviert. – à Amsterdam 1766

Quodlibet unter dem Titel Galimathias musicum 1766 à 2 Violini, 2 Hautb. 2 Corni, Cembalo obligato, 2 fagotti, Viola e Basso.

13 Synfonien à 2 Violini, 2 Hautb: 2 Corni Viola e Basso.

■ Première page autographe du Catalogue des œuvres de Mozart établi par Léopold. Il le commença en Hollande dès 1766. Cette page débute par les *Sonates pour violon et piano* K. 26 et continue par les *Variations* K. 24 et 25 et le *Galimathias musicum* K. 32. (BN, Paris.)

■ Josef Haydn (1732-1809). Dans toute l'histoire on ne trouvera pas un exemple d'une amitié aussi parfaite et émouvante que celle qui lia Haydn à Mozart. La noblesse de cœur de Haydn se lit dans le fait qu'il prit conscience – sans trace de jalousie – que Wolfgang, de vingt-quatre ans plus jeune que lui, le surpassait. De son côté, Mozart avait un profond respect et une gratitude totale envers celui qu'il considérait comme son maître. Quand, à Londres, Haydn apprit, à la fin de décembre 1791, la mort de son jeune ami, il passa la nuit de Noël à pleurer.

s'adonne à un genre typiquement autrichien : la sérénade. Ne sous-estimons pas ce genre en le traitant de « mineur », car c'est par là qu'il accédera bientôt à une rénovation de sa conception de l'art symphonique. Témoin la *Sérénade à Andretter* K. 185 du mois de juillet, dont il faut relever les trios des menuets, l'andante rêveur et l'adagio pathétique qui introduit le finale.

Sa maturation va se renforcer par un séjour de trois mois (juillet à septembre) dans la capitale, Vienne. Et là il fait deux découvertes, d'une très grande importance pour le reste de son existence.

D'abord il prend très sérieusement contact avec la Franc-maçonnerie, parce qu'il reçoit la commande d'une musique de scène pour *Thamos,* une pièce dont le sujet et le symbolisme préfigurent *La Flûte enchantée.*

La deuxième découverte concerne le langage thématique ; il prend connaissance de la dernière série de quatuors composés par Josef Haydn, les *Sonnenquartette* de 1772, une œuvre magnifique, pleine d'audace et brillante d'invention. Le langage thématique y est poussé beaucoup plus loin que dans ses quatuors précédents. Mozart s'enflamme, et, en six semaines, va écrire à son tour une série de six quatuors (K. 168 à 173). On leur reproche de trop se conformer au modèle haydnien et de manquer d'originalité. Ces quatuors sont inégaux, c'est vrai, mais le premier et le dernier sont très beaux, le dernier surtout (en *ré* mineur K. 173) qui est tendu d'une manière très douloureuse. Ainsi, dans le premier mouvement, une belle mélodie, marquée d'une nostalgie pour l'Italie, est attaquée par un motif thématique amélodique, opiniâtre et méchant, qui lacère la mélodie initiale et finit par la faire disparaître. Ce conflit montre que Mozart, mieux que Josef Haydn, a compris les possibilités de démonisme de ce langage, qui envahira toute la musique à partir du début du XIXe siècle.

Ce quatuor date de la mi-septembre. En décembre, Mozart reprend un quintette à cordes qu'il avait commencé au printemps et l'achève par un finale prestigieux, où il montre qu'il a réussi à dominer le langage thématique de façon à en écarter tout démonisme : ce finale respire une grande joie de vivre. C'est le premier de ses quintettes à cordes (il en écrira cinq) dont il crée le genre, car Josef Haydn n'en a composé aucun. L'adjonction d'un alto, qui dialogue avec le premier violon, donne au quintette une structure équilibrée où Mozart se sent beaucoup plus à l'aise que dans le quatuor.

Les Symphonies

En 1773 et 1774, après le retour d'Italie, c'est une vraie explosion de symphonies : une dizaine en moins de deux ans. Trois émergent du lot : K. 184 (mars 1773), K. 183 (décembre 1773) et K. 201 (avril 1774). On a parlé d'une trilogie (K. 200, 183, 201) qui préfigurerait celle de 1788, mais on reporte maintenant en novembre 1774 l'*ut majeur* K. 200. D'ailleurs, pourquoi parler de préfiguration ? Le mot d'A. Einstein à propos des « Quatuors milanais » s'applique mieux encore à nos symphonies : « Il ne s'agit pas seulement d'un simple avant-goût de l'été, le printemps, lui non plus, n'est pas un simple avant-goût de l'été, mais une saison en soi et fort enchanteresse » (p. 215).

Mais il y a dans les trois symphonies K. 184, 183 et 201 quelque chose de plus remarquable encore que l'agrément : c'est la profonde gravité de l'inspiration. La *mi bémol* K. 184 contient en son milieu un andante en *ut* mineur où le rythme incantatoire accentue les accents bouleversants d'une instante interrogation. Aussi n'est-il pas étonnant que cette œuvre ait pu servir de talisman à Alain Gheerbrant pour approcher les farouches tribus de la forêt Orénoque-Amazone. Lorsque, en 1779, Mozart reprendra son *Thamos* pour l'étoffer et y adjoindre des chants impressionnants, c'est cette symphonie qu'il choisira comme ouverture.

Tout le monde a été frappé par la gravité de la *Symphonie* K. 183, surnommée la « petite » *sol mineur,* pour la distinguer de la « grande » de 1788. Ce que ces deux œuvres ont surtout en commun, c'est le brouillard d'idées que les littérateurs ont projeté sur elles. On parle de pathétisme romantique, d'expression visionnaire de la douleur, annonciatrice de l'art symphonique de l'avenir. Mozart y aurait été marqué par le *Sturm und Drang*. Mais aucun événement ne peut être produit pour justifier ni une influence littéraire, ni un besoin d'épancher des états d'âme... Par contre il y a un fait que personne ne relève : en décembre, il termine la musique de scène de *Thamos* (première version) et il eut certainement de longs entretiens avec le baron von Gebler, qui lui fit comprendre l'intérêt des idées exposées dans ce drame maçonnique. D'ailleurs, de ce même mois de décembre date le premier *Concerto pour piano, en ré* K. 175 où Mozart se situe du premier coup au niveau de ses grands chefs-d'œuvre concertants de Vienne. Dans le superbe finale, c'est la fusion du style ancien, au contrepoint très dense (rien que dans les trente-neuf mesures initiales, quatre thèmes différents, dont le premier en canon), avec l'esprit moderne et la légèreté du chant. Lorsque, en 1782, Mozart produisit ce concerto à Vienne, il n'osa pas faire entendre ce finale, et y substitua un rondo plus facile.

La synthèse de toutes ces recherches se trouve concentrée avec un bonheur et une séduction incomparables dans la *Symphonie en la* K. 201. Ce qui y est répandu à profusion, c'est la poésie pure. Quel charme indicible dès les premières mesures !

Le minuscule développement est une exquise valse viennoise. Et quelle simplicité de moyens ! Dans la coda de l'andante, quelle splendide arrivée du thème ïambique, que l'on croirait entonné aux trompettes, alors qu'on n'entend que deux cors à découvert ! Le finale est à lui seul un chef-d'œuvre avec un développement très long, « l'un des plus beaux de toute l'œuvre de Mozart » (Saint-Foix).

De la première note à la dernière, c'est pure perfection. Dirons-nous que c'est la plus belle des symphonies de Mozart ? C'est en tout cas la plus « mozartienne »...

La galanterie
1774-1775

À propos du finale du *Concerto en ré*, Saint-Foix parle « des hauteurs où se serait élevé le génie de Mozart, si bientôt la mode triomphante de la « galanterie » n'était venue réveiller le jeune homme du rêve magnifique où il vivait depuis ses découvertes d'Italie et de Vienne ». C'est en effet une opinion répandue que, de dix-huit à vingt et un ans, Mozart aurait, en donnant dans la « galanterie », perdu son temps et gaspillé ses forces vives. Il est de fait que les œuvres de 1774 n'ont plus la même gravité que durant l'hiver de 1773. Pourquoi ? Il vient de rentrer de Vienne et l'on s'aperçoit dans les milieux distingués de Salzbourg (aristocratie et grande bourgeoisie) que l'on est en possession d'un musicien fort valable. Il fournit des pièces pour les festivités, il donne des leçons à la comtesse Lützow et aux filles de la comtesse Lodron, apparentées à l'archevêque. N'en tire-t-il qu'une gloriole due à de la musique facile ? « Ces relations, remarque H. Abert, renforçaient non seulement la prise de conscience de sa valeur, mais aussi tout le côté chevaleresque de son être. Justement les œuvres dues à ces relations manifestent l'idéal musical de l'aristocratie du temps avec une élévation particulière qui révèle la participation la plus intime du compositeur. »

À la fin de 1773, il s'était haussé au-dessus de ses moyens : l'éclat de ces chefs-d'œuvre fait penser à une lampe survoltée. Il ne pouvait persister dans cette voie sans s'engager dans une impasse. Il s'adonne alors, pour pouvoir garder son équilibre, à des formes qu'il peut dominer – ne disons pas avec facilité – mais avec une aisance qui lui permet de s'épanouir. Ne parlons donc pas de capitulation ou de déchéance.

Du reste, ces œuvres sont-elles aussi superficielles qu'on le dit ? Gardons-nous des généralisations trop promptes. En 1774, il compose pour l'Église trois messes (K. 192, 194, 220) et des *Litanies de la Vierge* (K. 195) ; or ces œuvres sont aussi belles que toutes celles des années précédentes : aucune chute de niveau. A. Einstein a même, à propos des litanies, cette réflexion mordante, mais très juste : « Je n'envie point ceux qui empoisonnent par des "considérations de style" le ravissement que devrait leur faire goûter une merveille d'art et de jeunesse comme celle-là. »

Nuançons aussi nos jugements sur les sonates pour piano de la série à Dürnitz (K. 279 à 284), dont on dit trop vite que ce sont des exercices de virtuosité destinés à le faire briller dans ses concerts. Dans l'andante en *fa* du K. 280 Mozart s'élève à un véritable sommet ; c'est une musique de solitude, sans autre sentiment que la réflexion méditative. Il en va de même de l'andante du K. 283 qui frappe par la décantation du chant. La dernière (K. 284), de février 1775, est techniquement la plus parfaite, mais elle est plus expansive que les autres, sauf dans le finale, où les variations *minore* et *adagio* sont intériorisées, toutes résorbées en soi-même.

En septembre, Mozart reçoit une commande qui lui procure une immense joie : un *opera buffa* pour Munich ! C'est la première fois qu'il aborde ce genre, et ce sera aussi la dernière, car ses comédies viennoises ne cadrent plus du tout avec le style ni l'esprit du buffa italien. Pour le moment il se plie aux lois du genre, du moins – comme nous allons le voir – apparemment. Il se met donc à sa *Finta Giardiniera,* dont la première aura lieu le 13 janvier. Il faut ici secouer les préjugés qui, très longtemps, ont fait considérer cette pièce comme une œuvre mineure de jeunesse, un simple essai sans conséquence. En vérité, pour un coup d'essai, ce fut un coup de maître ! Mozart y déploie déjà pleinement ses qualités d'homme de théâtre autant que celles de musicien : c'est un opéra qui, à la scène, a une prégnance étonnante. D'ailleurs, Mozart y manifeste à merveille l'art de l'équivoque, qui donne à l'histoire traitée un air pirandellien, et même surréaliste ! Le buffa admettait des passages parodiques du seria, par esprit de dérision. Mozart reprend ce procédé, mais le côté parodique s'efface, de sorte que nous glissons inopinément du comique à un tragique poignant. En outre, le couple protagoniste, aux rapports orageux et mensongers, s'attire la jalousie haineuse des autres, et ne peut échapper à leur méchanceté qu'en se réfugiant dans la folie ; or celle-ci, au XVIIIe siècle, était considérée comme comique, mais ici, chez Mozart, elle ne l'est pas… Cet état de démence se résout par une scène de *Dépit amoureux*, où les marionnettes soudain se transforment en êtres de chair. C'est assurément une pièce unique dans l'histoire de l'art lyrique !

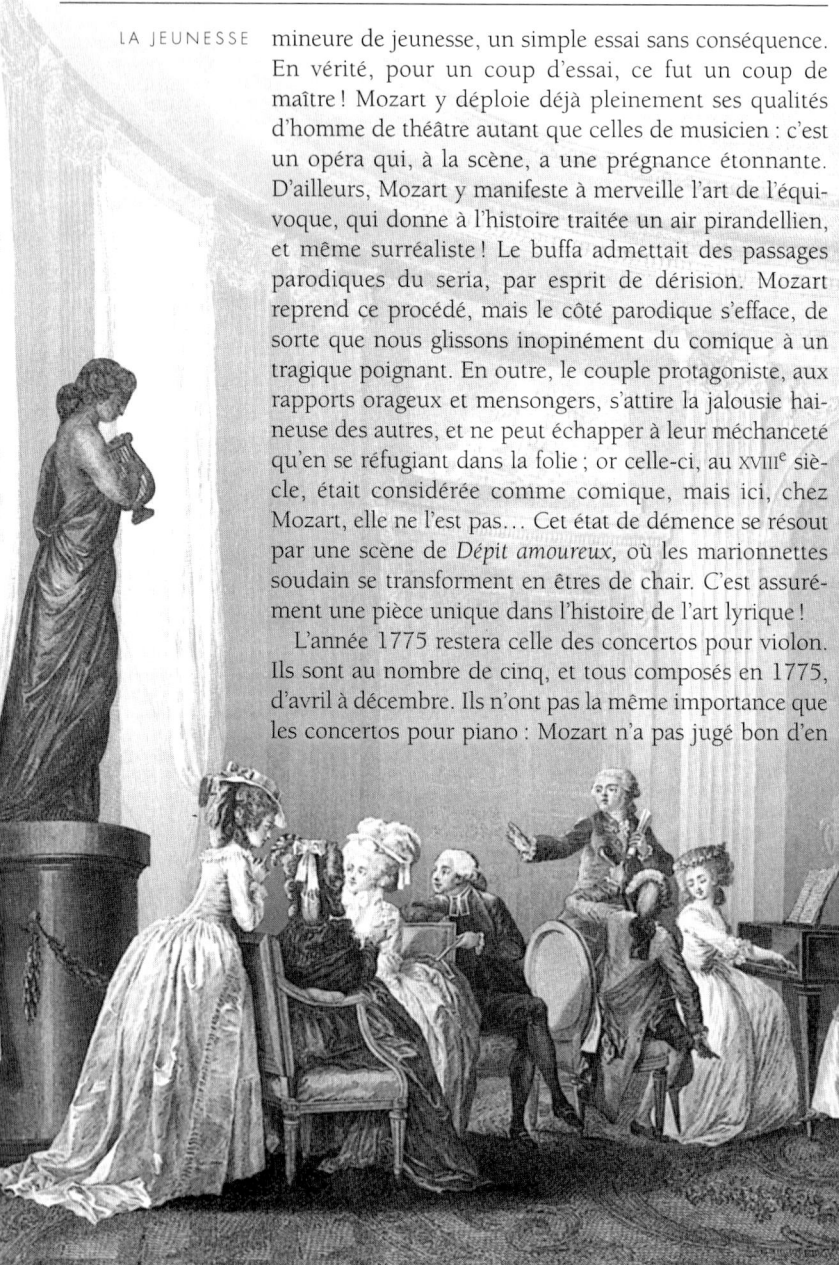

L'année 1775 restera celle des concertos pour violon. Ils sont au nombre de cinq, et tous composés en 1775, d'avril à décembre. Ils n'ont pas la même importance que les concertos pour piano : Mozart n'a pas jugé bon d'en

écrire d'autres dans son âge mûr et ils ont, intrinsèquement, une valeur moindre. Mais il convient ici de s'armer de précautions. Évitons de les juger à partir de la conception qu'on s'est faite du genre au XIXe siècle. Ils rivaliseront alors avec les concertos pour piano, étant, autant qu'eux, plantureux symphoniquement et habilement conditionnés pour faire valoir les prouesses d'un virtuose. Pensons à Beethoven, Mendelssohn, Brahms, Tchaïkovski... Si nous appliquons ce critère à Mozart, nous ne pourrons pas dire qu'il a été un précurseur, même timide. « Ces concertos auraient certainement fait sourire un Paganini ! », note A. Einstein. D'ailleurs c'est uniquement parce qu'ils sont signés de Mozart que les « grands » virtuoses daignent les exécuter, quitte à les gonfler par des effets qui ne font qu'écraser leurs lignes si délicates.

Tout autre sera notre jugement si nous les voyons sous un jour différent. Ils ne s'apparentent pas à la symphonie (comme les concertos pour piano), mais à la sérénade – cela ne soit pas dit pour les déprécier, mais pour authentifier leur nature spécifique. Du reste, les grandes sérénades comportaient, insérés en leur début, des petits concertos pour soliste (le plus souvent pour violon). Les concertos de 1775 ne sont rien d'autre que de tels « concertos intercalés » autonomes et d'une orchestration

■ *L'Assemblée au concert,* par F. N. B. Dequevauviller, d'après Lavreince. (BN, Paris.)

LA SENSIBILITÉ MOZARTIENNE ET LE PRÉROMANTISME

Mozart n'a certainement jamais fait partie des « Titans », ni dans sa vie ni dans son art, quelques nombreuses idoles qu'il ait renversées ; mais il le fit sans combat, sans réquisitoire, simplement par l'expression naturelle et le libre déploiement de son être propre. Il lui fallut aussi se hausser par-dessus les Romantiques de son temps, avec lesquels il avait tant d'affinités : Stamitz et Schobert, car son but n'était pas de faire la révolution pour la révolution, mais de réaliser pleinement ce monde en fermentation. Il n'a pris sur lui ni le débordement de leur passion vague et sans frein, ni cet autre mal du temps : la sensiblerie. Sans doute fut-il lui aussi touché par la sensibilité propre au temps de Rousseau. Il avoue à son père, après la catastrophe de son amour pour Aloysia : « Aujourd'hui je ne puis que pleurer. J'ai un cœur trop sensible !... » Mais il était bien loin des torrents de larmes des « belles âmes » de l'époque, et, avant tout, sa puissance créatrice le préservera de sombrer dans la sentimentalité. Il tend à rendre la réalité de façon plastique, et non à exprimer des effusions pour elles-mêmes. On n'a qu'à mettre une aria de Chrétien Bach à côté d'une des siennes, et l'on verra aussitôt la différence. On fausse donc de fond en comble l'image de sa personnalité quand on lui prête de la sensiblerie. Bien plus, en fils authentique de l'ère rococo, il s'est entendu à taire sa douleur intime, ou à la dissimuler derrière de folles plaisanteries. D'après le témoignage de Lange, son entourage avait à subir un défi de « frivolités » et de platitudes aux moments surtout où une grande œuvre occupait son esprit de façon particulièrement intense. Ses œuvres nous enseignent à satiété comment il s'y entendait pour ennoblir avec art la sensibilité de son époque (II, p 15-16).

Hermann Abert, *W. A. Mozart,* Leipzig, Breitkopf, 1re édition, 1919.

plus étoffée, mais l'esprit est le même. Si nous avons compris le sens et la valeur de la sérénade et si nous avons la chance (ce qui est rare !) de les entendre joués dans cet esprit, cela nous réservera de grandes joies.

La série des cinq concertos est marquée par un progrès incessant : Mozart réussit de mieux en mieux à vaincre une difficulté assez grave. Celle-ci venait justement de la parenté avec la sérénade : le propre de ce genre était la totale liberté dans le nombre des thèmes. D'où une prolifération mélodique, qui est certes pleine de charme, mais qui risque de s'égailler dans une dispersion incontrôlée. Or ce trait se retrouve dans nos concertos, en particulier dans le premier, en *si* bémol K. 207, où le jaillissement mélodique est tel que nous avons l'impression d'un kaléidoscope aux images mouvantes. Or il fallait absolument dominer cette surabondance, de façon à assurer l'unité et le fil du discours. C'est à cela qu'il s'emploie dès le deuxième, en *ré* K. 211. Dans l'andante il n'y a plus qu'une phrase mélodique qui, de sa courbe, recouvrira tout le mouvement. Le troisième, en *sol* K. 216, le plus connu de tous, marque encore un progrès dans ce sens. Le développement de l'allegro devient un long et magnifique intermède ; l'adagio est une phrase immense qui, loin de diluer le flux musical, le concentre dans l'état de poésie. Pour Saint-Foix, « c'est l'une des plus merveilleuses créations de tout le génie de Mozart ». Le quatrième, en *ré* K. 218, a moins de sensualité, mais davantage de corps. Le finale surtout est remarquable, où la difficulté était attaquée de front : assurer l'unité et la continuité dans une diversité sans cesse changeante. Mais le plus beau de tous est le dernier, en *la* K. 219 (du 30 décembre), le plus chargé aussi de poésie. La phrase immense de l'adagio est à la fois sensuelle et pure ; ici se trouve dissimulée sous l'apparence d'un naturel qui coule de source une structure interne très solide. Nous avons déjà là, comme dans l'andante du *Concerto pour basson* K. 191 (de 1774), un exemple de l'art typiquement mozartien d'amplifier et de recharger continuelle-

■ Jacob Franz Rousseau, *Bal costumé au Bonn's Residence Theatre*, 1754. (Augustusburg, Brühl.)

ment le discours musical sans trace aucune de rhétorique. Mais le mouvement le plus stupéfiant est le finale. Par ses coloris contrastés, ses évocations pittoresques, ses sautes continuelles de rythme et de tempo, ce devrait être une rhapsodie décousue et échevelée ; or c'est un chef-d'œuvre d'unité.

Les progrès accomplis dans la série de ces concertos sont une preuve manifeste de l'erreur de ceux qui prétendent que, durant ce stage dans la « galanterie », Mozart se soit laissé aller à la facilité. Certes, il était naturellement doué, d'une manière unique dans l'histoire, de créativité mélodique, et l'art « galant » lui offrait à cet égard un terrain des plus propices. Mais il était trop intègre pour renoncer à structurer ses compositions. À cet effet des formes trop strictes ne pouvaient convenir, tandis que le style « galant » lui offrait la possibilité d'une structuration organique, simple et, pour dire le mot, *naturelle*.

On peut donc dire que, durant la période 1774 à 1777, Mozart a procédé incessamment à des *expériences*, lesquelles seront précieuses pour son évolution future. Car, de même que ses séjours en Italie ont été nécessaires pour qu'il pût devenir lui-même, de même cette période d'apparente facilité lui a permis de développer un aspect essentiel de son génie ; à Vienne en effet la « galanterie » sera transmuée en classicisme.

Dans l'ordre de la pensée, c'est aussi une erreur grossière de dire que Mozart a été poussé à faire de la musique superficielle parce qu'il se grisait de ses succès dans les salons. Combien de fois le voyons-nous, dans ses sérénades, se retirer, au détour d'une phrase, dans la solitude méditative ! D'ailleurs, durant toute cette période, ce qu'il écrit pour l'Église est tout aussi estimable que tout ce qui a précédé. Une pièce magnifique éclôt même au début de 1775, le motet *Misericordias,* où le langage nouveau s'allie à merveille au contrepoint ancien. À la fin de 1776, c'est ce chef-d'œuvre qu'il enverra au Padre Martini à Bologne, pour lui demander son avis sur son inspiration religieuse.

1776. La merveilleuse année où Mozart a vingt ans

Me séparant de la plupart des mozartiens qui mettent dans le même sac toutes les œuvres de 1774 à 1777, je suivrai l'exemple de Saint-Foix qui détache l'année 1776 en lui reconnaissant une qualité exceptionnelle. Non qu'elle apporte quelque chose de nouveau, mais on y voit s'épanouir dans toute leur perfection les promesses des deux années précédentes.

Les œuvres ne sont pas très nombreuses, et le massif qui embaume au centre de ce ravissant jardin est surtout planté de sérénades. Une dizaine, dont les plus accomplies sont : K. 240 (VI vents), K. 247 pour la comtesse Lodron, K. 250 pour Haffner, K. 251 pour l'anniversaire de sa sœur (ces trois dernières pour cordes et vents). Mozart touche à la musique de chambre avec un *Trio-divertimento avec piano* (K. 254) et à la musique concertante avec trois concertos pour piano (K. 238, K. 242 pour trois pianos et K. 246). Ces œuvres, dont aucune n'a la prétention d'atteindre à la musique monumentale, sont empreintes de la même clarté légère que les sérénades.

On ne peut même pas dire de Mozart qu'il soit *avant tout* musicien. Il *n'est que* musicien*.

Dans toute la musique de cette année, le foisonnement mélodique est d'une luminosité si rayonnante que l'expressivité en est quasiment absente. Remarquable est aussi le sens de l'unité, à l'intérieur des mouvements aussi bien que dans l'ensemble d'une œuvre. On voit, à la fluidité organique des lignes, qu'il n'a pas oublié les leçons de l'Italie, non plus que ses recherches dans l'ordre du développement (exemple : l'allegro de la *Haffner* K. 250). Jamais encore Mozart n'a été aussi pleinement lui-même.

Des passages de futures grandes œuvres s'y trouvent déjà esquissés : ainsi les *Noces* et le *Così* dans le *Concerto* K. 238. Dans le prélude grave au finale du K. 247 résonne déjà la Marche des prêtres de *La Flûte* ; l'*Adagio* isolé K. 261 annonce directement le *Così (Ah, guarda, sorella)*.

Notons encore une autre forme de langage : l'impres-

*R. Rolland, *Musiciens d'autrefois*, p. 282.

■ La mère de Mozart, Maria-Anna née Pertl (1720-1778). D'un an plus jeune que Léopold, ils formaient, disait-on, le plus beau couple de Salzbourg. C'était une femme bonne, excellente mère de famille, et Wolfgang l'aimait tendrement. C'est d'elle qu'il a hérité son insouciance et la propension aux bouffonneries et au parler gras... Il eut la grande douleur de lui fermer les yeux à Paris. (Mozarts Geburtshaus, Salzbourg.)

■ Portrait de Mozart en 1777. En 1770, en revenant de Naples, Mozart était repassé par Rome, où le pape accorda au père et au fils une audience. Il remit alors à Wolfgang les insignes de l'Éperon d'or. (Civico Museo Bibliografico Musicale, Bologne.)

sionnisme cristallin : au centre du *Concerto* K. 242, les sept mesures du développement de l'adagio créent un ruissellement de musique concrète, qui s'ouvre sur la pure féerie. Le bruissement de ces notes furtives sera repris à la fin du même adagio.

1777. Avant le départ pour Paris

Durant les quatre derniers mois de 1776, Mozart cesse de composer, sauf pour l'Église (Messes K. 257, 258, 259). La floraison printanière n'aura pas dépassé l'été. Il commence à se languir dans la ville où règne Colloredo, et il reporte sa pensée vers les heureux temps de l'Italie (lettre au Padre Martini du 7 septembre). Mais, comme il

ne peut s'échapper de Salzbourg, il cherche une issue en puisant à son propre fonds. Le plus admirable est qu'il y arrive, et dans trois ordres différents.

1. La sérénade. De janvier 1777, voici un *Sextuor pour instruments à vent* K. 270. C'est encore l'heureux langage de 1776, et l'andantino baigne dans une douceur exquise. Mais on sent nettement une promotion à un art plus complexe et évolué, et la coupe revient au style sonate. Le *Sextuor en si bémol pour cordes et vents* (K. 287), qui magnifie ce nouvel esprit de la sérénade, confine au pur style de la musique de chambre. Le premier menuet (*sol* mineur) retrouve l'intensité des symphonies de 1773.

2. Le *Concerto pour piano* K. 271. De janvier, cette œuvre magistrale domine de très haut non seulement ce qui précède depuis 1773, mais encore ce qui va suivre avant longtemps.

Une pianiste française de renom, Mlle Jeunehomme, passe par Salzbourg : la présence de cette virtuose réveille soudain l'inspiration de Mozart jusque dans les profondeurs. Sans doute l'orchestre n'a-t-il pas encore subi l'émancipation mannheimienne qui rendra possibles les grands concertos viennois. La discrétion de 1776 agit encore ; mais précisément en vertu de cette qualité, Mozart ne s'étale pas, et son démonisme n'éclate pas. Il concentre ; d'où l'intensité particulière de ce concerto, surtout de l'andantino, « extraordinaire chef-d'œuvre » (O. Messiaen). Et que dire des cadences, écrites par Mozart ! Nous pressentons les pages de grande solitude, comme l'*Adagio en si mineur* K. 540.

3. Aria *Ah, lo previdi* K. 272, écrite pour Mme Duschek.

« L'une des plus belles arias pour soprano et orchestre de Mozart, remarquable en ce que, contrairement à la plupart des pièces de cet ordre, où se marque une charge accrue de passion, celle-ci présente une lente décontraction fluente qui passe à la rêverie, et qui finalement apporte – par une observation psychologique très fine – un réveil résigné et désespéré hors du rêve » (H. Abert, I, p. 432).

En conclusion, si nous survolons la période qui va de

1773 au milieu de 1777, nous voyons qu'en fin de compte, loin d'avoir perdu son temps, Mozart a incessamment et normalement mûri.

Le grand voyage, 1777-1779

Munich-Mannheim-Paris-Mannheim-Munich

Se sentant de plus en plus prisonnier de l'atmosphère étouffante de Salzbourg, Mozart est hanté par l'idée de s'évader. Son père ne s'y oppose pas : non qu'il pense aider Wolfgang à étendre son horizon musical, mais il souhaite pour son fils une situation plus stable et plus honorifique.

Rappelons succinctement les faits. En secret, le père et le fils préparent le départ. Léopold écrit lettre sur lettre à toutes ses relations en Allemagne. En juin, le père demande un congé à l'archevêque. Colloredo tempête, refuse, et finalement accepte de laisser partir seulement le fils. Sa mère l'accompagnera. Et c'est alors le

Aloysia Weber, la seconde des filles Weber. À Mannheim, Mozart fut séduit par sa beauté et surtout par ses dons exceptionnels de cantatrice. Ce fut la grande (et seule) passion de sa vie. À son retour de Paris, le 25 décembre 1778, il fut cruellement éconduit. Il épousa sa sœur Constance, et elle prit Lange pour époux. (BN, Paris.)

malheureux voyage, qui traîne d'abord en Allemagne, et qui tourne au fiasco à Paris.

Mozart s'attarde à Mannheim, parce qu'il s'est épris d'Aloysia Weber. Fureur du père qui, à coups de lettres, le talonne. À Paris, comme à Munich et à Mannheim, toutes les démarches tournent court, et il est en butte aux jalousies de ses confrères. Le baron Melchior Grimm, sur qui Léopold comptait le plus, se borne à donner des lettres d'introduction et à fournir des leçons de musique. Pour finir, il se lassera de son protégé et le renverra carrément chez lui. Entre-temps, sa mère tombe malade, et meurt le 3 juillet 1778. L'argent fond ; il est écœuré et prend Paris en horreur. Une consolation lui reste : retrouver son Aloysia à Mannheim. Mais quand, à Noël, il se précipite auprès d'elle, il se fait éconduire par la belle qui lui rit au nez.

Alors, au début de janvier 1779, c'est le retour au foyer, où il vient se blottir et panser ses plaies auprès de son père et de sa sœur, puisque la mère a été enterrée là-bas, dans le Paris lointain…

Piccinni est, dans la seconde moitié du XVIIIe siècle, le représentant de l'opéra néo-napolitain qui se situe entre l'art concentré de Pergolèse et la virtuosité d'un Cimarosa. Installé à Paris en 1776, il entra, malgré lui, dans la querelle qui oppose ses partisans à ceux de Gluck. C'était un homme affable, qui ne tira pas vanité du succès de son *Roland* en 1777, à la différence de Gluck, qui se montra moins beau joueur. Mozart assista à cette querelle et fréquenta les deux hommes, mais ne prit point parti. Par la suite, au XIXe siècle, Piccinni était oublié, tandis que Gluck fut remis à l'honneur par Wagner, qui voyait en lui un précurseur.

■ Niccolo Piccinni (1728-1800), gravure de Catthalin d'après Robineau. (BN, Paris.)

■ Christoph Gluck (1714-1787), gravure de S. C. Miger d'après J. Duplessis. (BN, Paris.)

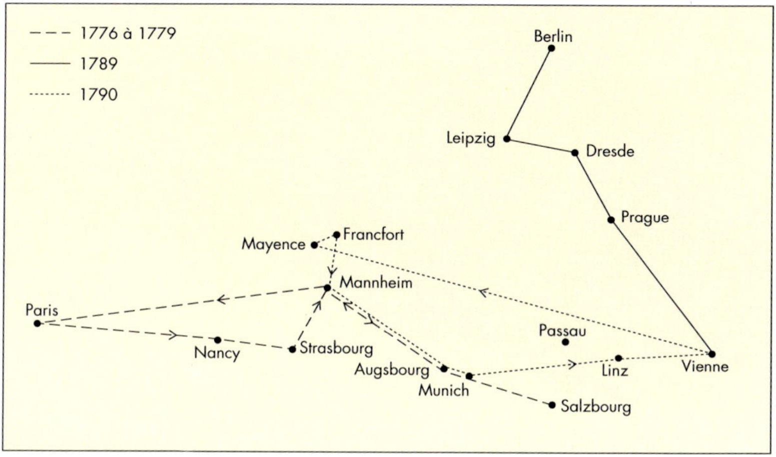

En conclusion, ce voyage ne lui a apporté que des crève-cœur et des déceptions. Sans doute a-t-il mûri dans l'épreuve : c'est un homme maintenant qui, à vingt-trois ans, revient en son pays natal. Il ne rentrera pourtant pas révolté ni aigri, car, sur le plan musical qui seul compte pour lui, il sait à présent combien il est supérieur à ses confrères : il a pleinement pris confiance en soi-même.

Le fruit le plus précieux qu'il retire de ce voyage, c'est l'immense ouverture de son champ de conscience musical. « Vous savez que je suis capable d'écrire dans tous les styles. De ce côté, je ne crains rien », peut-il écrire alors à son père. On est en effet stupéfait devant l'amplitude des registres stylistiques qu'il manie durant tout ce voyage.

Il adopte momentanément chacun des langages qu'il trouve sur sa route. L'esprit de 1777 persiste dans ses compositions mannheimiennes pour la flûte (deux *Quatuors* K. 285, 285a, et deux *Concertos* K. 313, 314). Ce dernier atteint à une fluidité, à une ténuité qui s'allient par moments à des raccourcis harmoniques très intenses (partie médiane de l'andante isolé K. 315). Cette veine de musique aimablement concertante se prolonge, dès son arrivée à Paris, dans le *Concerto pour flûte et harpe* (K. 299). Son mimétisme est prodigieux : à peine est-il

■ Munich, *Château de Nymphenburg* (1761), de Bernardo Bellotto.
Désireux de quitter le service de l'archevêque de Salzbourg, Mozart souhaitait se faire engager à la cour de la ville voisine, d'autant plus que les Princes Électeurs de Bavière étaient de fins musiciens. Maximilien III lui avait commandé *La Finta Giardiniera*

entré en contact avec l'aristocratie française, qu'il trouve le style le plus raffiné qui convienne au public noble de la capitale. Encore un aspect de Mozart : le Watteau de la musique, avec sa grâce ondoyante, nostalgique et nacrée.

Concession, cette fois, au goût du public français, *Les Petits Riens* pour un ballet de Noverre, et la *Symphonie parisienne* K. 297, où Mozart introduit, sans inspiration profonde, des effets mannheimiens.

Car il est une autre influence qu'il subit alors, quand, à Mannheim, il entend le plus fameux orchestre de l'Europe. Pourtant, c'est seulement à son arrivée à Paris qu'il composera sa symphonie mannheimienne : la *Symphonie concertante pour quatre vents et orchestre* K. 298b, écrite pour les « chefs de pupitre » de Mannheim, venus

à Paris. Œuvre aux proportions majestueuses, mais démesurée, et longue… Même le bel adagio, où Mozart s'enivre de la poésie des instruments à vent, se perd dans une extension lyrique, en recul sur la concentration de 1777.

Cette influence est heureusement contrebattue par les exigences de virtuosité légère que lui impose sa production pianistique. Le bagage qu'il emporte est assez fourni (*Sonates* de 1774-1775, et *Variations Salieri* K. 180 et *Fischer* K. 179). À cela il ajoute à Mannheim deux *Sonates* nouvelles, K. 309 et 311, ainsi que quatre *Variations*, K. 354, 265, 353 et 264.

Ne nous laissons pas gagner par le préjugé d'indifférence ou de dédain qui frappe communément les *Sonates*

(janvier 1775) et Karl-Theodor assista avec assiduité aux répétitions d'*Idoménée.* Mais Mozart n'obtint rien d'autre que des compliments, et c'est tant mieux, parce que Munich, tout autant que Salzbourg, était culturellement un cul-de-sac. Il lui fallait la capitale, Vienne. (National Gallery of Art, Washington.)

parisiennes pour piano et pour violon-piano, car c'est là qu'on trouvera ce que le Maître a conçu de plus précieux durant son voyage.

D'abord, grande variété : chacune répond à une recherche lucide de style. Les deux premières, écrites à Mannheim (K. 309 et 311) sont encore empreintes (ce qui n'est pas un défaut !) de l'esprit de 1777, surtout dans les andantes. Mais il y a, dans les mouvements rapides, une puissance (K. 309) et une liberté modulante (K. 311) qui se ressentent de l'esprit de Mannheim. À Paris, il y ajoute la *Sonate en la mineur* K. 310.

Même intensité d'inspiration dans les *Sonates violon-piano*, qu'il commence de composer à Mannheim. Il y subit l'influence de Schuster, qui a repris l'esprit de Schobert. Signalons, dans le finale de K. 301, la sicilienne, l'andante de K. 296, qui est un lied profondément allemand, et surtout la *mi mineur* K. 304, où sous l'influence française le ton tragique se ramasse dans une grande économie de moyens (voyez, dans l'allegro, le retour foudroyant du thème).

Antoine Watteau (1684-1721), *Partie de plein air* (1720). Mozart n'a jamais eu la mignardise d'un Boucher ou d'un Greuze. Par contre, on le rapproche souvent de Watteau. C'est à bon droit : on y trouve la même délicatesse de la touche, mais, plus encore, lorsque est traité un sujet d'une galanterie apparemment frivole, apparaît une nostalgie troublante, voire une tristesse profonde. (Staatliche Kunstsammlungen, Alte Meister, Dresde.)

Au cours de son voyage, une autre fibre encore se met à vibrer. À Mannheim, il a la révélation du *Singspiel* (Ignaz Holzbauer). À Paris il tombe en plein dans la querelle des Piccinnistes et des Gluckistes ; il refuse de prendre parti : « Moi, je comprends mon affaire, eux aussi, et cela me suffit » (9 juillet). Mais le désir d'écrire pour la scène le hante, et il pense un moment pouvoir le satisfaire. Le projet, hélas, tourne court, et il ne rapportera de Paris qu'une aria *(Popoli di Tessaglia* K. 316), œuvre à la fois brûlante et glaciale, destinée à Aloysia.

En fin de compte, le séjour à Paris aura été de grande conséquence. Il ne marque pas vraiment une coupure, car il y a une continuité manifeste entre les années 1777 et 1779.

C'est comme si, par-dessus le fossé du voyage, un vaste pont était suspendu. Beaucoup d'œuvres ont leur pendant : le *Concerto pour piano* K. 271 et le *Concerto pour deux pianos* K. 365, les sérénades K. 270, 287 et 289 et celles de 1779 : K. 320 et 334. Les œuvres religieuses ont aussi une continuité d'inspiration, empreinte de la religiosité du terroir : *Alma* K. 277, *Sancta Maria* K. 273, et la *Messe du Couronnement* K. 317, les *Vêpres* K. 321, le *Regina Coeli* K. 276.

Mozart a retiré de son contact avec Paris quelque chose de capital pour son évolution ultérieure, et qui est plus important que l'acquisition de langages particuliers : c'est le besoin d'expression nette, l'amour de la concision. Dans l'ordre de l'*ethos,* c'est la pudeur et la discrétion. Et c'est surtout une lucidité critique envers soi-même, qui va l'empêcher pour jamais de s'abandonner à l'emphase ou à la sentimentalité, et de se laisser emporter par ce qu'il appelle lui-même le « goût long des Allemands ».

Dès 1912, en toute impartialité, Saint-Foix avait mis les choses au point : « L'Italie et l'Allemagne lui ont fait des dons assurément plus riches et d'une plus haute valeur artistique ; mais la France lui a donné... une discipline d'esprit sans laquelle son œuvre n'aurait pas eu l'exquise perfection qui le distingue de tout autre musicien » (I, p. 53).

LA MATURATION

JANVIER 1779-DÉBUT 1782

Les dernières années à Salzbourg

Comme à chaque retour de voyage, Mozart profite de la retraite salzbourgeoise pour faire le point. Mais cette fois il a un travail de synthèse considérable à réaliser. Il n'a plus à essayer les langages de ses contemporains : il en a démonté les mécanismes et il en a la clef. Sans doute lui manque-t-il encore la découverte de Bach ; mais celle-ci viendra à son heure, en 1782. En attendant, pendant trois ans, il va poser les bases de son évolution future : quand on examine les œuvres composées de janvier 1779 à 1782, on est stupéfait de voir que presque tout le Mozart des années viennoises s'y trouve déjà. Non à l'état de germe, mais en voie de croissance.

Les six premiers mois de 1779

Le début de son séjour à Salzbourg nous réserve une surprise. On s'attendrait, après tant de déboires et après la plus douloureuse déception amoureuse de toute sa vie, à une musique pathétique et crispée. Or on ne trouvera rien de tel.

La première œuvre qu'il écrit est le *Concerto pour deux pianos* K. 365, qui annonce les grands concertos enjoués de 1784. Le savoir-faire y est plus grand que dans le *Concerto* K. 271 de 1777, mais l'inspiration est loin d'y être aussi profonde, aussi poignante.

Au mois d'avril, une radieuse *Sonate violon-piano* K. 378, dont H. Ghéon dit que jamais Mozart « ne fera

■ Mozart en 1780. Ce portrait a été exécuté en 1819 d'après un portrait de famille de 1780. On le considère comme étant très ressemblant. (Soc. des Amis de la musique, Vienne.)

plus spontané, plus doucement pensif, mieux articulé, mieux tourné » (p. 146). La *Symphonie en sol* K. 318 est théâtrale au meilleur sens du mot, à tel point qu'A. Einstein y a vu l'ouverture de la *Zaïde* inachevée, qui est de la même année.

Voici enfin la *Symphonie en si bémol* K. 319, celle que Saint-Foix appelle la Pastorale de Mozart, parce que « tout y est vie, danse, joie, non sans qu'une certaine ivresse sensuelle se mêle à la fête et s'exprime en de nombreux et insistants chromatismes ». Deux choses à signaler : d'abord la plage de recueillement, au centre de l'allegro initial, quand s'élève le thème à quatre notes de la *Jupiter*. Ensuite le menuet que Mozart ajoutera plus tard (en 1782 sans doute) et dont l'insertion prouve, par sa parfaite adéquation à l'ensemble de l'œuvre, que dès 1779 Mozart avait trouvé l'esprit qui animera les symphonies de la maturité.

De l'été 1779 à la fin de 1780

À partir du mois d'août, le ton va s'aggraver : après le répit qu'il s'est accordé, Mozart va s'adonner au travail de synthèse entre les deux formes de langage qui l'ont le plus frappé au cours de son voyage : l'ampleur orchestrale de Mannheim et la discrétion concise de Paris.

Une œuvre est représentative de l'esprit mannheimien : la *Sinfonia concertante pour violon et alto* K. 364. Mais ici Mozart cède au « goût long » : le dialogue entre les solistes (avec une utilisation excessive de l'écho) engendre une amplification qui, même dans l'andante au thème si poignant, est davantage oratoire que poétique.

Mozart pressentait-il un danger dans cet étalement ? Il est en tout cas significatif qu'il soit alors revenu au genre de la sérénade. Mais quels changements depuis 1777 ! Il en garde la liberté de coupe et la possibilité de laisser affleurer la fraîcheur poétique de 1776. Mais des accents d'une singulière gravité viennent conférer au genre une ampleur toute nouvelle.

La *Posthornserenade* K. 320 étonne par la puissance symphonique du premier et du dernier mouvement.

L'andantino en *ré* mineur est si tragique qu'il préfigure l'*Ode maçonnique* de 1785. Le *Divertimento à Robinig* K. 334, tout en contenant le menuet le plus superficiellement galant de Mozart, nous fait pénétrer d'un coup dans la perfection du style de musique de chambre avec les sombres variations de l'andante en *ré* mineur, qui annoncent celle du *Trio à Puchberg* de 1788. Le 1er trio du menuet II évoque le *Quatuor à Haydn en ré mineur*, par ses trous de silence, et le 2e énonce déjà les angoissantes questions de l'*Adagio* K. 540.

Cette mise au point des styles et la décantation de l'apport mannheimien trouvent leur aboutissement dans le bel équilibre autrichien de la *Symphonie en ut* K. 338, qu'on a surnommée la *Jupiter* de 1780.

Puissance, gaieté trépidante (le finale), tendresse et intimité avec l'enrubannement si caressant de l'andante. Recherches de timbres : quelles étonnantes échappées d'oiseaux sur les tenues des vents dans le développement du premier mouvement !

■ *La Famille Mozart en 1780*, par Nepomuk della Croce. La famille est au complet : même la mère est là, sous la forme d'un portrait protecteur. Le frère et la sœur jouent à quatre mains, mais si Nannerl a un air un peu raide, Wolfgang est triste. (Mozarts Geburtshaus, Salzbourg.)

Dans les œuvres religieuses, nous retrouvons un trait qui frappe dans les sérénades : les alternances, souvent précipitées, d'angoisse et de sérénité. Mozart, dès cette époque, se trouve saisi par moments d'une impression de vide, laquelle s'intensifie à l'idée de la mort.

À Paris déjà, avant le décès de sa mère, il écrivait : « Je ne trouve souvent aux choses ni rime ni raison… Fait-il chaud ? Fait-il froid ?… Je n'ai de vraie joie à rien… » (29 mai 1778). À la fin de 1779, ces idées l'assaillent de nouveau, parce qu'il a repris contact avec la pensée maçonnique. Boehm, un directeur de théâtre de passage, lui demande de tirer de ses cartons sa musique pour *Thamos*. En décembre 1779, il a achevé la mise au point de la partition de 1773, en l'étoffant et en l'étendant. Comme en 1773, le contact avec les idées maçonniques aggrave considérablement son inspiration. Quelle profonde méditation sur la mort va-t-il tirer des paroles : « Tremblez, enfants de la poussière !… » Le solo en *ré* mineur de la basse évoque le Commandeur de la scène de la damnation de don Juan et la grande aria de Sarastro. La réponse terrifiée puis apaisée du chœur nous situe déjà dans le climat de la *Flûte* et du *Requiem*. Cet approfondissement de la réflexion aura sa répercussion directe dans la *Messe en ut* K. 337 de mars 1780, qui est la plus belle de toutes celles qu'il a achevées, et elle annonce directement la *Grande Messe en ut mineur* de 1783. Le *Benedictus* avec son contrepoint acerbe résume à lui seul les tiraillements intérieurs de sa pensée, et l'*Agnus Dei* est le plus beau qu'il ait écrit avant celui du *Requiem*.

L'élaboration d'« Idoménée »

Munich
début novembre 1780-fin janvier 1781

Dès son retour de Paris, Mozart s'est jeté sur les moindres propositions qui lui sont faites dans l'ordre de la musique scénique. S'il n'arrive pas à terminer l'« opéra allemand » *Zaïde* K. 344, c'est parce que le scénario, bricolé pour lui par le brave Schachtner, est vraiment par trop médiocre.

C'est alors que se présente la grande occasion : la cour de Munich lui passe commande, pour le carnaval de 1781, d'un opera seria : *Idoménée, Roi de Crète* K. 366. Événement capital pour toute la carrière musicale de Mozart. D'abord parce que cette pièce marque le départ foudroyant de son œuvre dramatique : ce n'est pas un essai préliminaire, mais un coup de maître. Ensuite, parce que cette œuvre monumentale réalise l'aboutissement synthétique de toutes ses recherches antérieures dans l'ordre de l'orchestre, dans celui de la voix (y compris les chœurs) et dans la fusion, pour la scène, de tous ces éléments.

Mozart avait à vaincre une grave difficulté : il respectera les lois du genre désuet de l'opera seria, tout en introduisant les effets de puissance de l'orchestre mannheimien. Or ces deux styles tendaient, chacun à sa manière, à l'étalement. Mozart en fera la synthèse dans la concision. Ce ne sera pas sans mal ! Car il se heurte à

L'OPÉRA : MUSIQUE OU POÉSIE ?

Dans un opéra, il faut absolument que la poésie soit la fille obéissante de la musique. Le mieux, c'est quand un bon compositeur, qui comprend le théâtre et qui est lui-même en état de faire des suggestions, se rencontre avec un poète judicieux, un vrai Phénix !

Wolfgang Amadeus Mozart (lettre du 13 octobre 1781).

■ Anton Raaff (1714-1797), gravure de G. F. Touchemolin. Ce célèbre ténor avait soixante-quatre ans lorsque Mozart fit sa connaissance. Il avait été formé à l'ancienne école, et il amusa beaucoup Mozart quand il l'entendit pour la première fois. Mais très vite ils se lièrent d'une profonde amitié, et Mozart écrivit pour lui des airs de concert qui sont des chefs-d'œuvre, et lui donna le rôle d'Idoménée dans son opéra. (BN, Paris.)

l'entêtement de son médiocre librettiste, le chanoine Varesco, qui n'a aucune notion des réalités de la scène.

« Trop long ! C'est vraiment trop long ! », ne cesse-t-il de répéter dans ses lettres à son père. Il fait cent coupures, à l'insu du librettiste ; mais c'est encore, à son goût, insuffisant. La leçon de Paris a porté : la concision est pour lui une vertu cardinale.

Autre leçon tirée de la lutte parisienne entre Gluckistes et Piccinnistes : sa musique dramatique, dorénavant, ne sera ni une musique au service des paroles ni des paroles sacrifiées à la vocalité. Ce sera une unité indivise, un langage musical scénique. Avant tout : du théâtre.

Grandeur tragique, à cause surtout de la signification que prennent les chœurs. Rien de décoratif dans leur emploi, mais grâce à eux intervient, de plus en plus pesante et angoissante, la présence du protagoniste invisible : la force tenace, inhumaine, de Neptune.

Par une intuition géniale, Mozart rejoint ainsi ce qui constituait l'essence de la dramaturgie antique.

La pièce triompha quelques soirs, mais resta sans lendemain. Les spectateurs du temps étaient incapables de saisir l'importance de ce qui leur était offert.

C'est le cœur qui rend l'homme noble, et si je ne suis pas comte, j'ai peut-être plus d'honneur chevillé au corps que bien des comtes ; et valet ou comte, du moment qu'il m'insulte, c'est une canaille !*

Mozart s'attarde encore six semaines à Munich. Pour « s'y dissiper », lui reproche son père. Wolfgang lui répond : « Je pensais, à part moi : où vas-tu ? À Salzbourg... Alors, il faut en profiter ! »

Singulière dissipation, si l'on songe aux œuvres qu'il compose alors, encore brûlantes de l'inspiration dramatique.

Voici le *Quatuor avec hautbois* K. 370, si pur de lignes, si net de structure, dont l'esprit (surtout dans l'adagio en *ré* mineur) prolonge, avec une science consommée, celui de 1776.

Voici surtout une œuvre très dense en intensité poétique : la *Sérénade pour treize instruments à vent* K. 361. Plus tard, à Vienne, Mozart y adjoindra une romance, un thème varié et un menuet : mais que ces ajouts paraissent détendus en comparaison des mouvements

*Mozart, lettre à son père du 20 juin 1781.

de la première version ! Le genre de la sérénade éclate, mais ce n'est pas pour tendre à la symphonie : c'est une œuvre hors cadre. Dans l'adagio, l'alliage des timbres prend d'étranges éclats, grâce à l'obstination incantatoire, à la basse, d'une cellule rythmique, au-dessus de laquelle s'étale la nappe mélodique en quelque sorte immobile dans son mouvement giratoire.

Sombre fascination, longuement entretenue en spasmes continuels, qui mène à une torpeur envoûtante.

Installation à Vienne, mars 1781-1782

Rupture avec Colloredo

À partir de mars, les événements se précipitent. Il a outrepassé de cinq semaines les limites de son congé. Colloredo se fâche, et le somme de reprendre son service. Qu'il le rejoigne sans délai à Vienne, où l'archevêque réside pour quelques semaines.

C'est alors la rupture inévitable. Non pas brusque, et dans la dignité, mais longuement étirée en scènes humiliantes, et rendue plus pénible encore par la désapprobation du fils par le père.

Nous renverrons aux biographies pour le détail de ce que Mozart appelle *die Sauhistorie* (cette cochonnerie d'histoire), et qui occupe deux mois de sa correspondance. Qu'il nous suffise ici de dégager le sens de cette rupture. Il ne s'agit pas de l'indépendance romantique de l'artiste qui secoue le joug d'un employeur aristocrate. Mozart trouve tout à fait normal d'être au service d'un grand, mais à la condition que son patron comprenne ce qu'il fait, et le soutienne dans son travail créateur.

L'aristocratie viennoise, sous l'impulsion du joséphisme, lui semble ouverte à cela : on lui fait bon accueil et il ne tarde pas à intéresser l'empereur en personne. Il mettra quelques années à s'apercevoir que cette gentillesse recouvre un esprit superficiel. Pour le moment, il est à la rue ; mais loin de l'abattre, cet état le stimule au travail.

D'avril à juillet, donc au plus fort de l'« affaire », il produit quatre sonates pour violon et piano K. 376, 377, 379, 380, toutes fort belles. À partir du 1er août, il semble que ce soit le silence. En fait il s'est mis, avec quel enthousiasme ! au *Sérail*, dont il vient de recevoir le livret. Est-ce que son installation à Vienne marque pour Mozart une importante articulation dans son évolution ?

Sur le plan de son existence privée, certes oui. Le 4 août 1782, il épouse Constance Weber, la sœur d'Aloysia, contre le gré de son père. Nous renverrons sur ce point le lecteur aux biographies du Maître.

Par contre, dans l'ordre musical, qui nous importe ici avant tout, on ne voit aucune solution de continuité avec les recherches naguère entreprises à Munich. On a attribué à la liberté conquise la joie de vivre qui éclate dans le *Sérail*. Mais on retrouve aussi bien dans cette œuvre et dans les sonates le ton dramatique d'*Idoménée*, et de la *Sérénade à treize instruments à vent*.

Il y a bien un élément nouveau : c'est son attitude envers une inconnue, c'est-à-dire la réaction du public viennois. De son succès va dépendre sa subsistance. L'expérience de Paris va lui profiter : plutôt que de brusquer son public, il tâchera de le séduire.

■ Première œuvre publiée à Vienne, 1781. *Six Sonates pour clavecin ou pianoforte et violon* K. 296, 376-380. (Bibliothèque du Conservatoire, BN, Paris.)

Le problème qui se pose à Mozart durant toutes les années viennoises, et qui va prendre de plus en plus – jusqu'en 1788 – des proportions dramatiques, est le suivant : comment gagner la plus vaste audience possible, non seulement en s'interdisant toute concession à la facilité, mais encore en mettant tout en œuvre pour hausser son public à des hauteurs inaccoutumées ? Pour employer les termes d'une de ses lettres à son père (28 décembre 1782), comment satisfaire à la fois les *connaisseurs* et les *non-connaisseurs* ? Il y aura dorénavant, et dès 1781, deux séries parallèles d'œuvres dans la production mozartienne : l'une, ouverte au grand public, dont la forme typique sera le concerto pour piano, l'autre sera marquée par une rétraction, un manque de séduction, une indifférence au succès : c'est pour la musique de chambre surtout qu'il élaborera ces pièces de laboratoire.

Dès 1781, de mars à juillet, nous voyons Mozart avoir recours, pour mettre au point ses recherches en profon-

■ Hieronymus Colloredo, par Johann M. Greiter. Archevêque de Salzbourg en 1772. Partisan des réformes de Josef II, il adhéra à l'*Aufklärung* issue des Encyclopédistes français ; son cabinet s'ornait des portraits de Rousseau et Voltaire. En 1782, il s'attaqua à « la pompe inutile » des offices religieux, réduisit la longueur de la messe au minimum. Il ferma aussi l'opéra, coupant ainsi à Mozart toute occasion de s'épanouir. Colloredo non seulement ne se douta pas qu'il avait un génie à son service, mais il le ravala au dernier rang de ses domestiques. (Museum Carolino Augusteum, Salzbourg.)

deur, à la musique de chambre. Il ajuste, de façon définitive, le genre de la sonate pour violon et piano (quatre sonates et deux variations K. 359 et 360), par l'autonomie dialoguante de chacune des voix. Il ne s'agit plus de faire alterner d'un instrument à l'autre un thème entier, émergeant tour à tour de l'accompagnement. La même mélodie sera partagée en imitations, chaque instrument faisant respirer l'élaboration thématique selon son timbre propre, l'un en continuité, l'autre en mode de percussion chantante. Quoi d'étonnant si le ton se concentre ; l'andante en *ré* mineur du K. 377, l'andante en *sol* mineur du K. 380 (l'un des plus beaux lamentos de Mozart), l'allegro hagard en *sol* mineur du K. 379, l'allegro initial du K. 377 avec son allure hâtive et passionnée, le finale délicat et nerveux du K. 380, le beau thème en sicilienne du K. 360, la marche fougueuse de la septième variation du K. 359.

■ Constance, née Weber (1762-1842). Elle épousa Mozart le 4 août 1782, malgré l'opposition de Léopold. Elle eut de lui six enfants, dont deux survécurent. Elle se remaria en 1809 avec G.-N. von Nissen, qu'elle aida à rédiger une biographie de Mozart. Elle a été jugée longtemps indigne de son mari, mais de nos jours on tend à lui rendre justice. Mozart trouva auprès d'elle un bonheur conjugal parfait ; c'était d'ailleurs une fine musicienne, capable de chanter une partie de soprano dans la *Grande Messe en ut mineur*, que Mozart écrivit pour elle. (Mozarts Geburtshaus, Salzbourg.)

Même gravité dans la *Sérénade pour six instruments à vent* K. 375, bien qu'elle soit plus détendue que la *Sérénade à treize* de Munich. Malgré la floraison mélodique si bien répartie entre les voix, de tragiques incidences interviennent souvent, et éclatent dans le trio du menuet.

« L'Enlèvement au sérail » K. 384

Enfin, Mozart a la possibilité d'écrire pour la scène, dans un genre où il ne subit plus les contraintes désuètes de l'opera seria. Avec un Singspiel-opérette en langue allemande il peut s'adonner, en toute liberté, à la joie de concevoir une œuvre conforme à la conception dramaturgique qui dorénavant sera la sienne. La musique ne se contente pas de rendre expressif le texte chanté, ni de souligner des traits de caractère : elle crée à proprement parler les caractères.

Il a d'ailleurs la chance de tomber sur un librettiste compréhensif : « Stephanie *arrange* fort bien son livret pour moi et comme je le veux, à un cheveu près » (26 septembre 1781). Primat de la musique ? Oui, mais Mozart entend ce primat comme étant d'ordre théâtral, en fonction de l'efficacité scénique. Il en résulte que la pièce passe, aujourd'hui encore, étonnamment la rampe.

Les ensembles vocaux surtout. Le duetto *O Engländer* a une poésie narquoise et nostalgique, unique dans toute son œuvre. Le trio qui clôt l'acte I est un véritable numéro de cirque, et l'admirable quatuor que Mozart imposa à son librettiste, à la fin de l'acte II, élève l'opérette à un niveau poétique qui égale les plus hauts sommets de ses chefs-d'œuvre ultérieurs.

À la verve et à l'intensité vocales, Mozart joint le chatoiement d'un langage orchestral extrêmement riche, où ne se décèle pourtant aucune surcharge. Combien exquise, par exemple, est la variété de l'accompagnement du premier lied d'Osmin, et comme les pizzicati créent, à l'entour du lied de Pedrillo, une mystérieuse atmosphère de ballade romantique !

En 1818, K.-M. von Weber a fort bien vu ce que le *Sérail* a d'unique dans l'œuvre mozartien : « Je crois voir en cette pièce ce que sont pour chaque homme ses joyeuses années de jeunesse, dont il ne peut plus jamais retrouver telle quelle la floraison. Des opéras comme *Figaro* ou *Don Giovanni,* le monde était en droit d'en attendre plusieurs autres de lui. Mais, avec la meilleure volonté, il ne pouvait plus récrire un *Sérail.* »

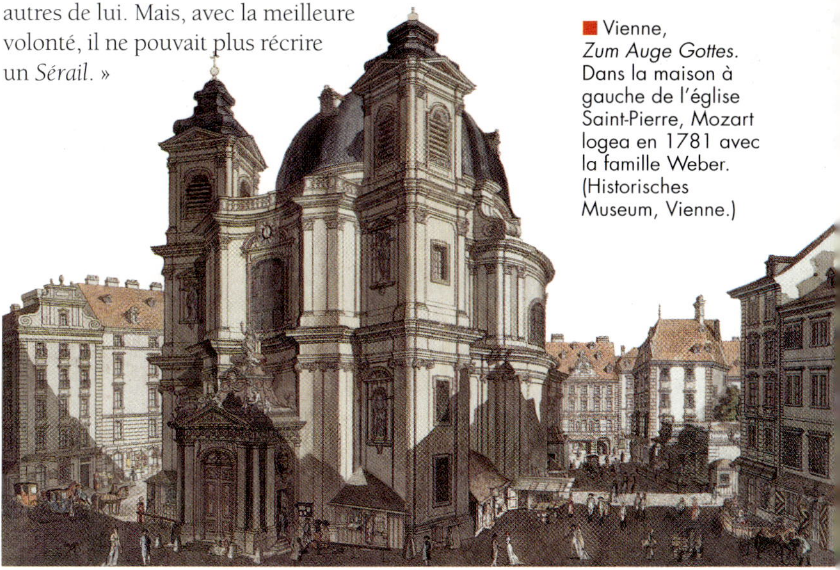

Vienne, *Zum Auge Gottes.* Dans la maison à gauche de l'église Saint-Pierre, Mozart logea en 1781 avec la famille Weber. (Historisches Museum, Vienne.)

■ Vienne. Détail du Kohlmarkt. Gravure de Carl Schutz (1786). Au premier plan, les locaux d'Artaria, qui fut, avec Hoffmeister, l'éditeur des partitions de Mozart. C'est lui qui grava les six quatuors dédiés à Haydn, les trois quatuors « prussiens » et les deux derniers quintettes à cordes. (Historisches Museum, Vienne.)

UN DRAMATURGE

On est tenté de se demander si Mozart a jamais dû chercher la forme musicale de ses personnages. Cette forme leur est tellement adéquate qu'ils semblent avoir été eux-mêmes les auteurs de la musique qui les exprime et les représente.

Charles Gounod, *Le Don Juan de Mozart*,
Éd. P. Ollendorff, Paris, 1890 (p. 80).

Il ne faudrait cependant pas y voir uniquement un moment, si original soit-il, de la carrière dramatique du Maître. Car on y trouve des passages où fulgure l'intemporelle poésie « mozartienne ».

Les données du livret éclatent plusieurs fois, par l'irruption d'une pensée musicale qui rompt les plans scéniques. Dans l'andantino du quatuor, le dépit amoureux des deux couples se dissout en une plage de sérénité qui dépasse de loin la situation. Le moment le plus haut de l'opéra est atteint dans un simple récitatif (n° 20) où les deux amoureux, après l'évasion manquée, se préparent à subir ensemble leur condamnation à mort.

Enfin, dans la scène terminale, le plaisant défilé des personnages (conforme au style du vaudeville français) s'interrompt brusquement sur les mots : « Rien d'aussi exécrable que la vengeance !... » Alors, pour célébrer l'idée de fraternité, Mozart crée un climat de gravité mystérieuse, qui est d'autant plus saisissant qu'il s'insère dans le brouhaha final.

LA MATURITÉ

1782-AUTOMNE 1788

Jusqu'à présent nous avons vu Mozart passer, surtout depuis 1773, par des alternances périodiques de contraction et de détente. Mais maintenant, à dater de son installation à Vienne, ces oscillations vont se précipiter et prendre de plus en plus d'amplitude. Aussi utiliserons-nous les mots de *crise* et d'*issue* pour désigner les articulations de sa vie musicale à partir de 1782.

Le fait a été remarqué par H. Abert en l'une des pages les plus profondes de son étude (II, p. 17) :

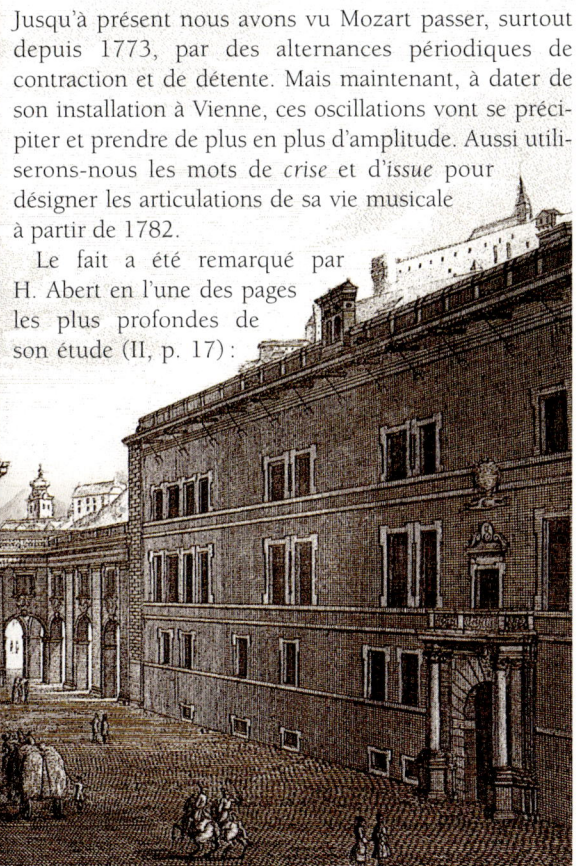

Salzbourg, la cathédrale Saint-Pierre, gravure de K. Remshaed d'après F. A. Danreiter. Ce n'est pas dans la cathédrale, le fief de Colloredo, que Mozart fit exécuter sa *Grande Messe en ut mineur* K. 426, mais dans une église voisine, plus intime, dédiée elle aussi à saint Pierre. Constance y chanta le 25 août 1783 une des parties de soprano. (BN, Paris.)

« Ce libre épanouissement de son être, qui constituait pour Mozart le vrai but de la vie, ne se réalisa pas sans difficultés ni, partant, sans crises… Ces frissons qui courent dans l'art de Mozart sont l'expression de la crise psychique, le reflet de l'ébranlement intérieur qui va parfois jusqu'aux bords de la dislocation. Il est aussi très vraisemblable que ces crises intérieures, en se succédant rapidement, se répercutèrent avec violence sur son être extérieur, et atteignirent sa fragile enveloppe corporelle. »

Que le lecteur ne se méprenne pas sur le sens à donner à ce mot de *crise*, où nous n'avons aucunement l'intention d'introduire une résonance romantique. Mozart n'a pas « exprimé » des états d'âme que, sous l'action d'événements externes, il aurait ressentis en traversant ces crises : c'est au contraire la création musicale qui les constitue. Autre piège à éviter : le vrai Mozart serait à chercher dans l'aspect tragique qui se manifeste lors de l'aggravation de ces crises. Celles-ci n'ont leur raison d'être que dans la résolution qui les apaise. C'est l'ataraxie musicale de 1791 qui est la clef de l'œuvre mozartien.

La crise de 1782-1783

La découverte de Jean-Sébastien Bach

Un événement capital pour l'évolution ultérieure de Mozart ouvre l'année 1782 : la découverte du langage de Bach. Conjoncture historique impressionnante, d'autant plus remarquable que, trente ans après sa mort, le grand Cantor était non seulement méconnu, mais inconnu.

Il nous est difficile, à nous qui situons Bach à sa place éminente, d'imaginer qu'en 1782 il était pratiquement impossible de se procurer la moindre partition de son œuvre immense. Il a fallu que le hasard amenât Mozart à fréquenter un diplomate mélomane, le baron van Swieten, qui lui-même par hasard avait été rendu attentif, par Frédéric II, à *L'Art de la Fugue* et au *Clavier bien tempéré*. Le 10 avril, Mozart écrit à son père :

■ Premier prélude du *Clavier bien tempéré* de J.-S. Bach.

■ Le baron Gottfried van Swieten, diplomate et mélomane. C'est lui qui fit connaître J.-S. Bach à Mozart. Chargé d'affaires à Postdam, il rapporta des partitions alors introuvables.

> Je vais tous les dimanches à midi chez le baron van Swieten, et l'on n'y joue que du Händel et du Bach. Je suis en train de me faire une collection des fugues de Bach, aussi bien de Sébastien que d'Emmanuel et de Friedmann.

Pour Mozart, c'est une véritable révélation. Cette écriture, où l'inspiration est égale à la science, est totalement différente non seulement, cela va sans dire, de la musique « galante » qu'il a pratiquée, mais encore de tout ce qu'il a pu concevoir jusqu'alors en fait de musique « savante ». Le contrepoint que lui avait enseigné le Padre Martini allait dans le sens de ses recherches de vocalité concrète. Celui de Jean-Sébastien lui ouvre des horizons insoupçonnés.

Ce n'est point par goût du paradoxe que nous dirons que l'action de Bach a été trop profonde pour provoquer un engouement (ses lettres en parlent à peine), ni même pour susciter une brusque mutation. Il continuera, dans beaucoup d'œuvres destinées au grand public, à composer dans l'esprit où il s'était engagé auparavant, comme si de rien n'était. Il est trop lucide pour ne pas voir qu'une ingérence du style sévère effaroucherait inopportunément son auditoire. La découverte de Bach ne l'incite aucunement à brûler ce qu'il adorait : le choc qu'il éprouve est trop sérieux pour l'induire au prosélytisme. En outre, ce langage ne lui est pas naturel ; pour le manier avec aisance, il devra peiner grandement.

■ *Concert de cour chez le prince-évêque de Lüttich dans le château de Seraing,* par Paul Delcloche (1753). On aperçoit, jouant du violoncelle, le Prince Électeur de Bavière. (Bayerisches Nationalmuseum, Munich.)

Voyez du reste comme il procède pas à pas ! D'abord il exécute, et recopie. Puis il retranscrit pour un ensemble de cordes (K. 405, 404a). C'est ensuite seulement qu'il se risque à écrire, lui-même, dans le style de Bach. Voici, de 1782, quelques fugues K. 154, 394, 443 et une *Suite dans le style ancien* K. 399 et, de décembre 1783, la *Fugue en ut mineur pour deux pianos* K. 426. Plusieurs sont inachevées (K. 402, K. Anh. 39-41, 45) et l'on tire souvent de ce fait la conclusion que le Maître s'est imposé un effort contre nature. En réalité, plutôt que contraintes, ces œuvres sont contractées. Elles sont âpres, oui, et par moments sauvages ; mais cette âpreté est authentiquement mozartienne. Non seulement devant les fugues de Bach (K. 404a), mais devant les siennes propres (K. 396, K. 394, K. 402), il réagit, dans des préludes, avec violence. En 1788, quand il transcrira pour quatuor sa *Fugue pour deux pianos* de 1783 (K. 426), il aura encore une réaction semblable avec l'*Adagio-prélude* K. 546.

L'ART DE LA MESURE

Sa musique est pur amour, et cependant Mozart connaît tous les secrets des races antiques. Dans sa vie il a vaincu la vie, et, semblable à Shakespeare, il élève le tragique dans cette lumière éthérée où les dieux la voient. C'est pour cela qu'il exigeait que la musique ne dépassât jamais les frontières de la beauté, même dans la représentation de l'effroyable. L'art de la mesure, l'art de ce qui est suggéré seulement, ce « jeu » avec les grandes passions humaines – dans lequel il fait sentir tout de même constamment cette divine lumière qui habite en chacun de nous, plus claire ou plus voilée –, cet art l'élève jusqu'aux sphères ultimes de maturité spirituelle auxquelles un être de cette terre puisse accéder.

Edwin Fischer, *Considérations sur la musique*, 1951.

Ne nous laissons pas tromper au nom de *fantaisies* que Mozart donne souvent à ces préludes. Que la fougue tragique qui y explose ne nous dissimule pas la forte logique qui préside à leur structuration. Car le mot de logique n'est pas excessif pour désigner l'ample arcature des élans thématiques, le subtil enchaînement des modulations et la rigueur de la respiration rythmique. Point

■ *Symphonie en ré majeur* K. 385, ou *Symphonie Haffner*. Composée en 1782. Publiée à Vienne, Artaria, 1785. (Biblliothèque du Conservatoire, BN, Paris.)

■ Manuscrit du *Concerto en la majeur.* (Bibliothèque du Conservatoire, Paris.)

de pathos oratoire dans ces œuvres de solitude où se confrontent les charges d'arpèges et les plages étales, la structuration étudiée et l'improvisation farouche.

Il faudra six années à Mozart pour dominer, synthétiquement, le bouleversement que causa en lui cette sorte de transfusion de sang qu'aura été pour lui la découverte de Jean-Sébastien Bach. Ce travail ardu, et comme secret, d'assimilation, Mozart ne l'appliquera pas intempestivement aux œuvres qu'il destine au public viennois. D'octobre à décembre 1782, il écrit trois concertos pour piano K. 413, 414, 415, brillants et séduisants, qui sont précieux parce qu'ils traduisent l'intention de Mozart de rester accessible tout en ne sacrifiant rien du sérieux de l'écriture. La trilogie de 1782 est à l'opposé de l'esprit qui nous a frappé dans les fantaisies : les contrastes sont évités, tout est lisse, distingué, équilibré. L'orchestration s'y fait discrète, au point de paraître en recul par rapport aux précédents. Et pourtant Mozart réussit à donner à son public viennois (connaisseurs et non-connaisseurs) un éventail très large des possibilités de son art. Le *fa majeur* K. 413 est pastoral et raffiné, avec son larghetto en *si* bémol « tout rempli de lumière et d'ombre comme une après-midi de printemps » (O. Messiaen). Le *la majeur* K. 414 est plus alangui, méditatif et nostalgique. L'*ut majeur* K. 415 est puissant et brillant.

Çà et là pourtant, le ton se concentre : le contrepoint se fait à la fois ferme et délicat dans le finale-minuetto du K. 413, et, dans l'andante du K. 414, polyphonique et méditatif, évoquant l'*Ave verum*. Signalons surtout le très beau finale du K. 415, dont « l'originalité le place parmi les sommets de l'œuvre de Mozart » (O. Messiaen) : entre les motifs en 6/8 qui ont la verve de Papageno surgissent brusquement deux intermèdes en *ut* mineur qui comptent parmi les plus désespérés de Mozart.

Il n'est pas jusque dans une œuvrette charmante, le *Concerto pour cor* K. 417 de mai 1783, où cette compression de l'écriture n'apparaisse. Il faut certes beaucoup d'attention pour ne pas glisser par-dessus ces moments précieux : le développement du 1er mouvement, et les intermèdes du rondo final.

Mozart n'est pas toujours resté fidèle, en cette période, à son propos de discrétion ; dans trois œuvres il donne libre cours à son besoin de serrer audacieusement son écriture : la *Symphonie Haffner* K. 385, la *Sérénade pour huit vents* K. 388 et la *Grande Messe* K. 427. En outre, il inaugure en décembre 1782 la fameuse série des *Quatuors à Haydn,* dont il sera question plus loin.

La *Haffner* tire son nom du bourgmestre de Salzbourg, pour qui Mozart avait déjà écrit en 1776 la délicieuse *Sérénade* K. 250. Léopold lui transmet la commande d'une nouvelle sérénade, que Wolfgang lui-même réduit en 1783 à quatre mouvements et dénomme symphonie. Œuvre hybride : l'andante et le menuet retrouvent le langage – sinon la spontanéité – de l'esprit galant d'autrefois. Le finale s'aligne sur le style de ses dernières symphonies de 1780. Mais ce qui fait tout le prix de la *Haffner,* c'est l'allegro initial qui fait éclater, non seulement le genre de la sérénade, mais encore celui de la symphonie, tel que Mozart l'a conçu jusqu'alors. Le contact pris avec l'art de Bach le pousse à écrire un *fugato* « tout rempli d'harmonies acerbes, aigrissant des rythmes incisifs » (Saint-Foix, III, 310).

En composant la *Sérénade en ut mineur pour huit vents* K. 388, Mozart n'a plus aucun scrupule : il adopte résolument le style serré. C'était déjà une gageure que d'écrire en mineur un *Ständchen,* genre folklorique respirant normalement une bonne joie de vivre. Autre audace : la coupe est celle de la sonate à quatre mouvements.

De sinistres accents la traversent (accords de septième, ruptures de rythme, les *fp*), sans que cette âpreté contrecarre jamais la mélodicité propre au souffle des instrumentistes. Çà et là des plages heureuses qui (chose toute nouvelle) doivent, elles aussi, leur charme à l'écriture savante. Exemple saillant : le *Trio al rovescio* qui épanouit la poésie de son dépli floral au sein de l'implacable *Minuetto in canone.* Mozart réussit ici déjà la synthèse entre la vocalité polyphonique héritée d'Italie et la rigueur contrapuntique qu'il vient d'adopter.

La « Grande Messe en ut mineur » K. 427

Un des sommets de la musique mozartienne – de la musique tout court ! Œuvre de synthèse ? Non, si l'on entend par là une construction savamment, laborieusement calculée. Oui, au sens d'une synthèse de premier jet, où le Maître réussit d'avance, intuitivement et en quelque sorte intempestivement, à résoudre des problèmes qu'il devra, par la suite, reprendre un à un.

C'est que Mozart n'a jamais été aussi libre. Libre de toute commande (la *Messe* est la conséquence d'un vœu : s'il arrivait à épouser Constance). Libre aussi de récapituler ses aspirations les plus profondes en matière de musique religieuse, et si longtemps brimées par Colloredo : il va pouvoir dépasser l'ostentation du rococo et introduire les audaces de l'harmonie moderne. Libre enfin d'imprimer au tout le sceau de la puissance architecturale de Bach (bien qu'il n'ait connu à l'époque ni la *Messe en si,* ni les Passions, ni les cantates !). Mais, comme le remarque A. Einstein, « ce n'est pas la présence de Bach seul que nous sentons derrière cette œuvre, mais celle du XVIIIe siècle tout entier. Mozart résume son siècle et en transfigure la langue musicale » (p. 418).

Cette synthèse, Mozart la réalise en osant juxtaposer tous ces langages, sans que nous ayons pourtant l'impression d'une rhapsodie. Il se joue des disparates : voici l'éclat rococo, avec ses ors et ses échappées céruléennes (début du *Gloria*), le fugato traditionnel des Messes autrichiennes *(Cum sancto)*, le haut style contrapuntique *(Quoniam)*, le chœur tragique *(Kyrie)*, l'incantation ïambique avec des ruptures harmoniques *(Qui tollis)*, l'art suprême du quatuor vocal *(Quoniam* et *Benedictus)*. Voici même l'arioso et le bel canto napolitain *(Christe* et *Et incarnatus)*.

L'*Et incarnatus* a gêné de grands mozartiens, comme H. Abert et A. Einstein, qui ont cherché à excuser le Maître pour cette intrusion de l'art profane. À notre avis, il faut louer H. Ghéon pour son intuition, approuvée du reste par Saint-Foix : Mozart atteint ici, bien avant les arias d'Anna et de Fiordiligi, à la perfection purement musicale de la colorature. La cadence surtout, où l'anche humaine concerte avec les trois instruments à vent, rejoint l'indicible. Après la montée successive de simples gammes ascendantes, se déploie un extraordinaire tournoiement sur place de traits fulgurants, dont on ne sait plus s'ils montent ou s'ils descendent, tant ils échappent à la pesanteur : nous sommes vraiment suspendus dans le vide. La pure lumière, au-delà de toute couleur, brille en un réseau giratoire, incandescent.

Œuvre immense, en dépit de son inachèvement, cette *Messe* domine de sa masse les premières années viennoises. Faut-il y voir une œuvre d'exception, une sorte d'aérolithe musical, puisqu'on ne trouve chez Mozart aucune œuvre religieuse qui lui soit comparable, le *Requiem* excepté (lui aussi inachevé, mais par la mort) ? Non pourtant : la *Messe* n'est pas à mettre à part. Elle s'insère tout naturellement dans la lignée des œuvres de haut tragique : *Idoménée, Don Giovanni, La Flûte*. C'est porter un jugement bien superficiel que de voir en cela une contamination de l'art religieux par l'opéra. Chez Mozart, c'est tout un : les catégories de sacré et de profane sont dépassées. L'enjeu du drame se situe à une telle profondeur que le tragique fait éclater les frontières des genres, et qu'il va même envahir le quatuor à cordes et le concerto pour piano.

Les trois premiers quatuors dédiés à Haydn

En même temps que la *Messe,* Mozart compose (fin décembre 1782) le *Quatuor en sol* K. 387, bientôt suivi du *ré mineur* K. 421 (juin 1783) et du *mi bémol* K. 428 (en juillet). En 1785, trois autres quatuors viendront compléter la série, que Mozart dédiera à Haydn en témoignage de vénération et de reconnaissance.

En 1773, il avait déjà été frappé par l'écriture serrée des quatuors de Haydn. Celui-ci, repris par la galanterie, avait abandonné ce genre, puis y était revenu en 1781 avec les quatuors « russes », où il adopte, écrit-il, « une manière particulière et toute nouvelle ». Il s'agit de l'élaboration thématique parfaitement mise au point. Mozart se met, lui aussi, à la tâche et, du premier coup, dépasse, et de loin, son modèle.

Le voilà donc tiraillé, dans le même temps, entre deux conceptions opposées du langage musical. D'une part il sent qu'il a beaucoup à prendre chez Bach, sans vouloir pour autant donner dans l'archaïsme. Par contre, il comprend que les découvertes de Haydn s'ouvrent sur l'avenir. Mais, si le langage de Bach ne lui était pas naturel, celui de Haydn l'était moins encore. Preuve : la dédicace de ses six quatuors : « Ce sont, à la vérité, le fruit d'un dur effort, long et laborieux. »

En quoi consistait donc la difficulté qu'il avait à surmonter ? Étant donné sa prodigieuse capacité d'assimiler tous les styles, il lui était aisé de venir à bout de la technique haydnienne. Mais là n'était pas le problème : ce qu'il lui fallait, c'était faire sien ce langage au point d'en user en toute spontanéité créatrice. Il n'était pas difficile pour lui d'utiliser l'harmonie comme facteur dynamique du nouveau langage : il aura vite fait de devenir un maître dans l'extension tonale. L'obstacle majeur concernait autre chose, qui était un élément essentiel de son inspiration : la mélodie. Selon la conception nouvelle, la mélodie n'avait plus à présenter les aspects que Mozart avait jusqu'alors développés avec tant de bonheur : soit le libre envol de l'aria italienne, soit la chaleureuse vocalité de l'entrelacs polyphonique. À présent la mélodie devait être conçue en fonction des puissances intrinsèques qu'elle implique en vue du développement. Et celui-ci devait moins se réaliser par l'expansion unitaire du phrasé que par l'émergence successive et le jeu dialectique d'éléments émanant de la ligne maîtresse par monnayage, morcellement et parfois par dilacération.

■ *Six Quatuors pour deux violons, viole et violoncelle* dédiés à Josef Haydn, K. 387, K. 421, K. 428, K. 458, K. 464, K. 465. Publiés par Artaria, Vienne, 1785. (BN, Paris.)

La première conséquence de cette mutation de langage dans les quatuors sera que la séduction, ou du moins ce qui faisait jusqu'alors la séduction mozartienne, va souvent être sacrifiée au profit de l'élaboration scientifique d'une musique nouvelle. On le voit bien à l'accueil très froid que reçurent ces quatuors auprès des critiques du temps. « C'est obscur, tortueux, artificiel. » Ou encore : « Il est regrettable que la phrase de M. Mozart, si inspirée

« MOZART, HÉLIOS DE LA MUSIQUE ! »

De même que Haydn est typiquement « le vieux Haydn », de même Mozart peut être typiquement nommé « le jeune Mozart ». Bien qu'il appartienne par le temps et les situations au même état de culture que Haydn, il est cependant, en tout, jeune, cordial, intime ; à vrai dire les voyages ont eu depuis son enfance une influence sur sa pensée et sa sensibilité musicales. Sans doute l'opéra est son œuvre maîtresse, mais il livre son moi tout entier dans les œuvres instrumentales – et là je l'entends aussi, comme Haydn, parler le dialecte viennois... *Hélios de la Musique* ! voilà comment je voudrais l'appeler. Tous les genres de la musique, il les a éclairés de sa lumière et leur a imprimé le sceau du divin. On ne sait pas quoi admirer le plus en lui : sa mélodicité ou sa technique, sa clarté cristalline ou la richesse de l'invention.

Antoine Rubinstein, *La Musique et ses maîtres,* Leipzig 1891, p 34.

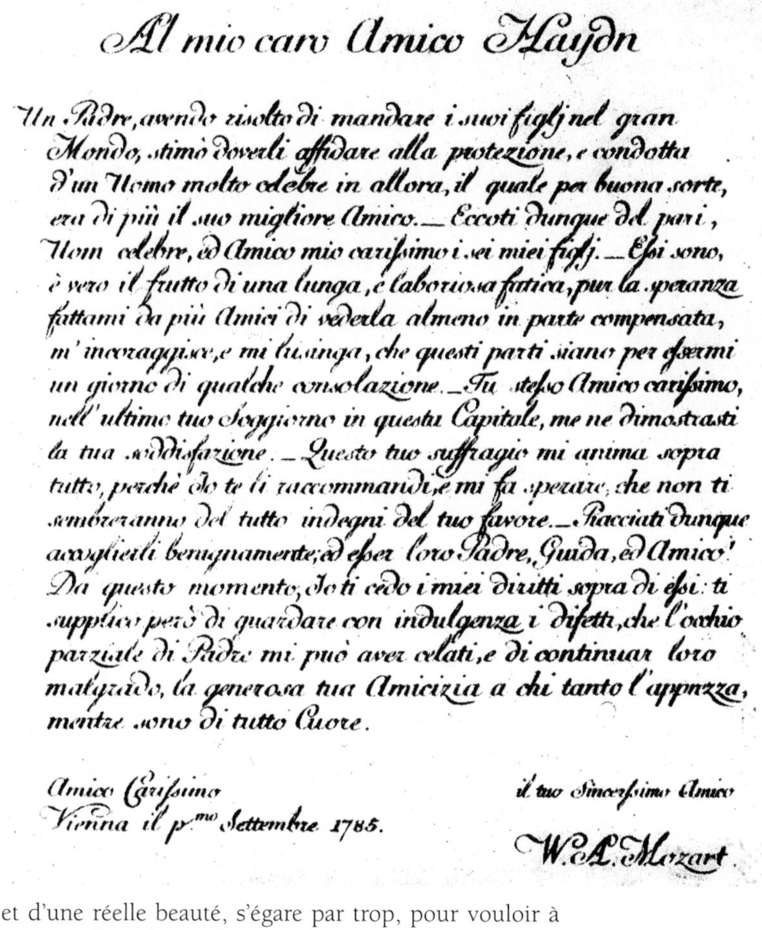

Al mio caro Amico Haydn

Un Padre, avendo risolto di mandare i suoi figlj nel gran Mondo, stimò doverli affidare alla protezione, e condotta d'un Uomo molto celebre in allora, il quale per buona sorte, era di più il suo migliore Amico. — Eccoti dunque del pari, Uom celebre, ed Amico mio carissimo i sei miei figlj. — Essi sono, è vero il frutto di una lunga, e laboriosa fatica, pur la speranza fattami da più Amici di vederla almeno in parte compensata, m'incoraggisce, e mi lusinga, che questi parti siano per essermi un giorno di qualche consolazione. — Tu stesso Amico carissimo, nell'ultimo tuo Soggiorno in questa Capitale, me ne dimostrasti la tua soddisfazione. — Questo tuo suffragio mi anima sopra tutto, perchè Io te li raccommandi, e mi fa sperare, che non ti sembreranno del tutto indegni del tuo favore. — Piacciati dunque accoglierli benignamente; ed esser loro Padre, Guida, ed Amico! Da questo momento, Io ti cedo i miei diritti sopra di essi: ti supplico però di guardare con indulgenza i difetti, che l'occhio parziale di Padre mi può aver celati, e di continuar loro malgrado, la generosa tua Amicizia a chi tanto l'apprezza, mentre sono di tutto Cuore.

Amico Carissimo
Vienna il p.mo Settembre 1785.

il tuo Sincerissimo Amico
W. A. Mozart.

et d'une réelle beauté, s'égare par trop, pour vouloir à tout prix faire du neuf. »

Plutôt que de hausser les épaules, on fera mieux de se demander ce qui a pu provoquer de telles réactions. Car, il faut bien l'avouer, ces quatuors ne sont rien moins qu'agréables : la concentration y va parfois jusqu'à la contraction, de sorte qu'il se dégage de l'ensemble une lourde et vague anxiété, qui est plus pénible que ne serait un pathos nettement déclaré. On y trouve un aspect des plus impressionnants – des plus authentiques, aussi – du Maître : la solitude, l'impossibilité, voire l'inutilité de toute communication, la déréliction… Le mouvement le plus émouvant à cet égard est l'andante du *Quatuor en ré mineur* K. 421, où le halètement thématique de l'accord arpégé ne s'apaise qu'au moment où la plénitude mélodique est atteinte par la plus sublime qui soit des « rosalies »…

■ Michael Haydn (1737-1806). Frère cadet de Josef, il devint Maître de concert de l'archevêché de Salzbourg. Léopold était sévère pour l'homme, qui était par trop porté sur la boisson… Mais les Mozart avaient de l'estime pour le musicien. Wolfgang avait beaucoup d'affection pour lui et il le considérait comme un éminent contrapuntiste. Ils se revirent en 1783 quand Mozart se rendit à Salzbourg, et il le tira d'affaire en composant pour lui deux duos (K. 423 et 424).

Il ne faudrait cependant pas réduire l'intérêt – et la beauté – de ces quatuors à l'intussusception du langage thématique. Car sa récente découverte de Bach intervient aussi dans l'énorme travail de synthèse qui s'accomplit alors. Le finale du K. 387 préfigure le finale de la *Jupiter* : la mélodicité y est rejointe par l'alliage du style thématique et du style fugué. « Avec quelle beauté s'épanouit le sévère contrepoint du finale avec son thème rêveur : c'est le fruit naturel et mûr qui, à partir des rameaux et des boutons printaniers de tout ce qui a précédé, pousse de soi-même par une croissance spontanée » (H. Abert, I, p. 142).

En juillet, Mozart fait un saut de trois mois à Salzbourg et se retrempe dans le milieu de sa jeunesse. Il écrit pour son ami Michael Haydn deux *Duos pour alto et violon* K. 423 et 424 et une majestueuse Ouverture de symphonie (K. 444). La *Symphonie de Linz* K. 425, écrite en novembre sur le chemin du retour, nous reporte au passé et récapitule, par son bel équilibre chantant, l'esprit de la vingtième année.

Mozart, on le voit, réserve à la musique de chambre ses recherches thématiques, et ne les introduit pas encore dans ses œuvres orchestrales. Admirons ici sa prudence, car le langage thématique, quand il est soutenu par le potentiel orchestral, comporte un danger que les successeurs de Haydn, au XIXe siècle, ne sauront pas toujours éviter : l'ostentation oratoire. Dans cette symphonie, Mozart introduit pourtant, çà et là, le langage contrapuntique : la belle montée des basses au milieu du *Poco adagio* annonce déjà la scène des Hommes armés de *La Flûte*.

Mozart était un barbare romantique, voulant envahir la terre classique des Beaux-Arts*.

1784. L'expansion

Les concertos pour piano

Le printemps 1784 s'ouvre sur une période de succès. Pendant le carême, il organise des concerts : vingt-deux entre le 26 février et le 3 avril ! Il peut donc penser qu'il est en voie de conquérir « la capitale du pays du piano », car il va se consacrer pour un bon moment à un genre où il triomphe : le concerto pour piano. En trois ans (du début 1784 à la fin 1786), il n'écrira pas moins de douze chefs-d'œuvre. « Saluons très bas, s'exclame O. Messiaen, un musicien capable d'une telle performance : sans un doute, sans une erreur, dans des formes toujours renouvelées, construire en un temps si court une si haute gerbe de fleurs diverses, cela tient du miracle ! – et le miracle, c'est que, pour Mozart, il n'y en avait pas… »

Les six concertos de 1784 présentent un trait commun : une parfaite aisance. La tension des quatuors de 1783 disparaît dès le *Premier Concerto* K. 449, de sorte qu'on a pu parler d'une chute de niveau : Mozart se serait laissé gagner par la griserie d'une évasion dans le divertissement. En fait, cette expansion marque, tout simplement, après la crise de l'année précédente, le retour à un état d'équilibre, à un état de santé. Et à cela le concerto pour piano fut éminemment propice.

*Stendhal, Introduction à *La Vie de Rossini*.

■ *Concert de cour à Ismaning*, 1773, par Peter Jacob Horemans. (Bayerisches Nationalmuseum, Munich.)

Pourquoi ? Une remarque historique, tout d'abord : à cette époque, la présence du piano dans une composition signifiait *ipso facto* que l'œuvre s'adressait moins à des connaisseurs qu'à des amateurs. Mozart se conforma à cet usage, et il est de fait que, toutes les fois qu'il introduit le piano dans un ensemble, il y a comme un allégement de la pâte sonore et l'auditeur éprouve une facilité d'accès.

Mais, chez Mozart, il y a plus : la présence du piano confère à l'ensemble (cordes ou orchestre) une prégnance particulièrement poétique. Cet instrument à percussion chantante est doué par lui d'une ubiquité stupéfiante. Il peut émerger ou se fondre ; il peut chanter à toutes les hauteurs, se recueillir en cantando planant ou bien faire corps avec la masse, accuser les démarches modulantes par ses chevauchées, coaguler le mystère par des batteries incantatoires ; il peut lutiner ou aggraver, préciser la netteté de l'énoncé ou embuer d'un halo irisé ; il peut n'être plus qu'harmoniques émanant de l'orchestre ou au contraire susciter, par un effet magique, tout un déploiement d'harmoniques dans les instruments de l'orchestre (effets d'allumage de timbres, dans l'andante du K. 450). Grâce à lui se créent des alliages sonores d'une extrême diversité à la fois dans les ordres du timbre, de l'écriture et du rythme : bref, la seule présence du piano est génératrice de poésie.

Dans les concertos de Mozart, le piano a deux fonctions, foncièrement différentes, qui s'expliquent fort bien si l'on saisit l'analogie profonde entre le concerto et l'opéra mozartiens. D'une part, dans ses rapports (concertants au sens propre) avec les autres instruments, il est personnage. Il est même protagoniste, puisqu'il est assez contrastant pour dialoguer avec l'orchestre, que ce soit dans la lutte ou pour l'entente. Mais, si l'on en reste là, on ne saisit pas ce qui fait l'essentielle beauté du concerto mozartien : le piano a une fonction bien plus importante que d'être *primus inter pares*. Il lui revient d'énoncer, de façon immédiate, quelque chose qui n'appartient à aucun personnage, parce que cela ressor-

MOZART VU PAR CHOPIN

Dans la journée, Chopin m'a parlé musique, et cela l'a ranimé. Je lui demandais ce qui établissait la logique en musique. Il m'a fait sentir ce que c'est qu'harmonie et contrepoint ; comme quoi la fugue est comme la logique pure en musique.
(...) Ceci me ramène à la différence de Mozart et de Beethoven.
Là, m'a-t-il dit, où ce dernier est obscur et paraît manquer d'unité, ce n'est pas une prétendue originalité un peu sauvage, dont on lui fait honneur, qui est en cause ; c'est qu'il tourne le dos à des principes éternels. Mozart jamais. Chacune des parties a sa marche, qui, tout en s'accordant avec les autres, forme un chant et le suit parfaitement ; c'est là le contrepoint, « *punto contrapunto* ».

Eugène Delacroix, *Journal*, 7 avril 1849.

tit au seul dramaturge, à savoir la rection centrale, indifférente aux remous passionnels. Et si cette rection se manifeste par le dépli, l'expansion, elle consiste bien davantage encore dans le repli, le retour au centre silencieux. Or, avec une audace inouïe (mais n'oublions pas que Mozart était lui-même auteur, virtuose et chef d'orchestre), le piano a été préposé par le Maître à cette double fonction. Tout le problème revient alors à ceci : comment l'expansion musicale (avec tout ce qu'elle implique d'*ethos* très divers) confiée aux personnages orchestraux et au piano-protagoniste peut-elle être résorbée, par le même piano, en chant pur ? Les personnages ont quelque chose à dire ; c'est pour cela qu'ils vont sur la scène. Le dramaturge, lui, n'a rien à dire : il n'a pas à paraître, puisque c'est lui qui fait paraître, et disparaître... Il est source du chant et, par-dessus tout, source du rythme du chant.

L'auditeur, à son tour, est convié à se situer là, à écouter de là, de ce point où le Maître a conçu l'œuvre. Il ne se laissera pas emporter alors, et encore moins submerger, par les remous des *ethos* incessamment mouvants. Il se situera d'emblée là où, activement, lucidement, il fait tout émaner et tout revenir à soi (cela soit dit aussi, éminemment, de l'exécutant). Ainsi s'explique également un trait capital des concertos mozartiens, et qui désarçonne tant de commentateurs : l'absence de dénouement par une victoire triomphale. Il est inutile en effet de vouloir dominer par l'éclat d'un sursaut de puissance une lutte qui trouve tout naturellement son issue par la résorption dans le silence.

C'est, naturellement, dans les mouvements médians que se concentre un recueillement discret, mais jamais alangui, dû à ce qu'on pourrait paradoxalement nommer une solitude en public. L'andante du K. 450 présente déjà le climat de l'acte II de *La Flûte*. Le plus mouvant et le plus tragique est l'andante du K. 453. Le plus douloureux est celui du K. 456, dont le thème, ici varié à grand orchestre, se concentrera deux ans plus tard, se distillera dans le petit air de l'Aiguille des *Noces*.

Il ne faudrait pourtant pas réduire la coupe de ces concertos au schéma simpliste d'un cadre brillant où serait serti un andante méditatif. La floraison mélodique n'est pas réservée aux mouvements lents : partout foisonne la richesse inventive. Les finales sont, comme il est normal, les plus volubiles. C'est le *moto perpetuo* du K. 449. C'est, dans le K. 450, une aisance faite de grâce et de fougue, comme de dauphins qui s'ébrouent dans l'eau. Joie fine et aérienne, instabilité modale (K. 451). Chant d'oiseau de Papageno sous la dictée musicale d'un étourneau (K. 453). Alacrité, mais rétraction en *si* mineur (K. 456). Synthèse du contrepoint, de l'harmonie et du langage d'opéra (K. 459), qui fait penser au finale de la *Jupiter*.

Les premiers mouvements ont des *ethos* encore plus divers. Le chromatisme du premier (K. 449) n'est rien moins que joyeux. Le plus ensoleillé de tous est le deuxième (K. 450), dont la gaieté sereine est faite d'entrain et d'humour *(Il court, il court, le furet...)*. Dans le K. 451, le mélange de passion et de douceur, de véhémence et d'abandon n'empêche pas l'unité architecturale. Le K. 453, toujours entre les larmes et le sourire. Le K. 456 tout en nuances, feutré, sans surprises et sans contrastes : mais le camaïeu n'exclut pas l'intensité. L'assurance du K. 459 est faite d'un travail plus formel de synthèse entre les éléments thématiques et le contrepoint chantant.

Chacune de ces six œuvres a une unité bien caractérisée, encore que l'immense variété des *ethos* empêche d'attribuer à aucune une définition précise. C'est d'ailleurs de variabilité plutôt que de variété qu'il convient de parler.

Le plus typique à cet égard est le *Quatrième* (K. 453, en *sol*), où l'instabilité est poussée à l'extrême en chacun des mouvements. Dirons-nous que c'est le plus beau de la série ? C'est en tout cas « l'un des plus beaux écrits par Mozart, dit O. Messiaen, l'un des plus variés, des plus contrastés. L'andante central, à lui tout seul, suffirait à rendre son nom immortel ». Est-ce en dépit de son

Ne mettez pas trop tôt Beethoven dans les mains des jeunes ; abreuvez-les et fortifiez-les plutôt avec le frais et vivace Mozart ! (1834.)*

* Robert Schumann, *Gesammelte Schriften über Musik und Musiker*, Ed. Reclams, Universalbibliotek, Leipzig, 1889.

incessante mutabilité expressive que ce concerto a tant de beauté ? Autant reprocher à un dramaturge l'instabilité des situations qui font la trame de l'action scénique. Ici, il y a plus : le pianiste-dramaturge se met lui-même de la partie, de sorte que nous sentons déjà présent le drame foncier de tous les concertos à venir, qui éclatera à la fin de 1785 (andante du K. 482) : à l'appel serein des instruments à vent répond l'angoisse du pianiste-personnage, jusqu'à ce qu'enfin se sente la présence du pianiste-dramaturge.

La crise de 1785

Le démonisme romantique

On simplifierait par trop les choses en définissant 1784 comme l'année de l'expansion. Cela n'est vrai que du printemps, où fleurissent, outre les quatre premiers concertos, deux petits chefs-d'œuvre de limpidité : le *Quintette pour piano et vents* K. 452 et la *Sonate pour violon et piano* K. 454. Mais d'avril à septembre il y a une longue période de silence. Sans doute cela s'explique-t-il par la relâche des concerts : en été, l'aristocratie quitte la capitale. Mais il y a autre chose : les œuvres de l'automne portent les signes avant-coureurs d'une nouvelle crise.

Les deux derniers *Concertos* K. 456 et 459 sont moins détendus que ceux du printemps. Et puis, Mozart s'adonne de nouveau à des œuvres d'intimité. Voici, du 14 octobre, la *Sonate en ut mineur* K. 457 ; et en novembre il va se remettre au quatuor, genre qu'il avait abandonné en juillet 1783. De sorte qu'en janvier 1785 il aura terminé la série des *Six Quatuors* qu'il dédiera à Haydn.

La *Sonate* K. 457 est une œuvre de solitude, véhémente et noire. Dès la première mesure réapparaît l'accord ascensionnel, déjà employé par Mozart (*Sérénade* K. 388, *Prélude* K. 394, andante du K. 421). Ce vecteur thématique sera maintes fois repris jusqu'en 1790 comme devise caractéristique du démonisme. Cette sonate est « un éternel soulèvement et affaissement, une éternelle lutte et renonciation, et cela finit

Frontispice de l'édition originale du livret de *La Flûte enchantée*. On y remarque de très nombreux emblèmes maçonniques.

par une sombre résignation » (H. Abert, II, p. 201). L'adagio n'apporte aucun répit ; au contraire, il est empreint d'une lassitude pire. Quant au finale, où l'accord renversé n'apporte qu'une fausse réponse, une sorte de joie cruelle mène à une désolation hagarde, avec ses syncopes, ses points d'orgue et ses sinistres trous de silence.

Le 14 décembre 1784 se produit un événement qui va avoir une importance capitale dans la pensée et dans l'inspiration musicale de Mozart : il se fait initier à la franc-maçonnerie. Le motif de son adhésion est à trouver dans ses préoccupations intellectuelles. Depuis son enfance il a cherché une réponse satisfaisante au problème de la mort et de la survie. Or c'est cette question qui est au centre des rites initiatiques auxquels il prend part. Ne disons pas que Mozart a trouvé dans la Maçonnerie une solution nouvelle ; mais il s'est senti conforté dans des idées qu'il avait déjà adoptées en faisant un choix parmi celles qu'il avait reçues dans la religion. Là il avait appris que la mort est un passage qui, sous certaines conditions, peut mener à la délivrance de nos maux et à la béatitude. Quelles conditions ? Il faut se repentir de ses péchés, pratiquer les sacrements et s'en remettre entièrement à la miséricorde de Dieu, bref il s'agit d'obtenir son salut individuel. En entrant en Maçonnerie, Mozart n'a pas rejeté ses convictions religieuses. La différence consiste en ce que, au lieu d'admettre ces idées par la croyance, on les fait passer par le crible de la réflexion ; l'idée de libération prend alors un autre sens. Pour voir le changement d'optique, il n'est que de comparer deux lettres écrites à son père. La première, le 9 juillet 1778 pour lui annoncer la mort de sa mère, et celle du 4 avril 1787 où il le prépare à la mort en lui rappelant les points essentiels de la doctrine maçonnique. Il n'est plus question ici de salut individuel, mais de la libération par la connaissance. Pour savoir ce que c'est que mourir, il faut savoir d'abord qui je suis : je saurai alors ce qui meurt, et qui survit.

Mais une chose est d'admettre des idées et une autre de les réaliser jusque dans sa chair : il s'agit, comme il l'écrit, d'« apprendre à connaître » ce qu'est la mort. Mozart va passer jusqu'à sa mort par des crises successives de plus en plus graves, coupées par des périodes d'apaisement. Crises en 1785, 1787 et 1790 ; apaisement radieux en 1786, 1789 et enfin ataraxie dans l'année terminale 1791. D'où viennent ces crises ?

Ignaz von Born (1742-1791), par J. B. Lampi. Savant minéralogiste et chimiste, il fut une des personnalités les plus marquantes de la vie intellectuelle à Vienne. Après un bref passage par la Compagnie de Jésus, il se consacra à l'étude du droit et des sciences naturelles. Il fonda la Loge de « la Vraie Concorde » *(Wahre Eintracht)* où Mozart fut initié. C'est en son honneur qu'il composa en 1785 la cantate *Die Maurerfreude* K. 471. (Mozart-Gedenkstätte, Vienne.)

L'essentiel de la pensée musicale de Mozart a été, en permanence, l'aspiration à la sérénité. Mais cette aspiration est-elle compatible avec celle du vouloir-vivre qu'il sent bouillonner en lui ? Ce vouloir-vivre ne se heurte-t-il pas inéluctablement à la mort ? Est-ce que celle-ci n'apparaît pas, alors, comme redoutable, horrible, hostile ? Comment concilier cela avec l'idée que la mort « est la meilleure amie de l'homme » ?

Il y aurait bien une solution. Le bonheur peut se conquérir par un élan d'héroïsme qui tire sa force de l'élan vital. C'est la solution des tenants du *Sturm und Drang* et des romantiques qui exalteront le mythe de Prométhée. La grandeur de l'Homme est de forcer le Destin par la puissance opposée à l'arbitraire ; on niera la mort par une victoire héroïque qui mène à une joie surhumaine.

C'est à cause de ces deux qualités réunies, le terrible et la volupté tendre, que Mozart est si singulier parmi les artistes*.

Tristan parachève son amour pour Isolde en s'unissant à elle au-delà de la mort. Pour peu qu'on réfléchisse, on voit que c'est là se griser de mots creux et se repaître d'imaginations fumeuses. Certes, c'est de la logomachie, mais, comme elle est exaltante, elle séduit encore de nos jours.

Mozart a-t-il été atteint par ces effluves ? Cela l'a effleuré, parce qu'il était de son temps, et quand cela lui arrive – très rarement ! – on crie au miracle : c'est « presque digne de Beethoven » ! Or il est à noter que de tels passages ne se présentent qu'à des périodes de crise : en 1785 et 1787, et qu'ils disparaissent totalement dans les périodes de détente et de sérénité. Ils correspondent très exactement à ce que j'ai appelé « tentation de puissance ». Mais cette tentation, il l'a surmontée, parce qu'il a compris qu'elle menait intellectuellement à une impasse. Il y a en effet contradiction à vouloir atteindre la pacification par la violence, la sérénité par la transe. Quelle est alors la solution ? Le passage est étroit, car il faut éviter d'être passif sans que l'activité soit une tension. Cela est possible si l'on a compris que l'aspiration au bonheur doit être rectifiée, c'est-à-dire nettoyée de tout élément de passion. Cette aspiration retrouve alors

* Stendhal, *Notice sur la Vie et les Ouvrages de Mozart*, ajoutée en appendice à la seconde édition (1824) de *La Vie de Rossini.*

son caractère naturel et coïncide avec l'élan vital. Celui-ci en effet est naturel, tandis que la domination d'autrui par la puissance (c'est la définition même de la passion) est une dépravation.

Ce travail de décantation, Mozart l'a entrepris dès sa jeunesse ; mais il ne devient nettement conscient qu'à partir de la fin de 1784. Ce travail ne se réalisait pas – comme je le fais ici pour être clair au lecteur – en mode conceptuel. Il portait sur la musique, et en particulier sur les langages. Or, depuis 1782, deux langages étaient les plus représentatifs de sa pensée, d'autant plus qu'ils étaient en lutte et que Mozart avait entrepris d'en faire la synthèse : le langage thématique « moderne » et le contrepoint baroque considéré alors comme périmé. Or, le premier était l'instrument le plus apte à traduire la volonté de puissance, car il est, par nature, porté à aller de l'avant, à « tendre vers ». Le langage contrapuntique au contraire était propice à l'expression du bonheur calme auquel il aspirait. Est-ce à dire qu'il ait renoncé au thématisme ? Pourquoi donc l'aurait-il fait ? Un langage, en soi, n'est ni bon ni mauvais : tout dépend de l'usage qu'on en fait. Or Mozart, par un lent travail de décantation, l'a exorcisé de toute appartenance au démonisme obscur.

Il va trouver sa place dans un schéma de structure qu'il emploiera à chaque période de crise à partir de janvier 1785. Ce schéma, que je propose de nommer « démarche de la Quête[1] », consiste en ceci. Le départ de l'œuvre se fait dans l'obscurité et l'angoisse. C'est de là que s'élance celui qui, comme Tamino le fera plus tard, aspire à la connaissance. (« Quand donc mes yeux trouveront-ils la lumière ? ») Cette angoisse n'est pas provoquée par le doute, mais par une ardente volonté de connaître qui se traduit par une interrogation instante. À un certain moment de l'œuvre (souvent dans le mouvement lent central) la réponse clarifiante est donnée. Elle n'est pas arrachée de haute lutte, mais versée des hauteurs dans un instant d'intense poésie. Le finale là-dessus laissera l'apaisement se répercuter avec allé-

1. J'analyse les différentes formes de cette démarche dans mon livre le plus récent : *Mozart. De l'ombre à la lumière*, Lattès, 1993.

gresse dans toutes les couches du psychisme. Ce schéma n'a aucune rigidité ; ce qui compte, c'est la courbe d'ensemble qui recouvre toute une œuvre. En outre, Mozart l'applique à tous les genres : musique de chambre, concerto et symphonie.

Si Mozart présente cette démarche à partir de janvier 1785, c'est parce qu'elle est la transposition en musique du symbolisme maçonnique. Dans le rituel, le passage de la nuit à la pleine lumière est marqué d'une manière tangible et dépasse donc l'abstraction allégorique. D'ailleurs dans sa musique nous ne trouvons pratiquement aucune trace d'abstraction : même le symbolisme des nombres y est tout à fait secondaire. Par contre, avec le maniement des langages nous travaillons en pleine pâte sonore. Tout ce qui est violence, impatience et crispation dans l'aspiration trouve son expression normale dans le langage thématique (exemples frappants : *Concerto en ré mineur* et *Musique funèbre maçonnique* en 1785, finale de la *Sonate pour quatre mains* K. 497 et allegro de la *Symphonie de Prague* en 1786, *Symphonie en sol mineur* en 1788). L'irruption de la lumière se fait soit par le contrepoint, soit par un contraste de timbres (les vents), soit – et surtout – par la pure poésie mélodique. Mais le thématisme n'a pas qu'un rôle négatif et obscur : Mozart – et c'est là le secret de ce génie unique ! – est parvenu à donner au langage thématique la même valeur de sérénité qu'aux autres. Si nous examinons les œuvres successives à partir de janvier 1785 sous cet angle, le trajet de cette progression devient passionnant à suivre.

Mais ce travail de *catharsis* linguistique qui, pour tout autre que lui, eût été impossible, il mit quatre ans à le réaliser. D'abord dans ces pièces de laboratoire que sont les quatuors. En janvier 1785, il compose les deux derniers dédiés à Haydn. Dans le premier (*Quatuor en la* K. 464), il explore les possibilités les plus subtiles que le langage thématique met à sa disposition. Cela n'aboutit cependant pas à une explosion de démonisme ; dans l'ensemble, l'œuvre reste dans la pénombre et l'atmosphère en est étouffante. La signification générale est une interrogation instante, parfois torturante, avec des essais de réponse qui n'arrivent pas à apaiser l'aspiration foncière, sans pourtant que cela aboutisse au découragement. Le menuet (qui n'a plus rien d'une danse) est plus tendu et plus désolé que l'allegro initial. L'andante est un thème varié d'une facture parfaite. La cinquième variation, après la tragique variation mineure, apporte une éclaircie avec le langage de Bach, mais la dernière fait surgir à la basse un motif rythmique amélodique obstiné, lancinant, qui s'oppose à l'instauration de la paix. Mozart reprend ici ce qu'il avait découvert en 1773 dans le *Quatuor en ré mineur* (K. 173), où un thème analogue lacérait cruellement la mélodie. Ici, le thème n'aura pas la même puissance maléfique car, à la fin, il sera soulevé dans les hauteurs. Mais c'est le finale qui est la partie la plus extraordinaire du quatuor. Parce que c'est, dans tout l'œuvre mozartien, le seul passage où il s'adonne à une expérience contraire à son génie propre. Dans la synthèse entre le thématisme et le contrepoint, qui doit l'emporter ? Ici, dans ce finale, il essaie la solution suivante : le contrepoint est soumis au dynamisme thématique qui l'emporte. Or, c'est là la solution qui sera celle de Beethoven (notamment dans sa *Fugue* op. 133). Il n'est pas étonnant que, fasciné par ce finale, Beethoven l'ait recopié de sa propre main.

Or, la solution qu'adoptera Mozart par la suite est diamétralement opposée : il réalisera la *catharsis* du thématisme dans un contrepoint chantant. Signalons ici quelques exemples saillants de cette découverte : le *Quatuor en sol mineur* K. 478 (développement de l'allegro), la *Symphonie de Prague* (id.), le finale de la *Jupiter.* Pour en revenir au *Quatuor en la*, à quoi aboutit cette poussée de démonisme qui essaie de sortir d'un étouffement insupportable ? Le discours soudain s'arrête pour laisser le quatuor chanter en homophonie un choral en *ré* majeur. Celui-ci est répété et modulé et sera traversé par un trait de lumière au premier violon. La fin reste sur l'interrogation, mais celle-ci est posée à présent sans crispation et avec une grande douceur. L'œuvre est donc inachevée et appelle une suite.

Celle-ci sera donnée quatre jours plus tard : ce sera le dernier *Quatuor dédié à Haydn, en ut majeur,* K. 465. La zone d'ombre du quatuor précédent se prolonge dans l'adagio introductif, dont les audaces harmoniques sont à l'origine du surnom « les dissonances ». C'est la première œuvre où nous voyons nettement mise en route « la démarche de la Quête ». Au départ, sur un rythme incantatoire qui bat obstinément à la basse, s'étirent des linéaments dont l'harmonie tend à l'atonalité : indubitablement c'est l'évocation de la nuit d'où part celui qui entreprend la Quête. Par contraste, l'allegro peut d'abord paraître joyeux, mais dès qu'intervient l'élaboration thématique, la tension se fait inquiétante et éclate dans le développement. L'interrogation se fait pressante, parfois suppliante. L'andante est en *fa* majeur, ce qui devrait faciliter l'apaisement ; mais l'interrogation se poursuit et devient même douloureuse ; cependant, tout à la fin, le premier violon verse d'en haut une douce lumière, qui n'apparaît que lorsque le désistement a été suffisant. Le finale, fluide et aérien, sera traversé d'alternances de tension et de détente. Tout finit sur une allégresse frémissante.

En février, Léopold vient passer trois mois à Vienne ; ce sera l'ultime rencontre des deux hommes enfin réconciliés. D'ailleurs, leurs liens se resserrent parce que Wolfgang fait entrer son père dans la même Loge maçonnique que lui. Dès les premiers jours de sa visite, il lui sera donné d'assister à une scène historique. Haydn, venu chez Mozart, déchiffrera avec lui les trois derniers quatuors qui lui sont dédiés. L'exécution terminée, Haydn s'avance gravement vers Léopold : « Je vous déclare devant Dieu, en honnête homme, que je tiens votre fils pour le plus grand compositeur dont le nom et la personne me soient connus. »

En février, Mozart va se remettre au concerto avec le *ré mineur* K. 466 qui sera suivi en mars de l'*ut majeur* K. 467. Le premier est le plus connu et le plus joué de

■ *Pages suivantes :* Une tenue de Loge de *L'Espérance nouvellement couronnée* (1790), par U. Maier. À l'extrême droite, Mozart. (Historisches Museum, Vienne.)

Je me suis toujours compté au nombre des plus grands adorateurs de Mozart et je le resterai jusqu'à mon dernier souffle*.

*Beethoven, Lettre de février 1826 à l'abbé Maximilien.

tous. Cet engouement tient à l'opinion tenace que nous aurions affaire à l'œuvre la plus romantique, la plus « beethovénienne » de Mozart. D'ailleurs, ce fut au XIXe siècle le seul concerto à être exécuté, avec le *Couronnement* (pour des raisons inverses), et l'on a gardé la cadence que Beethoven a écrite pour le premier mouvement. Que trouve-t-on de romantique en cette œuvre ? Elle exprimerait la douleur et une sombre passion ; mais on serait bien en peine de dire de quelle passion il s'agit ! Si nous l'écoutons sous l'angle de l'évolution de la pensée du Maître, nous ne trouvons rien d'autre que la démarche de la Quête. Il serait incongru de croire qu'en 1785 Mozart se serait laissé aller à une révolte et à des pulsions de démonisme. Il s'agit, comme dans le « Quatuor des dissonances », du passage de l'ombre à la lumière, du trouble à la paix de l'esprit. Dans le premier mouvement, quatre thèmes émergent de plus en plus à la clarté. Le premier est grondant et exprime fort bien l'ombre initiale. Le thème de solo est nettement interrogatif, et le quatrième est déjà empreint d'une douce clarté ; c'est lui qui aura le dernier mot, *pianissimo,* en toute douceur. La *romanza* médiane apporte une nette accalmie, surtout avec le second sujet (qui sera celui des deux derniers concertos pour piano et pour clarinette de 1791). Soudain, éclate au tutti l'accord de *sol* mineur ; l'andante devient *presto* pour un déchaînement d'arpèges montants au piano accompagné des seuls vents. Pourquoi cette brusque lame de fond ? Est-ce parce que le calme initial de la Romance était « trompeur et superficiel », et que « chez Mozart le calme n'est ni profond ni durable » (Girdlestone) ? Pourtant, ce n'est pas l'orage qui est durable, car le rythme revient sans tarder au calme, le galop du coursier étant maîtrisé d'une façon saisissante. Cet intermède, s'il est joué comme il convient, sans surcharge expressive, ne comporte ni récrimination ni révolte : c'est une crampe passagère qui a pour fonction de mettre en valeur, par une zone d'ombre contrastante, la douce clarté qui règne au début et à la fin de la Romance. C'est le finale qui nous donne la clef de l'œuvre. Le thème initial est l'arpège ascensionnel semblable à celui du finale de la future *Symphonie en sol mineur*. Là, ce sera la « devise du démonisme », mais ici, à cause de la forme ondoyante de la mélodie, il a une signification clairement interrogative. Du moins quand il est exposé au piano, car dès qu'il sera repris au tutti, voici, avec le déchaînement du langage thématique, la violence et la volonté de puissance. Nous allons assister alors à une lutte entre le protagoniste et l'orchestre, non pour savoir qui l'emportera, mais comment le piano échappera à l'emprise maléfique. Celui-ci se réfugie auprès des vents, en qui il sent des alliés. Une seconde ruée thématique ne parviendra pas à déloger le piano de son refuge, où il dialogue avec eux en un exquis gazouillis d'oiseaux. L'orchestre dorénavant se tait et c'est de la claire mansion des vents que va naître un thème délicat, toujours *piano,* dont la descente sautillante et souple va apporter la réponse. Tout entre dans le repos : les nuages sont dissipés et l'orchestre lui-même va relever avec joie la pacification terminale dont s'auréole le *ré* majeur.

Cet apaisement, qui était encore voilé, va s'épanouir dans le *Concerto* suivant, en *ut* majeur, K. 467 du 3 mars 1785. Il complète le précédent, de même que la *Jupiter* complétera la *sol mineur* à laquelle elle s'enchaîne en 1788. Le nouveau concerto est majestueux et assuré dans l'allegro initial, profondément méditatif dans l'andante et franchement allègre dans le finale. Le cœur de l'œuvre est le mouvement central qui, au dire d'O. Messiaen, « est une des plus belles pages de la musique de Mozart et de toute la musique ». Le flux sonore avance sans répit, sans fléchissement et pourtant il n'est stimulé par aucun effet oratoire ; cette musique ne « tend pas vers », elle tourne sans cesse sur elle-même et son mouvement giratoire est continuellement rechargé par les pulsions vitales du cœur. Point d'alternances ici d'ombre et de clarté : les mansions sont superposées. Le rythme incantatoire est entretenu en sourdine par des triolets soutenus à la basse par des arpèges pizzicato. Sur cette zone d'ombre se détachent les vents qui, ici, ont la part interrogative et suppliante. C'est le piano qui, à la main droite, apporte réponse et lumière, par une merveilleuse alliance de la vocalité de la ligne avec la limpidité de la percussion. Le finale est plein d'allégresse, mais cette joie n'a rien de bruyant : son entrain est d'une extrême délicatesse.

De mai, une nouvelle œuvre angoissée : la *Fantaisie pour piano en ut mineur* K. 475, qui complète la *Sonate en ut mineur* K. 457 de l'année précédente. On y a vu une œuvre romantique et elle serait (on ne voit pas en quoi) l'expression d'une aventure amoureuse avec la dédicataire de ces deux œuvres. Quand on écoute jouer cette Fantaisie sans pathos – comme il convient –, on saisit sans peine sa signification réelle : l'arpège ascendant n'a point ici de violence démonique, et d'ailleurs toute l'œuvre sera traversée par une interrogation instante sur le sens de la mort qui coupe si absurdement l'élan du vouloir-vivre. Du reste, c'est exactement le même sujet qui va être traité dans la *Musique funèbre maçonnique*, elle aussi en *ut* mineur (K. 477). On y voit ordinairement une œuvre de circonstance pour les obsèques de deux dignitaires de la Loge, décédés en novembre. Pourtant, Mozart l'a datée de juillet, et l'hypothèse émise par J. et B. Massin paraît la plus satisfaisante : c'est une œuvre destinée au rituel du 3e degré (Maîtrise) où sont évoquées la mort et la résurrection d'Hiram, l'architecte du temple de Salomon. C'est en effet tout autre chose qu'une déploration, qui serait incongrue dans un milieu maçonnique, sur la mort de deux Vénérables. C'est une méditation sur la mort : affirmation de la croyance avec le psaume en *cantus firmus*, trois ruées de démonisme contenues et, avec l'accord final majeur, la paix qui s'ouvre immensément pour finir.

La démarche de la Quête est encore plus explicite dans les œuvres de la fin de l'année. Voici du 26 octobre un *Quatuor avec piano* K. 478 qui commence en *sol* mineur. Nous partons ici non pas d'une ombre noire, mais d'une anxiété franchement interrogative. Première

détente avec le second thème, et plus grande encore avec le splendide développement éclairé par le langage de Bach. L'andante en *si* bémol est recueilli et calme. Le second sujet est plus nostalgique, mais la clarté règne sur l'ensemble à cause du timbre du piano et du contrepoint très lisse propre à Mozart. Le finale est un rondo en *sol* majeur. Quelle finesse rythmique dans l'allégresse et quelle abondance mélodique ! Un intermède de style français évoque un Noël, et un intermède en *mi* mineur, avec une intensification du langage thématique, nous replonge dans l'angoisse. Mais cela ne dure pas et tout est emporté dans la détente finale.

Le 12 décembre naît la *Sonate violon-piano en mi bémol* K. 481. L'allegro initial présente trois thèmes de plus en plus apaisés. Le développement est impressionnant, parce que le violon, par trois fois, en modulations ascendantes, répète les quatre notes du finale de la *Jupiter*. Ici, ce thème a une signification très nette d'interrogation suppliante. Avec l'adagio, l'inspiration est portée à

■ Le Kohlmarkt à Vienne, scène de rue. Au centre, le Burgtheater. (Historisches Museum, Vienne.)

l'incandescence. Le thème réservé au piano sert d'écrin aux deux mélodies du violon, surtout à la seconde en *ré* bémol qui est peut-être la plus belle des phrases que Mozart ait offertes au violon. L'adagio finit sur une paix absolue et le finale pourra exprimer, de nouveau, les répercussions, sur les plans relativement externes du psychisme, de la paix attouchée au centre.

Du 16 décembre voici un nouveau *Concerto pour piano en mi bémol* K. 482. L'andante central récapitule à lui tout seul toutes les étapes de la démarche de la Quête avec un symbolisme orchestral qui la rend parfaitement intelligible. « Pièce terrible, écrit O. Messiaen, feu central que cet andante ! En un dramatique raccourci, on y voit évoluer toutes les contradictions que peut susciter l'idée de la mort : désespoir, révolte, accablement, consolations célestes et certitude de la résurrection. » C'est un rondo-thème à variations, dont le refrain porte tout le tragique de l'*ut* mineur. Par deux fois, les vents interviennent (comme les trois enfants de la *Flûte*) en *mi* bémol majeur, puis en *ut* majeur, pour inviter le piano à se dégager de l'emprise démonique de l'orchestre qui, usant du langage thématique, se fait de plus en plus menaçant. Le drame consiste pour le piano à s'arracher de la pesanteur maléfique du tutti et il finit par émerger à la lumière. Cet andante frappa de stupeur le public léger de Vienne, qui commençait à se déprendre de Mozart. Au grand étonnement du compositeur (nous le savons par Léopold qui assista au concert), le public lui demanda de le bisser ! Comme il est normal, le finale est léger et joyeux. Pourtant, un andantino recueilli 3/4 en *la* bémol fait béer l'altitude poétique en présentant la sublime mélodie qui sera celle du Toast du *Così*.

L'épanouissement lumineux de 1786

« Les Noces de Figaro »

L'année 1786, où Mozart sort d'une crise, est une des plus radieuses de sa vie musicale. Pourtant, dans l'ordre de la vie privée, les nuages commencent à s'accumuler.

LE LIVRET DE BEAUMARCHAIS

Wolfgang doit terminer en toute hâte *Les Noces de Figaro.* Je connais la pièce ; c'est une œuvre pénible, et la traduction du français a sûrement dû être très libre avec beaucoup de modifications, si elle doit faire de l'effet pour un opéra. Dieu veuille que cela réussisse pour l'action ; pour la musique je ne crains rien. Cela va lui coûter beaucoup de démarches et de discussions, jusqu'à ce qu'il obtienne un livret qui soit conforme à son dessein et à ses désirs.

Léopold Mozart
(lettre du 11 novembre 1785).

La maison de Mozart dans la Domgasse, n° 5, à Vienne. Aquarelle de G. Huaet. C'est là que furent composées *Les Noces de Figaro.* (Historisches Museum, Vienne.)

Indifférence du public : avec le K. 503, se terminera la lignée des grands concertos. La série des six Quatuors avec piano s'arrêtera au numéro deux, son éditeur lui signifiant qu'ils déplaisent. Le succès initial des *Noces* est bloqué par une cabale ; les difficultés financières deviennent de plus en plus pressantes (premier cri d'alarme à l'éditeur Hoffmeister le 20 novembre 1785). Et cependant la musique qu'il écrira jusqu'à l'automne respire le bonheur le plus limpide.

Comment cet épanouissement a-t-il pu se faire en dépit des tracas qui l'assaillent ? D'abord parce qu'il est sorti de la crise de l'année précédente. Ensuite parce que, disposant à présent d'un éventail complet de langages parfaitement adéquats à l'état de sa pensée, il est tout à la joie de créer. Et, qui plus est, il trouve enfin un livret qui lui convient à merveille, dont il a choisi le sujet, et dont Da Ponte tire pour lui un texte excellent.

La première des *Noces* aura lieu le 1er mai 1786, mais

DE BEAUMARCHAIS À MOZART,

Peu d'exemples sont aussi clairs que le *Figaro* pour montrer la différence entre ce qu'un génie et ce qu'un simple talent ressentent comme réalité. Pour Beaumarchais la réalité consistait dans l'ordre politique et social de la France d'alors ; à savoir donc dans ce qui tombait immédiatement sous le sens. La réalité de Mozart au contraire, loin de connaître de telles limites, englobe le contenu global de la vie. La réalité, pour Mozart, était indépendante de ce que son époque entendait par réalité, elle n'était pas une imitation d'une réalité déjà préexistante, mais un prototype ; ici encore, il s'est révélé un créateur, et non un imitateur si parfaitement doué qu'il fût.

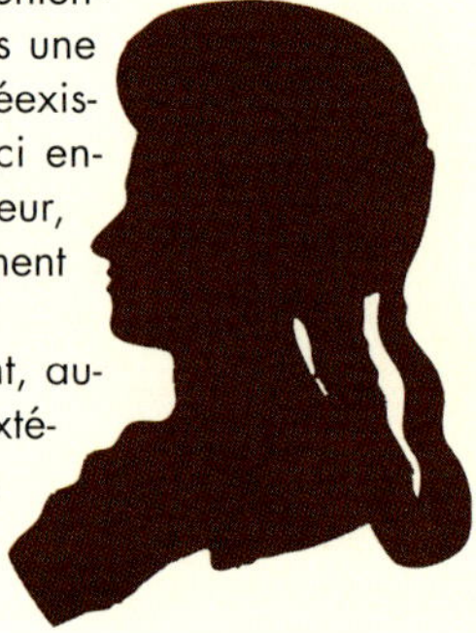

Tous ses personnages renvoient, au-delà de leurs apparences extérieures qui sont de leur temps,

sa mise en œuvre est sous-jacente à ses autres compositions depuis l'automne 1785.

La représentation de la pièce de Beaumarchais était interdite à Vienne, mais Da Ponte réussit à obtenir de l'empereur l'autorisation d'en tirer un livret d'opéra, à condition de l'expurger de toute satire politique et de toute équivoque libertine. Mais, rendue inoffensive, la donnée devenait exsangue et plate. Il fallut l'intervention géniale de Mozart pour lui donner plus de relief encore que n'en avait *Le Mariage de Figaro.* Et il réussit ce tour de force sans rien changer au déroulement de l'intrigue, mais en modifiant totalement l'esprit du sujet. Au lieu d'une satire politique ponctuelle, il en fit un drame entièrement axé sur l'amour, au sens le plus large et le plus pur du mot, et qui revêt, en chacun des personnages, un aspect particulier : sombre passion (et non plus simple émoi des sens) qui entraîne le Comte vers la soubrette, effervescence de la puberté en Chérubin, tendresse pro-

■ Silhouettes des créateurs des *Noces,* Almaviva, la Comtesse, Chérubin et Suzanne.

UNE RÉALITÉ RECRÉÉE

à un ordre de vie plus élevé. Le *Figaro* de Mozart est, comme tous les grands chefs-d'œuvre, non pas ponctuel, mais intemporel, tandis que celui de Beaumarchais, en dépit de tout son esprit jaillissant, reste lié à son époque. Chez Mozart il n'est question ni de politique, ni de morale, et pas davantage d'histoire des mœurs que d'émoustillement ou de calembredaines. Il n'a qu'une seule préoccupation, celle de créer, avec une naïve joie d'imaginer, des personnages dans lesquels, en dehors de tout pathos moral et des hasards du quotidien, se reflète une part de la richesse de la vie humaine, considérée à la lumière d'une ironie et d'un humour supérieurs.

Hermann Abert, *W. A. Mozart,*
Breitkopf, Leipzig, 1921.

Vous avez devant vous le spectacle lyrico-dramatique le plus satisfaisant et le plus complet qui se puisse imaginer : une action qui marche avec l'aisance et le naturel du drame verbal et une musique qui joint tous les fragments du dialogue en une harmonieuse unité, qui vous dit toute la pensée des personnages, supplée à leurs réticences, dévoile leurs ruses et leurs mensonges et vous montre ainsi les ressorts du mécanisme psychologique qui les fait mouvoir et parler. Et cette intelligence intime du drame, cette compréhension supérieure à toute analyse intellectuelle, n'est autre chose qu'un plaisir de musicien vivement ressenti ; car vous ne comprenez ici qu'autant que vous jouissez.

Alexandre Oulibicheff, *Nouvelle Biographie de Mozart,* Moscou, 1843, III, p. 42.

tectrice de Figaro pour Suzanne, à quoi celle-ci répond par une affection à la fois malicieuse et généreuse.

La forme la plus haute que prend l'amour dans l'opéra est la fidélité pleine de noblesse que la Comtesse voue à son mari. C'est d'ailleurs sur le couple Comte-Comtesse que le suspense se déplace à partir du milieu de la pièce. Nous sommes à ce moment-là sans inquiétude : Figaro épousera Suzanne, mais le Comte reviendra-t-il à Rosine ? Quand arrive le dénouement, la phrase qui s'élève alors *(Più docile sono…)* couronne l'opéra par une des plus belles mélodies qu'ait conçues le Maître. Il n'y a aucun moralisme chez Mozart : il ne s'agit pas de la victoire de l'amour conjugal offensé, mais de l'épanouissement lumineux de l'aristocratie du cœur. Car il n'y a pas non plus ici de revendication politique, ni même de révolte contre les abus de pouvoir des grands. Pourtant Mozart se trouve en fait bien plus impitoyablement accusateur que le satiriste français, parce qu'il dissout sans esprit de révolte tout préjugé de caste. L'idée égalitaire, conforme à ses convictions maçonniques, qui ressort de l'opéra est celle-ci : chaque homme a un cœur qui bat, et de même façon, et c'est là que réside la véritable noblesse, qui est également respectable en tous. Ainsi, dans la scène *Sull'aria,* Suzanne n'est pas la subalterne de la Comtesse, mais, grâce à la parenté des lignes vocales, elle est sa sœur.

Enfin, sur le plan scénique, quelle maîtrise ! Mozart utilise à plein le langage thématique pour structurer les *lazzi* dont la verve comique est très supérieure à celle de Beaumarchais.

Mais la polyphonie ne perd pas ses droits, surtout aux moments les plus graves, en particulier dans la scène finale du pardon, où le recueillement atteint une densité poétique extrême.

Les derniers grands concertos

Les *Noces* sont terminées le 29 avril. Mais l'élaboration de l'opéra ne l'empêche pas de produire en mars deux concertos pour le piano : en *la* majeur K. 488 du 2 mars et en *ut* mineur K. 491 du 24 mars.

Le bonheur de la forme, l'élégance et la simplicité, tout est fait en vue de l'enchantement tamisé, à la fois sensuel et diaphane, que revêt toujours chez Mozart le

LE « CONCERTO POUR PIANO EN LA » K.488

Ses beaux andantes mineurs commencent avec celui du *Concerto* K. 271, en 1777, et finissent avec le *Prélude et fugue pour quatuor à cordes* de 1788 et l'adagio de la première *Fantaisie pour orgue* de 1790, mais déjà, quelques années avant 1788, ils étaient devenus rares et la dernière sonate où on en trouve est le *Concerto en la,* K. 488, qui est du début de 1786. La douleur y est tellement transfigurée qu'elle ne laisse derrière elle nul sentiment de dépression et de découragement, mais, bien plus, nous réconforte autant que ses allegros les plus débordants de vie. La beauté entrevue, puis atteinte, à travers les larmes, est d'une clarté telle que l'auditeur fasciné oublie l'amertume, oublie la souffrance d'où le mouvement est issu. Ces tristesses, qui sont cependant des tristesses de jeune homme, puisque Mozart, à la date où il cesse de composer des andantes « dramatiques », n'avait que trente ans, sont riches et belles de toute la force d'une nature vibrante et la plus saine qui fût jamais.

C. M. Girdlestone, *Mozart et ses concertos de piano*, 1953.

la majeur... Point culminant : le développement construit sur un sujet nouveau, une sorte de choral, qui est traité dans le langage de Bach, tel qu'il est repensé par le Mozart de 1786. Est-ce à cause de la tonalité rarissime chez lui, le *fa* dièse mineur, l'adagio est assez mystérieux, au point d'avoir troublé les commentateurs. On le tient généralement pour sombre, désolé, se complaisant dans le désespoir. On peut au contraire y lire la démarche de la Quête, où l'interrogation, anxieuse au départ, se résout progressivement : dans la cadence le piano recueille, en gouttes d'or répétées, la lumière intérieure. Il est normal après cela que le finale se déploie dans le chatoiement d'accents joyeux.

Vingt-deux jours plus tard, le 24 mars 1786, nouveau *Concerto en ut mineur* K. 491. Parce que c'est le second de ceux que Mozart a écrits en mode mineur, on le rapproche souvent du *ré mineur* de l'année précédente, et les mêmes lieux communs sont colportés à leur propos : passion, romantisme, esprit beethovénien, et l'on se demande lequel des deux est le plus désespéré. Rétablissons les choses en nous plaçant au point de vue de la pensée. Comme l'ont bien vu J. et B. Massin, « le *Concerto en ut mineur* exprime sans aucun doute les épreuves et les combats que doit affronter l'homme pour maîtriser cette vie et lui donner un sens » et ils précisent : « Dans le premier mouvement même, qui est le plus implacable, de larges épisodes affirment la présence d'un bonheur possible, au sein de la souffrance et de la lutte ». Mais encore faut-il savoir qui lutte, et contre qui ? Il y a bien un conflit entre le tutti et les vents, mais le piano cette fois reste en dehors du débat et c'est lui qui exprime le sens de la libération, grâce à des coloratures instrumentales apparemment virtuosiques et qui sont hautement signifiantes de la pacification par la lumière. D'ailleurs le larghetto va chanter cet apaisement, lequel n'est pourtant pas un épanouissement total de l'esprit : c'est un moment de halte, de repos pour souffler. Aussi le réveil est-il assez brutal quand résonnent les premiers accents du finale, qui se présente comme un thème varié. Les commentateurs s'accordent presque tous pour donner à ce mouvement une signification encore plus tragique qu'à l'allegro initial. On parle de « ténèbres », de « caractère révolutionnaire », d'une « inquiétude qui engloutit tout espoir ». Voyons les choses sous l'angle de la démarche de la Quête. Après la halte du larghetto, il faut repartir, courageusement ! Le thème est énergique, fortement rythmé mais, loin d'être dépressif, il est plein d'une farouche détermination. Dans les variations vont alterner sans cesse la tension et la détente, l'orage et l'éclaircie. La cin-

« QUELLE MUSIQUE QUE CES ADAGIOS ! »

J'ai peu de choses à t'écrire, mais si je pouvais de vive voix épancher ce qui me remplit le cœur, il te faudrait sans doute m'écouter très longuement ; mais ce ne serait rien d'autre que ce que tu connais très bien toi-même. Je pense que tu as compris que je te parle des deux concertos de Mozart que j'ai joués avec un ravissement indescriptible. Mon premier sentiment a été : si seulement je pouvais t'embrasser pour te remercier de m'avoir procuré cette jouissance ! Quelle musique que ces adagios ! Je n'ai pas pu, pour les deux, contenir mes larmes ; particulièrement l'adagio en *ut* majeur m'a touchée au plus profond. C'est un plaisir céleste qui vous envahit alors. Quelle splendeur que les premières phrases ; la dernière du *la majeur,* n'est-ce pas comme si des étincelles jaillissaient des instruments ? Comme tout vit et s'entrelace ! Mais, suffit !... J'ai l'impression que je ne pourrai jamais m'arrêter là-dessus, et pourtant ce n'est là qu'une faible expression de ce que je ressens. Je voulais te renvoyer le *Concerto en sol majeur,* mais c'est comme si je devais le garder par devers moi. Si seulement je pouvais le jouer de nouveau ! C'est vraiment triste que le public n'ait pas la moindre idée de la splendeur de cette musique : il est assis là sans y prendre part, alors que nous autres nous aimerions embrasser le monde entier dans notre joie qu'il ait existé de tels hommes !

Clara Schumann, Extrait d'une lettre à Johannes Brahms du 5 février 1861.
B. Litzmann, *Clara Schumann,* t. III, Leipzig, 1910, p. 96.

quième touche même, grâce au langage de Bach, à une paix réelle, mais cela se délite dès que réapparaît le langage thématique. La dernière vire-t-elle, comme on le dit, à une totale désespérance ? J'approuverai J. et B. Massin : « Dans l'âpre souffle qui anime ces variations, ce n'est pas un désarroi croissant qui submerge l'être, c'est une volonté implacable qui s'affirme. » Écoutons les quatre dernières mesures : ces ruées de gammes montantes amplifiées par le tutti nous rappellent la cadence de la *Fantaisie en ut mineur* K. 475 : après une œuvre, elle aussi tourmentée, c'était le même départ, la même détermination. « Le vent se lève, il faut tenter de vivre… »

La musique de chambre de 1786

À partir d'avril, nous entrons dans une période de détente et de bonheur. Par moments même, Mozart semble revenir à une galanterie qu'il avait depuis longtemps dépassée, chose que beaucoup déplorent, tout en lui trouvant des circonstances atténuantes dans la nécessité de rattraper son public. Mais c'est là très mal comprendre le travail de décantation auquel il est en train de s'adonner. Si l'on tient à garder le mot de « galanterie », il ne faut pas confondre celle – d'ailleurs délicieuse ! – de 1776 avec celle qu'on peut appeler « viennoise », et qui est tout à fait nouvelle. La volubilité qu'elle comporte est dominée et la prolifération mélodique y est maîtrisée. L'élégance et la politesse n'empêchent pas le dynamisme et la profondeur. Bref, ce qui caractérise cette musique, c'est le style, et ce style n'est rien de moins que le classicisme à l'état pur. L'exemple le plus accompli de cela est la *Kleine Nachtmusik* de 1787. Certes, il y avait dans cet art si retenu un certain danger de décoloration et il faut se réjouir que Mozart ne s'en soit pas tenu à cette perfection par trop formelle, mais c'était une sorte d'ascèse par laquelle il devait passer pour accéder, à partir de 1788, à la transparence terminale. La clarification de 1786 est surtout due à deux facteurs :

1. Le rôle joué par le piano.

Ce que Mozart avait réussi, depuis 1784, dans l'ordre du concerto, il l'applique à présent dans sa musique de chambre. Toutes les œuvres de 1786, sauf le *Quatuor en ré* K. 499, comportent le piano : en juin, le *Quatuor en mi bémol* K. 498 ; de juillet à novembre, trois trios (K. 496, 498 et 502) ; d'août, le *Trio Kegelstatt* K. 498 et une *Sonate pour quatre mains* (K. 497). Ce qu'il met au point, c'est la façon d'insérer cet instrument à cordes frappées dans les linéaments continus des

■ *La Musique de chambre*, d'après Jacques-André Portail.

archets. Car, contrairement à la fonction que les romantiques donneront le plus souvent au piano, celui-ci n'a jamais chez Mozart l'opacité massive qui imite les effets orchestraux. Si par moments, grâce aux quatre mains (K. 497), tout l'espace sonore est occupé en plénitude, jamais l'empâtement ne compromet la transparence des glacis. Et dès que cela est possible, le piano retrouve son pouvoir de percussion cristalline ; les lignes sont toujours chantantes et ne tombent jamais dans la virtuosité creuse ; comme dans la musique vocale, les coloratures pianistiques sont toujours signifiantes. Bref, loin d'être chargé de démonisme, comme il le sera de plus en plus au XIXe siècle, le piano servira justement à Mozart à exorciser la musique de tout démonisme.

2. La raréfaction par le contrepoint chantant.

Nous retrouverons ainsi le travail de synthèse entre le thématisme de Haydn et le contrepoint de Bach. En 1785, il a fait des pas de géant et, en 1786, il en recueille les fruits. Il procède encore par juxtaposition

« J'AI TANT D'AFFECTION POUR CET HOMME ! »

Si je pouvais graver dans l'âme de tous ceux qui aiment la musique, en particulier des plus éminents, les inimitables travaux de Mozart, si je pouvais les graver avec autant de profondeur, avec une compréhension et une impression aussi grandes que j'éprouve moi-même : alors les nations rivaliseraient à qui posséderait dans ses frontières un pareil joyau. Il faut que Prague s'attache cet homme précieux, mais aussi qu'elle le récompense ; car sans cela l'histoire d'un grand génie est triste, et la postérité est peu encouragée à poursuivre son génie créateur ; c'est pourquoi, hélas ! tant d'esprits pleins d'espérance gisent, abattus. Pour moi, j'enrage que Mozart, cet homme unique, ne soit pas encore engagé en une Cour impériale ou royale. Pardonnez-moi si je sors ainsi de mes gonds : j'ai tant d'affection pour cet homme !

Josef Haydn (1732-1809), Lettre à Roth, chef du service d'administration au Théâtre de Prague. Texte reproduit par Niemtschek.

dans le finale de la *Sonate* K. 497, où les ruées démoniques se couchent devant les plages du contrepoint pacifiant. Mais la solution qu'il a découverte en 1785 (K. 478) va gagner du terrain : elle consiste à subsumer le thématisme dans le contrepoint. Or, pour réaliser cela, le contrepoint baroque n'était pas adéquat parce qu'il était par trop raidi dans un formalisme mécanique. Il fallait que Mozart trouvât le style d'un contrepoint bien à lui qui eût une structure *organique*. Le finale du *Trio* K. 496 nous en donne un exemple saisissant avec la variation *minore*, où la densité polyphonique (la merveilleuse entrée du piano !) est un des sommets de la poésie mozartienne.

C'est dans le même tissu musical qu'est taillé le *Quatuor avec piano en mi bémol* K. 493 (du 3 juin). Cette résorption du thématisme démonique se lit clairement dans le larghetto, grâce surtout à la clarté qu'apporte la ligne du piano. Dans le finale, un intermède en *ut* mineur semble réveiller le démonisme, mais cette inquiétude passagère est subsumée dans l'apaisement terminal.

Une autre œuvre respire le bonheur, le *Trio en mi bémol pour piano, alto et clarinette* K. 498. Il a été surnommé *Kegelstatt* (« Trio des quilles ») parce qu'il fut composé au cours d'une réunion d'amis dans les jardins de Jacquin. On sent dans l'œuvre la douceur d'un chaud après-midi d'août, où l'on se délasse à l'ombre en buvant un tokay bien frappé… Amitié, et même confraternité, puisque Jacquin ainsi que le clarinettiste Stadler étaient francs-maçons. D'ailleurs, la joie paisible qui enveloppe toute l'œuvre n'empêche pas quelques moments de gravité : dans le *Trio en sol mineur* et l'intermède en *ut* mineur du finale. Cela n'est pas fait pour assombrir la réunion, mais pour rappeler, entre frères maçons, que, même au sein du bonheur, il ne faut pas perdre de vue les problèmes essentiels.

L'œuvre suivante va trancher sur cette sérénité, le *Quatuor en ré* K. 499. C'est une œuvre étrange, en ce sens que le beau langage, si clair et si lisse, de 1786 est utilisé pour exprimer une profonde détresse. On retrouve, nettement, l'interrogation dans l'allegro et le menuet ; elle s'intensifie encore dans la solitude totale de l'adagio. Nous plonge-t-il définitivement dans la nuit ? Non, peu à peu émerge une mélodie faite de retombées caressantes, qui apporte une clarté douce et comme lointaine. Mais ce n'est pas suffisant pour permettre au finale de se détendre. Il évoque bien, par sa finesse acérée, le vol des oiseaux, mais ceux-ci se heurtent cruellement aux parois d'une cage sans issue.

Mozart va couronner l'année 1786 par deux œuvres orchestrales où il manifeste avec éclat tout ce qu'il avait si finement mis au point dans l'intimité de sa musique de chambre. Au début de décembre, il produit, à deux jours d'intervalle, deux œuvres monumentales : le *Concerto pour piano en ut* K. 503 et la *Symphonie en ré* K. 504 (dite « de Prague »). Ces œuvres ne sont pas seulement différentes, mais divergentes : elles ne sont pas situées sur le même versant. La première conclut en apothéose la période heureuse, la seconde annonce gravement la crise qui se prépare.

Le premier mouvement du concerto est le plus ample de toute l'œuvre orchestrale de Mozart, avec ses 432 mesures et ses 7 thèmes. Point de sursaut : Mozart n'accède pas à la puissance, il s'y trouve de plain-pied. Disons plus, il semble descendre de l'Olympe dès les premiers ïambes, superbes et calmes, où s'affirme solennellement la majesté de l'*ut* majeur. Jamais non plus le piano n'a occupé si pertinemment sa place centrale, surtout dans l'andante, tout pénétré de la poésie propre à 1786. Le finale commence joliment, mais comme ce thème de rondo paraîtra banal lorsqu'il sera repris comme refrain conclusif ! C'est que, entre-temps, Mozart s'est élevé, au cours du second couplet, à un tel niveau d'intensité poétique que toute conclusion, après cela, ne pouvait que paraître prosaïque. Prenons bien garde à ce passage qui survient de façon inopinée. Un thème agressif en *la* mineur a surgi, suivi d'une coda énergique. Trois accords secs virent brusquement au *fa* majeur. Alors s'élève une phrase qui est, à notre avis, la plus belle de tout Mozart. Chant d'une pureté et d'une simplicité merveilleuses, animé d'un rythme extrêmement subtil avec son ictus d'appui, pour l'élan, sur la *fin* des noires (sans césure) :

La *Symphonie en ré* K. 504, datée du 6 décembre, sera exécutée le mois suivant à Prague, où le concert donné par le Maître soulève l'enthousiasme. Le voici donc revenu au genre symphonique pur, qu'il n'a plus abordé depuis trois ans. Entre-temps, le démonisme inhérent au langage thématique a été exorcisé dans ses concertos. Mais que va-t-il se passer quand Mozart utilisera, sans piano, la forme orchestrale ? La difficulté est ici au maximum parce que la masse orchestrale (surtout après Mannheim) était propice à l'amplification oratoire. Il n'est que de constater l'importance que prendra la symphonie de Beethoven à Mahler. C'est une opinion reçue que Mozart, dans ses quatre dernières, a ouvert la voie aux symphonies à venir. Qu'il me soit permis de penser exactement le contraire : Mozart, qui aurait pu facilement – trop facilement ! – se laisser aller sur cette pente, y a vigoureusement résisté, ne cédant pas à la « tentation de puissance » que lui offrait l'art symphonique. La preuve, on la trouve dans l'allegro de la « Prague » où, au lieu de l'amplification continue du discours, le fil est sans cesse rompu par des alternances de tension et de détente. Mais cela se lit surtout dans l'extraordinaire développement, où Mozart applique à la symphonie la découverte qu'il a faite dans le *Quatuor en sol mineur* K. 478 : la ruée démonique est canalisée, non pas domptée, mais subsumée dans le contrepoint chantant : la violence est ainsi transformée en énergie lucide. Nous avons déjà très clairement exprimé, ici, l'esprit du finale de la *Jupiter*. L'intérêt principal de cette œuvre est que

Mozart y applique de nouveau la « démarche de la Quête ». L'adagio introductif, comme celui du « Quatuor des dissonances », nous fait partir de l'ombre ; mais l'anxiété qui y règne n'a aucune signification sentimentale : c'est celle de l'interrogation fondamentale. L'allegro nous montre Tamino qui s'élance pour trouver la lumière. L'andante est en retrait, tout en demi-teintes, et c'est de la nostalgie qui émane de ses phrases giratoires. Une mélodie en *ré,* à la cadence, apporte enfin une clarté douce et apaisante. Le finale, d'une alacrité piquante, ne dément pas la résolution de continuer la Quête avec énergie.

La crise de 1787. Mort de Léopold

L'année commence sous d'heureux auspices. Mozart passe trois semaines (janvier-février) à Prague, où il reçoit un accueil enthousiaste. Le *Figaro* est ovationné et ne quitte pas l'affiche ; on lui passe alors officiellement commande d'un nouvel opéra pour la saison d'automne. Il y retournera pour trois mois (septembre-novembre) afin d'y mettre en scène son *Don Giovanni.* Malgré la pression de ses hôtes, il ne consentira pas à se fixer à Prague, bien qu'il y trouve, spontanément offert, tout ce que Vienne lui refuse : succès, appuis officiels, amis très sûrs. « J'appartiens trop à d'autres personnes, et trop peu à moi-même », écrit-il le 15 octobre. Il a besoin de solitude pour réfléchir aux problèmes graves qui se posent à lui. Les sourires en cette période sont pâles, voilés de nostalgie. Témoin le *Rondo en la mineur* K. 511, du 11 mars. Simplicité chantante du refrain avec, à la main gauche, un *la* répété qui sonne comme un glas. Ce refrain, chaque fois qu'il est repris, déploie une floraison mélismatique qui en accuse de plus en plus la tristesse profonde. Témoin encore le *Rondo pour cor* K. 514, d'avril, où la clarté de 1786 s'embue d'une tendre mélancolie. De gravité aussi, simple et sublime, lorsque (second intermède) le cor psalmodie le *cantus firmus* de l'ode funèbre : le rythme de la demi-cadence (avant la césure médiane) nous plonge soudain en plein XVIe siècle espagnol !

C'est certainement, de toute sa vie, l'époque où les événements ont le plus de retentissement dans ses œuvres. Ainsi, il est très affecté par le départ de Nancy Storace, la Suzanne des *Noces*. Il compose pour elle (« pour mademoiselle Storace et pour moi », note-t-il dans son Catalogue) un air isolé (*Ch'io mi scordi di te* K. 505) où il se représente lui-même sous la forme du piano. Merveilleuse pièce, d'une psychologie acérée, où la douleur ressentie par le soprano est calmée par le soliste jusqu'à ce que la crispation passionnelle cède devant la joie en commun de s'aimer à jamais dans la beauté.

Cette peine de cœur ne suffit cependant pas à expliquer l'accablement dans lequel il tombe. On se doute bien qu'il y a quelque chose de bien plus profond qui le tracasse. Or, pour une fois, nous en trouvons mention dans une lettre, heureusement conservée. C'est la dernière qu'il écrit à son père, le 4 avril, et il y est question de la mort. Il vient d'apprendre que son père est gravement malade, au point que sa vie est en danger. Alors, fraternellement (au sens de la fraternité maçonnique), il lui rappelle le sens qu'il convient de donner à la mort. Ce n'est pas d'aujourd'hui que le problème de la mort le hante. À Paris déjà, quand il perd sa mère, il écrit (9 juillet 1778) une lettre émouvante à son père. Son attitude est alors d'entière soumission à la volonté divine. Par la suite, sans revenir sur cette idée de soumission, il ne se contente plus d'une attitude passive. Il cherche quel est, positivement, le sens à donner à l'acte de mourir. La mort est-elle désagrégation ou libération ? Mozart penche de plus en plus vers la seconde solution, et cette conviction a été renforcée par son entrée en Maçonnerie en décembre 1784.

À présent, en 1787, les coups tombent, drus et proches : son troisième enfant, son ami Hatzfeld... Et voici maintenant son père qui est menacé ! Les malentendus qui ont séparé les deux hommes ne comptent plus devant la gravité de l'heure, et leur commune adhésion à la Maçonnerie a encore resserré leurs liens. Aussi est-ce

Anne Céline (Nancy) Storace (1765-1817), gravure de Conde. Elle termina son éducation à l'Ospedaletto de Venise. Elle épousa un brutal, nommé Fisher, et s'en sépara. En 1786, elle inspira le rôle de Suzanne, et quand, au début de 1787, elle quitta Vienne pour Londres, où une belle carrière l'attendait, Mozart en fut très chagrin. Il composa alors pour elle l'air de concert *Io mi scordi di te* K. 505. (BN, Paris.)

en y faisant directement allusion que Wolfgang lui écrit ces lignes simples et graves :

> Comme la mort (à prendre exactement la chose) est la raison finale *(Endzweck)* de la vie, je me suis, depuis quelques années, tellement familiarisé avec cette véritable et parfaite amie de l'homme, que son image pour moi non seulement n'a plus rien d'effrayant, mais est vraiment très apaisante et consolante. Et je remercie Dieu de m'avoir accordé le bonheur de me procurer l'occasion (vous me comprenez) d'apprendre à la connaître comme la clef de notre vraie félicité. Je ne vais jamais au lit sans réfléchir que peut-être – si jeune que je sois – le lendemain je ne serai plus là ! Et pourtant personne, parmi ceux qui me connaissent et me fréquentent, ne peut dire que je sois chagrin ou triste.

Sa musique reflète-t-elle ces dispositions à la sérénité ? Les œuvres, pour la plupart, sont anxieuses, voire douloureuses. Est-ce à dire que les déclarations de sa lettre soient insincères ? Non pas, car on peut considérer la mort comme un bien quand il s'agit de soi-même, et souffrir de la perte d'un être cher. Mais perdre un ami, ou même un père, cela engendre de la tristesse, du chagrin ; cela n'explique pas cette anxiété corrodante qui se manifeste alors. D'où vient-elle ? De la même origine qu'en 1785, mais plus accusée encore, à cause de la présence, autour de lui, de la mort. L'idée que celle-ci est la meilleure amie de l'homme est admise, et n'est pas remise en cause, mais il faut que cette conviction pénètre dans les fibres vives, là où le vouloir-vivre est si puissant. La vraie nature de la mort, il faut « apprendre à la connaître », et ce travail n'est autre que la démarche de la Quête, qui réapparaît maintenant, renouvelée dans chaque œuvre.

La première qui accuse le choc est le *Quintette en ut* K. 515, du 19 mars. Il commence par l'accord arpégé, la « devise du démonisme », en croches séparées qui par trois fois montent au-dessus d'un halètement rythmique. Il est aussitôt suivi d'un petit motif qui prolonge l'anxiété interrogative. L'allegro ne sera pas crispé, mais

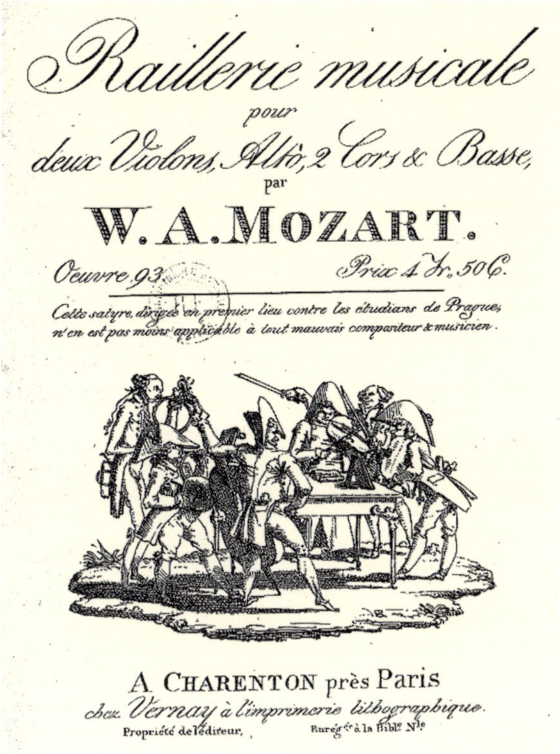
Raillerie musicale
pour
deux Violons, Alto, 2 Cors & Basse,
par
W. A. MOZART.
Oeuvre 93.
Prix 4 fr. 50 C.
Cette satyre, dirigée en premier lieu contre les étudians de Prague, n'en est pas moins applicable à tout mauvais compositeur & musicien.
A CHARENTON près Paris
chez Vernay à l'imprimerie lithographique.
Propriété de l'éditeur,
Enreg.é à la Bibl.e N.le

■ Page de titre de la première édition française de *Ein Musikalischer Spass*, illustrée par Bergeret. (BN, Paris.)

d'un bout à l'autre tendu ; il sera d'ailleurs entièrement traité en langage thématique. Celui-ci n'a pas pour fonction de rendre un démonisme revendicatif, mais d'entretenir la fiévreuse interrogation. Dans le merveilleux développement, l'amplification propre au thématisme est résorbée dans un contrepoint, qui n'apporte pas vraiment le calme, mais qui rectifie l'aspiration. Le menuet est contracté ; le trio chante un beau lied, mais son bercement est sinistre. Avec le *fa* majeur, l'andante apporte enfin l'apaisement. D'abord timidement, puis, plus fermement, avec le second sujet. Celui-ci donne d'abord lieu à un dialogue entre les deux protagonistes (premier violon et premier alto) ; ensuite les deux voix se joignent en un cordial contrepoint qui les fait briller d'une clarté sereine. Le finale va-t-il répercuter cette pacification dans l'allégresse ? Certes, ce quintette est le premier des quatre derniers à conclure sur un bruissement de chants d'oiseaux. Mais ces volatiles, ivres de liberté, sont-ils vraiment libérés ici ? Ils s'y exercent en jouant, mais il faudra, pour qu'ils soient lâchés, ouvrir plus grandes encore les portes de la cage.

Le 16 mai, nouveau quintette, en *sol* mineur, K. 516. Comme les deux symphonies écrites dans le même ton de *sol* mineur, le quintette a donné lieu à toute une débauche de littérature : on admire ce grand chantre de la douleur, qui se montre le précurseur des romantiques en mettant son pauvre cœur à nu. « Un être de perfection autant qu'un être de sanglot » (H. Ghéon). Toutefois, si douleur il y a, personne ne se demande ce qui l'a provoquée. La seule nouvelle qui aurait pu l'accabler était la mort de son père ; or celui-ci ne décédera que douze jours plus tard. Tout change – et notre admiration s'en trouvera accrue – si nous en dégageons la signification profonde, qui n'est autre que celle du quintette précédent, plus nettement, mais aussi plus intensément exprimée. Il s'agit de la Quête intellectuelle, laquelle comporte des affres et des moments très douloureux d'arrachement, mais aussi une issue dans des instants de sérénité.

Le thème initial est de nouveau l'arpège ascendant, mais, s'il est toujours anxieux, il a perdu toute véhémence ; l'aspiration se rectifie. Le motif est interrogatif, jusque dans les volutes qui le prolongent. Le second sujet (où l'on a voulu voir un gémissement) énonce de façon plus instante l'interrogation. Dans le développement, les deux thèmes se renforcent l'un par l'autre, mais cela n'aboutit à aucune réponse pacifiante. Dans le menuet, la tension ne cède pas, mais le trio apporte une éclaircie avec sa douce nostalgie. L'*adagio ma non troppo* est le cœur de l'œuvre. Au début, la question est posée, simple, directe. Le recueillement se concentre grâce aux sourdines. Avec le second thème, l'interrogation se fait plus pressante, mais il n'y a plus aucune véhémence :

Tamino frappe maintenant à la troisième porte. Aussi l'opacité noire du ciel intérieur peut-elle se déchirer ; et la lumière s'épanche, par petits copeaux binaires, qui, tendrement, sont versés d'en haut.

Cet apaisement fait basculer tous les plans et se répercutera sur la fin de l'œuvre. Le finale commence par un prélude adagio où le retrait des sourdines redonne leur vigueur aux timbres. Cet adagio ne marque pas une recrudescence de la douleur, mais un rappel des affres traversées et l'issue possible à l'orée de la forêt obscure. L'allegro ainsi préparé va s'ouvrir sur un paysage lumineux. On a beaucoup critiqué ce finale : « La frivolité de Mozart a compromis la fin du plus pathétique de ses chefs-d'œuvre » (H. Ghéon). Jugement compréhensible si l'on voit du pathétisme romantique dans les premiers mouvements. Si l'on y voit la démarche de la Quête, cet allegro est non seulement légitime, mais logiquement nécessaire. S'il manquait, l'œuvre perdrait tout son sens.

En ce mois de mai, Mozart s'adonne au lied ; deux surtout émergent du lot : *Trennungslied* K. 519 et *Als Luise* K. 520. À la fin du mois, une *Sonate pour quatre mains en ut* K. 521 manifeste une détente réelle, due sans doute au retour du compositeur à son instrument clarifiant. On peut voir en cette sonate le commentaire du finale du *Quintette en sol mineur*. Pourtant, la Romance est coupée en son milieu par une brusque ruée de démonisme en *ré* mineur : on sent que Wolfgang a le cœur à vif. C'est en envoyant à Jacquin le manuscrit, à peine séché, de sa sonate, qu'il ajoute en post-scriptum :

> Je vous annonce que j'ai reçu aujourd'hui la triste nouvelle de la mort de mon excellent père... Vous pouvez vous figurer mon état ! (29 mai.)

Et pourtant cet état ne se manifestera dans aucune œuvre contemporaine. Il est vrai qu'il est occupé à écrire *Don Giovanni*, et qu'il a eu à traiter la douleur d'Anna butant sur le cadavre de son père. Mais dans ses compositions de musique de chambre, on dirait qu'il évite d'évoquer le malheur qui le frappe. Il est même singulier que la première pièce, datée du 14 juin, soit une œuvre bouffonne : *Ein Musikalischer Spass* K. 522, un divertimento pour quatuor et deux cors. Cette « plaisanterie » n'est amusante que pour les connaisseurs, parce que l'auteur se moque de ceux qui ne savent pas composer. On s'est montré choqué par cette désinvolture : aurait-il voulu tuer, en faisant la grimace, l'image du père qui le hante par trop ? Pour ma part, j'y vois tout le contraire : un hommage négatif à celui qui a été pour lui un si bon maître. Voilà, semble-t-il dire, comment moi aussi j'écrirais s'il ne m'avait pas formé ! De même il composera en juin un hommage, cette fois positif, à son père : la *Kleine Nachtmusik* K. 525. Il revient, regrettent certains, à la « galanterie » d'autrefois. Justement, il se replonge avec délice dans l'époque heureuse de ses vingt ans, où son père lui apprenait le *filo* et la clarté dans la brièveté. Ce qui fait le prix de cette sérénade nocturne, c'est la fermeté dans la délicatesse et la perfection du fini, qui n'a rien enlevé à la spontanéité du jet. Du 24 juin, nous avons enfin une belle et calme méditation sur la mort : le lied *Abendempfindung* K. 523. Pour Oulibicheff, c'est « la perle, le diamant, le joyau inestimable du recueil des lieder mozartiens ». Et, pour H. Abert, « si ce lied agit si puissamment, c'est qu'il touche de très près aux idées sur la mort, qui hantaient alors Mozart à cause de ses accointances avec la franc-maçonnerie ; et ce n'est point par hasard que cela s'accorde mystérieusement avec le monde de Sarastro ». Ce lied aura son prolongement, le 24 août, dans l'andante de la *Sonate violon-piano en la* K. 526. Sur le plan de la technique, c'est un chef-d'œuvre stupéfiant, par la science audacieuse des modulations et par la simplicité, la nudité des lignes qui jouent dans le contrepoint que Mozart a créé pour lui-même. Dans le sublime andante, la phrase en *la* mineur, non pas triste, mais nostalgique, a l'immensité du chant d'Anna au début du sextuor. Musique de profonde solitude, où le dépouillement est le signe de la concentration intérieure. Le finale répercute, comme il est normal, la joie d'avoir touché au centre de la sérénité.

« Don Giovanni »

Et le 29 octobre, à Prague, c'est la première de *Don Giovanni*. Cette pièce a été victime, pendant un siècle et demi, d'une incompréhension qui a suscité des altérations et des commentaires incongrus, et, si elle a retrouvé de nos jours une aussi forte actualité, c'est que Mozart, à propos d'un argument baroque et même – il faut bien l'avouer – passablement grand-guignolesque, a posé des problèmes essentiels, et qu'il l'a fait en des termes si clairs, que nous nous sentons directement concernés.

Car il présente ces problèmes et les résout sans connotations culturelles, se démarquant ainsi de tous ceux qui ont traité le sujet depuis sa création. C'est un théologien espagnol, Tirso de Molina, qui au début du XVIIe siècle lança le mythe à des fins d'apologétique. Le don Juan mozartien n'est ni le pécheur, endurci mais croyant, qui retarde sa conversion jusqu'à l'article de la mort et qui meurt dans l'impénitence finale (Molina), ni le beau ténébreux romantique « assoiffé d'infini dans la volupté » (Hoffmann). Ce n'est pas non plus, comme chez Molière, le libertin mécréant, l'esprit fort en révolte contre des croyances religieuses et sociales. Le don Juan mozartien ne profane pas le cimetière avec une intention sacrilège : les morts, la mort, cela ne compte pas pour lui ! Il n'a pas le

Cet opéra n'est pas pour les Viennois, mais pour les Pragois ; mais je l'ai surtout écrit pour moi et mes amis.

CREDO POUR « DON JUAN »

Je suis tellement épris de la musique du *Don Juan* que, dans le moment même où je vous écris je voudrais pleurer d'émotion et de fièvre... La musique de *Don Juan* fut la première musique qui a exercé sur moi une impression bouleversante. Elle a allumé en moi un enthousiasme sacré qui n'est pas resté sans porter de fruits. Par son intermédiaire j'ai pénétré dans cette région de la beauté artistique où ne résident que les génies. Auparavant je n'avais connu que l'opéra italien. Que j'aie consacré ma vie à la musique, c'est à Mozart que je le dois.

Piotr Ilitch Tchaïkovski (1840-1893) (lettre à Mme von Meck, du 16 mars 1878).

Une page du manuscrit autographe de *Don Giovanni,* K. 527. (BN, Paris.)

Décor de « Don Juan ». Essai de P.-J. Jouve avec illustrations pour les décors et costumes de A.-M. Cassandre pour *Don Giovanni* de Mozart, René Kister, Genève, 1957. (Bibliothèque de l'Opéra, BN, Paris.)

sens du péché, ni au sens où cela engendrerait de la crainte, ni au sens où cela pimenterait le désir. Sans retour sur soi-même, il fonce, toujours en quête de quelque aventure galante. Ce seigneurial exemplaire de la faune humaine est magnifique et séduisant. Au contraire de Molière, Mozart ne l'a pas rendu odieux.

J'ai distingué dans l'opéra deux plans, que j'ai nommés : action extérieure et action intérieure. La première est celle qui suit les péripéties de l'argument ; Da Ponte y a repris le scénario, bien construit, de Bertati, qui avait fourni un livret à Gazzaniga pour un *Convitato di pietra,* représenté en janvier 1787 à Venise. Don Juan soulève sur son passage le deuil, la rancune, la soif de vengeance. Ses victimes, Anna, Elvire, Zerline, viennent l'une après l'autre rallier la troupe vengeresse. L'orage se charge durant tout le premier acte et crève à l'issue du bal. L'action, alors, s'inverse : don Juan s'enfuit et d'actif devient passif. Pour se protéger, il échange ses habits avec son valet. La cohorte vengeresse ne se saisira (sextuor) que de son pitoyable double et, finalement, c'est la statue du commandeur qui le précipitera dans l'abîme.

Mais aux données traditionnelles du thème, Mozart, par la vertu de sa musique, a ajouté et, peut-on même dire, substitué un drame bien plus profond. De cette action intérieure ce n'est plus don Juan qui est le protagoniste, mais le chœur des victimes avec, pour coryphée, donna Anna. La scène du bal constitue une césure à partir de laquelle l'action extérieure en repli va tendre à sa cadence, tandis que l'action intérieure s'ouvre et s'épanouit. Lors du sextuor, point culminant du drame intérieur, les victimes ne rencontrent que le vide : leurs mains n'étreignent que la misérable défroque portée par

« IMMORTEL MOZART ! »

Avec son *Don Juan* Mozart entre dans la petite troupe immortelle des hommes dont le temps n'oubliera jamais ni le nom ni les œuvres, puisque l'éternité les a accueillis en elle. (...) Immortel Mozart ! à qui je dois tout : le fait d'avoir perdu la raison, d'avoir eu l'âme retournée, d'avoir tremblé dans le plus intime de mon être, de ne pas devoir parcourir la vie comme quelqu'un que rien ne peut ébranler ! Toi, je te rends grâce de ne pas mourir sans avoir aimé, même si mon amour fut malheureux ! Est-il donc surprenant que je sois plus jaloux de sa glorification que de l'instant le plus heureux de ma propre vie, plus jaloux de son immortalité que de ma propre existence ! Oui, s'il était enlevé, si son nom était effacé, alors s'écroulerait tout ce dont il était la seule assise, alors tout s'effondrerait d'un coup pour moi dans un chaos sans limites, dans un effroyable néant !

Sören Kierkegaard (1813-1855), *Entweder oder*, p. 43.

D*on Juan,* chef-d'œuvre incomparable et immortel, cet apogée du drame lyrique, compte aujourd'hui cent ans d'existence et d'universelle renommée : il est populaire, indiscuté, consacré à jamais. Est-il compris ? Cette merveille de vérité dans l'expression, de beauté dans la forme, de justesse dans les caractères, de profondeur dans le drame, de pureté dans le style, de richesse et de sobriété dans l'instrumentation, de charme et de séduction dans la tendresse, d'élévation et de force dans le pathétique, ce modèle achevé, en un mot, de l'art dramatique musical, est-il admiré, est-il aimé comme il devrait l'être ? Je me permets d'en douter.
La partition de *Don Juan* a exercé sur toute ma vie l'influence d'une révélation : elle a été, elle est restée pour moi une sorte d'incarnation de l'impeccabilité dramatique et musicale : je la tiens pour une œuvre sans tache, d'une perfection sans intermittence, et ce commentaire n'est que l'humble témoignage de ma vénération et de ma reconnaissance pour le génie à qui je dois les joies les plus pures et les plus immuables de ma vie de musicien.
Il y a, dans l'histoire, certains hommes qui semblent destinés à marquer, dans leur sphère, le point au-delà duquel on ne peut plus s'élever : tels Phidias dans l'art de la sculpture, Molière dans celui de la comédie ; Mozart est l'un de ces hommes : *Don Juan* est son sommet.

Charles Gounod. *Le « Don Juan » de Mozart,* Éd. P. Ollendorff, Paris, 1890.
L'ouvrage a été réimprimé à la Librairie Séguier en 1987.

le veule domestique. La vengeance, donc, ne leur appartiendra pas. Par contre, pour chacune d'entre elles, le voile de la passion se déchire. Dans le trio des masques, le sextuor et le dernier air d'Anna, la sérénité s'enveloppera de calme joie. Il est d'ailleurs significatif que, pour les représentations viennoises, Mozart ait ajouté en 1788 une aria où l'on voit Elvire accéder, à son tour, à la paix intérieure. La pièce, après la scène fuligineuse de la damnation, finit dans la lumière.

Quatre jours après la première de l'opéra, Mozart écrit à son ami Jacquin pour lui faire des remontrances amicales sur sa conduite :

> Il y a la même différence entre la Terre et le Ciel et entre des amours frivoles et un amour véritable et raisonnable (*« eine wahre und vernünftige Liebe »*).

Une aria flamboyante date du 3 novembre. Mozart logeait chez les Duschek. C'est pour cette dame que Mozart avait jadis écrit son premier chef-d'œuvre, *Ah lo previdi* K. 272. Facétieusement, elle enferma son hôte dans une chambre ; elle ne le délivrerait que s'il lui composait un air depuis longtemps promis sur les paroles : *Bella mia fiamma* (K. 528). Il s'exécuta, mais menaça de détruire son manuscrit si elle faisait la moindre faute en la chantant *a prima vista.* Et il s'était amusé à semer la partition de pièges sur les paroles : « *Questo passo è terribile per me !* »

1788

Mozart, une fois son opéra terminé, va passer par une période d'effervescence qui se terminera glorieusement avec le finale de la *Jupiter* (10 août 1788). Son élan créateur, stimulé par ses succès pragois, le porte à la musique de concert : un concerto, trois symphonies. Mais il ne jouera son concerto qu'en 1790 à Francfort, en marge du couronnement de Léopold II, et il eut bien de la peine à faire exécuter ses symphonies. Il arriva péniblement à monter *Don Giovanni* à Vienne le 7 mai, mais le succès en fut médiocre : quatorze représentations. La pièce ne sera reprise qu'en 1798, après sa mort.

Si l'année est dominée par le massif symphonique, ce serait une grave erreur de négliger les œuvres d'intimité qui fleurissent alors. Deux pièces pianistiques ont, sous l'angle de la pensée, autant d'importance que les trois symphonies. La *Sonate en fa* K. 533 du 3 janvier présente un allegro d'une écriture contrapuntique étonnamment ferme. Il commence gentiment, sans rien laisser présager ni du thème dynamique en triolets, ni du troisième en notes piquées, puissant et magnifique. Mais ce n'est encore là qu'un prélude à la merveille qui suit : l'andante en *si* bémol. Le thème initial se pose avec une assurance feinte, sitôt démentie par sa chute sur une dissonance. L'inquiétude se mue en angoisse par l'intervention d'un thème de quatre notes montant par degrés conjoints. Un débat s'entame, ramassé, âpre, jusqu'à ce que, d'en haut, soit versée la détente (en *fa* majeur, puis en *si* bémol) par un chant admirable :

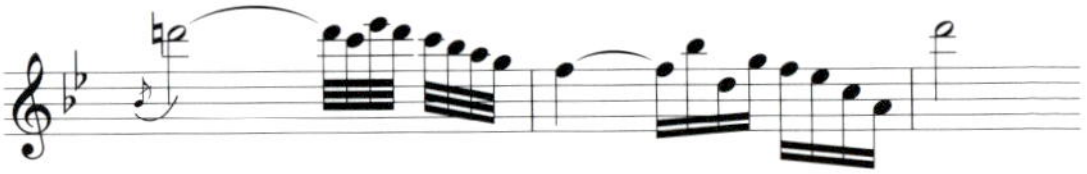

Le *Concerto* K. 537 (dit « du Couronnement »), trop apprécié (pour des raisons mal fondées) au XIXe siècle, subit en retour, de nos jours, une désaffection injustifiée. Car c'est un chef-d'œuvre profondément mozartien. Sans doute n'a-t-il plus la monumentalité des concertos précédents, mais le *cantabile* du larghetto a déjà la translucidité du langage de 1791. Avec cette œuvre, Mozart prépare, grâce à la présence du piano, le travail de catharsis qu'il va réaliser dans l'art symphonique.

Un mois plus tard (19 mars), l'*Adagio en si mineur pour piano* K. 540 reprend, de façon concentrée, la

Daniel Chodowiecki : à gauche, *Le Chant ;* à droite, *La Musique.* (BN, Paris.)

démarche de la Quête. C'est le soliloque le plus angoissé de toute l'œuvre pianistique du Maître. La phrase initiale, par sa flexion rythmique, est une interrogation, intense, instante, à laquelle toutes les réponses, graves ou consolantes, violentes ou dubitatives, sont tour à tour apportées, mais en vain. Point de lutte, mais un désarroi qui aboutit à une désintégration psychique. Il se passe quelque chose de très impressionnant, s'agissant de Mozart : l'abdication du chant. Les moindres tentatives de mélodicité achoppent, butant sur des trous béants de silence. Et soudain, trois mesures avant la fin, voici que se lève, comme dans la *Marche funèbre maçonnique,* l'aurore immense du mode majeur.

Une autre œuvre reprend cette expression de profonde angoisse : le *Prélude-quatuor en ut mineur* K. 546 (26 juin) destiné à introduire une transcription pour quatuor de la fugue écrite en 1782 pour deux pianos. Ce prélude est déchirant, mais on n'y trouve plus le caractère tendu qu'avait la fugue, dont l'âpreté était d'ailleurs soulignée par la percussion des deux pianos. Mozart ne pouvait pas s'accommoder de la fugue stricte ; par contre, le prélude est purement mozartien. Les accords montent en iambes violemment interrogatifs, à quoi répond une ligne ondoyante et sourde. Les spasmes se succèdent, mais les heurts sont compensés par une harmonie d'une audace extrême : modulations incessantes et enharmonie font passer insensiblement de la crampe à la décontraction, pour finir sur un réel apaisement.

À côté de ces pièces « noires », Mozart écrit, durant le même temps, des pièces « roses », comme les sonatines et les trios. Étrange promiscuité, qui ressortira dans le tableau chronologique que voici :

19 mars	*Adagio en si mineur* K. 540.
24 avril	Ajouts au *Don Giovanni.*
mai	*Un bacio di mano,* ariette K. 541.
22 juin	*Trio pour cordes et piano en mi* K. 542.
26 juin	*Sonatine* (dite « facile ») *en ut* K. 545.
	Prélude et fugue en ut mineur (quatuor) K. 546.

28 juin	*Symphonie en mi bémol* K. 543.
10 juillet	*Sonatine en fa*, violon et piano K. 547.
14 juillet	*Trio avec piano en ut* K. 548.
25 juillet	*Symphonie en sol mineur* K. 550.
10 août	*Symphonie en ut* (dite « Jupiter ») K. 551.

Il y a de quoi être interloqué devant cette enfilade hétéroclite d'œuvres monumentales et minuscules, tragiques et légères... Quand on songe que la *Sonatine facile* (cette « babiole », dit C.-M. Girdlestone) date du même jour que le tragique *Prélude en ut mineur* !

On a cherché à excuser Mozart : il aurait essayé de rattraper son public. Mais cela explique-t-il la teneur musicale de ces pièces, si authentiquement mozartiennes ? Il n'y a pas lieu d'excuser Mozart, mais de le comprendre. Or, en 1788, il épuise les possibilités de démonisme qu'il porte en lui, ce qui coïncide avec l'épanouissement de la détente. Ne voyons donc point là deux mouvements opposés : il s'agit d'une même expérience. Simplement, en 1788, tout cela se précipite. C'est donc une erreur de dire que Mozart revient à des formes galantes périmées. Car ces œuvres claires s'ouvrent bien plus sur l'avenir qu'elles n'évoquent le passé. Ce qu'il y a là de transparent, d'épuré et de lumineux est déjà le Mozart de la dernière année.

Cela se manifeste dans les deux trios avec piano K. 542, 548 qu'on tient, fort injustement, pour inférieurs à ceux de 1786. La *Sonatine* K. 545 n'a de « facile » que le nom : seuls les très grands pianistes sont capables de rendre la transparence de cette piécette, où le matériau sonore prend la fragilité d'une porcelaine coquille d'œuf...

■ *Franz Xavier et Karl Mozart*, par Hans Hansen. Ce sont les deux enfants survivants (sur six) de Mozart. Franz Xavier (1791-1844) fut musicien et même un enfant prodige : à onze ans, il composait un quintette pour piano et cordes, et il fit plusieurs concertos. Karl (1784-1858) fut un homme d'affaires. (Mozarts Geburtshaus, Salzbourg.)

Les trois dernières symphonies

Parce que ces trois œuvres présentent un caractère plus monumental que les précédentes symphonies, on y voit l'annonce de la « grande » symphonie, qui apparaît au XIXe siècle. On demandera alors à l'art symphonique une exaltation imaginative et passionnelle, soutenue et pous-

sée au paroxysme à l'aide d'une rhétorique qui dose, complaisamment, des « effets ».

Or le propre de Mozart, c'est non seulement de n'avoir pas recherché cela, mais encore, quand il y eut goûté, de l'avoir rejeté. Il avait horreur de l'insistance oratoire et de l'ostentation redondante ; il rompt ces effets amplifiants par une instabilité ondoyante des *ethos*. En outre, ces alternances permettent de bien épouser les phases de la démarche de la Quête, qu'il applique alors pleinement à la symphonie.

Forment-elles une trilogie ? Non, au sens où une seule trajectoire engloberait trois articulations successives

■ Watteau (1684-1721), *La Leçon de musique* (1717) (détail). (Charlottenburg, Berlin.)

d'une même pensée. La première se suffit à elle-même, exposant entièrement la démarche de la Quête. Les deux suivantes ne sont pas à désolidariser, car elles couvrent ensemble la présentation de cette démarche. La différence est que la première la traite avec douceur et discrétion, tandis que les deux autres le font avec une plus grande ampleur de développement et une superposition plus vaste de mansions aux couleurs éclatantes.

La première, en *mi* bémol K. 543, a d'ailleurs été reconnue par beaucoup de commentateurs comme étant imprégnée d'esprit maçonnique. A. Einstein fait le rapprochement avec Tamino qui frappe à la porte et entre dans la lumière du Temple. Elle commence, comme le « Quatuor des dissonances », par un adagio sur lequel pèse l'obscurité, et peu à peu naît l'aurore. Ensuite, ce sera, dans les deux mouvements suivants, une constante alternance, non pas entre des crispations et des détentes, mais entre l'aspiration ardente et la réflexion méditative dans une totale solitude. La lumière qui luit dans l'andante est très douce, mais elle est pure et apaisante. Le finale est entraîné dans un mouvement perpétuel, énergique et tonifiant, empreint d'une allégresse sans mélange.

La *Symphonie en sol mineur* K. 550 est celle qui a le plus donné prise aux commentaires littéraires abusifs. Elle passe pour la plus romantique de toutes, alors que les romantiques n'y ont vu que « grâce hellénique » (Schumann) ou « joie de vivre » (Palmer), ou insignifiance (le menuet est une « gaudriole » pour Berlioz). C'est au début du XXe siècle qu'on s'est avisé de son caractère tragique. On y a vu une explosion de démonisme obscur, elle serait pleine de fatalisme, « d'exaltation farouche et, à la fin, de lassitude et de résignation » (Saint-Foix). Plus encore que le *Quintette en sol mineur*, elle pousserait à l'extrême l'expression de la douleur. Mais on serait bien en peine de dire de quelle douleur, dans l'ordre de la vie privée, il pourrait s'agir ! Tout cela vole en éclats si nous y voyons – comme dans toutes les grandes œuvres depuis trois ans – la démarche de la Quête. Or, cela dépasse, et de loin ! toute confidence individuelle. « La puissance

LES « GAUDRIOLES » DE MOZART

A propos de la Symphonie en la *de Beethoven.* C'est colossal ! Franchement, de quelle manière que l'on s'y prenne, c'est folie de vouloir établir aucune espèce de comparaison entre de telles symphonies et celles même les plus admirables de Mozart ; la lutte n'est pas égale (27 mars 1836).
La *Symphonie en sol mineur* ouvrait la séance ; c'est bien mélodieux, bien fin, bien délicatement ouvragé. Le trio du menuet est un chef-d'œuvre de grâce naïve qu'on ne pourra guère surpasser. Je dis le trio, car le menuet lui-même rentre tout à fait dans la catégorie des gaudrioles dont je parlais l'autre jour à propos de Haydn (28 février 1841).
À propos de la Jupiter. Dans celle-ci, malgré l'élégance, la grâce des détails, malgré l'immense habileté de l'écrivain, on distingue trop de formules surannées, trop de lieux communs inutiles. L'andante est diffus, traînant, et le finale est insignifiant et froid, en dépit de son admirable facture, parfait modèle d'école. Trop de développements sans but et sans effet, trop de procédés techniques et laborieux, surtout dans le finale.

Hector Berlioz, *Gazette musicale,* 9 juillet 1840.

des symboles (maçonniques) annihile toute expression minimisante d'une inquiétude personnelle. La *Symphonie en sol mineur* n'est pas marquée par un individualisme réducteur » (Jacques Henry).

Dès le départ de la symphonie, se lit la détermination de Tamino, surtout dans les deux développements où Mozart cherche quelque stabilité dans le langage de Bach. C'est cette même aspiration qui va, de façon plus calme, régir l'andante en *mi* bémol. Nous y voyons se dessiner, par petites touches, le motif des quatre notes du finale de la *Jupiter*, signe que la solution, même lointaine, est en vue. L'énergie est renforcée dans le merveilleux contrepoint du menuet. En revanche, dans le finale, tout semble compromis : c'est le triomphe du langage thématique, avec toutes les possibilités qu'il implique de faire exploser le démonisme. Nous touchons du même coup au point extrême de la « tentation de puissance » : la paix pourrait peut-être s'atteindre par une ruée héroïque qui forcerait le destin ? En ce sens, Mozart n'a jamais été aussi proche de Beethoven, mais en même temps il va, dans ce finale, s'éloigner à tout jamais de l'idéologie prométhéenne des romantiques. Le thème (l'accord ascensionnel qui, ici plus que jamais, est la « devise du démonisme ») est en lui-même déjà violent, mais de plus il est traité d'une manière agressive au point d'être lacéré avec sauvagerie. Tamino se rue sur les premières portes du Temple, mais non seulement l'huis ne s'ouvre pas, mais on lui répond : *Zurück !* (« arrière ! »). Ce coup d'arrêt va-t-il le décourager ? Le doute va-t-il le pousser à la résignation ? La violence, ayant atteint son paroxysme, se brise, ouvrant de façon béante l'interrogation. La réponse va être donnée dans la *Symphonie en ut* K. 551 dite *Jupiter*. Tamino frappe, sans violence maintenant, trois coups à la troisième porte, et celle-ci va s'ouvrir, laissant irradier la lumière. La puissance de l'allegro est grande, mais n'a plus aucun rapport avec une lutte surmontée : il n'y a plus de conflit entre l'aspiration et le vouloir-vivre ; il n'y a plus qu'un élan commun, tantôt fort (premier sujet masculin), tantôt tendre et méditatif (second sujet). Ajoutons à cela un troisième thème, qui est un petit air d'opéra bouffe (*Voi siete un po' tondo* K. 541) et qui aura les honneurs d'un développement. Nous retrouverons la qualité essentielle du dramaturge Mozart : la totalité, ce qui prouve que la Quête embrasse notre être tout entier, sans renoncement, sans amputation. L'andante approfondit la réflexion en récapitulant l'ensemble de la démarche. Trois sujets, trois étapes. Le premier énonce l'aspiration naissante, encore trouble par instants ; le deuxième, explosant en *ut* mineur, creuse l'angoisse : accord arpégé, âpres dissonances. Avec le troisième, toute trace de l'orage s'efface : la mélodie plane dans l'éther illimité. Tout finit *pianissimo* dans une totale pacification. Le menuet, à la fois robuste et allègre, recèle un merveilleux trio. Les appels des vents, comme des hérauts, annoncent la venue de la majestueuse devise des quatre notes. C'est le finale qui va la glorifier.

Il ne s'agit pas, sous forme de testament, d'un message à l'Humanité. Certes, ce finale est monumental, mais par bonheur il lui manque, pour être digne des grands discours romantiques, la rhétorique amplifiante et redondante. Berlioz avait raison, de ce point de vue, quand il reprochait à la *Jupiter* : « Trop de développements sans but et sans effet, surtout dans le finale. » Il s'agit en effet d'une jubilation qui englobe tous les aspects de la totalité vitale, du sérieux au léger, du grave au bouffon. Cela grâce à la synthèse de tous les langages qu'il a assimilés jusqu'alors : style savant et galant, style bouffe et style d'Église. Tout cela trouve sa juste place dans un équilibre dynamique qui s'oriente tout naturellement vers une écriture contrapuntique d'une totale liberté. Admirons dans la strette finale la superbe stratification des quatre thèmes :

Soyons attentifs aussi, au moment où s'interrompent les accents glorieux, à l'apparition soudaine de plages de calme indicible. Cela arrive pendant le développement, quand les vents, piano, font reculer l'altitude céruléenne. Cela arrive surtout avant la strette finale, lorsqu'en une prodigieuse accalmie se dévoile la pure lumière d'où toute couleur est issue.

■ *Portrait de Mozart,* par Josef Lange (1751-1831). Acteur, pianiste et peintre, il épousa Aloysia Weber. Il éprouvait beaucoup d'amitié pour Mozart et ce fut un de ceux qui le comprirent le mieux, en tant qu'homme et en tant que musicien. Le portrait, inachevé, date probablement de 1789. (Mozarts Geburtshaus, Salzbourg.)

LA DÉCANTATION

DE LA FIN 1788 À LA MORT

L'accalmie radieuse de 1789

Après avoir, avec la *Jupiter,* atteint le faîte de la grandeur, Mozart, à partir de l'automne 1788 jusqu'à la fin de 1789, va s'adonner à la musique d'intimité, exception faite pour *Così fan tutte,* dont la première aura lieu le 26 janvier 1790. Il se consacre au quatuor, au quintette et au piano solo. La misère à laquelle il est de plus en plus acculé n'est pas étrangère à ce repliement, et pourtant sa production pendant une année entière n'aura jamais été marquée par une telle sérénité. Cela s'explique par le fait qu'il est sorti de la crise de 1787.

La première œuvre qui manifeste cette délivrance est le *Divertimento-trio en mi bémol* K. 563, du 27 septembre, qu'il a dédié à Puchberg. C'est un des sommets de sa musique pour cordes, « le plus parfait, le plus délicat trio qu'il ait jamais été donné d'entendre ici-bas » (A. Einstein).

Ce qui frappe dans ce trio, c'est son caractère de totalité. Presque tous les aspects de Mozart se retrouvent dans cette œuvre dont l'instrumentation est si ténue, et dont la forme est reprise des sérénades de l'époque galante. Il y a une continuité manifeste entre les belles années 1776, 1786 et notre trio ; mais le langage thématique a été intégré, ainsi que l'art consommé des modulations, ce qui libère l'orientation nouvelle : une élaboration contrapuntique qui met en valeur la spontanéité mélodique.

L'andante à variations est un des sommets de tout l'œuvre mozartien. L'exposé du thème mériterait à lui seul l'admiration, pour les ponctuations rythmiques de la basse. Puis ce sera, sur 96 mesures, en un souffle admirable, une série de variations au langage à la fois serré et chantant. Soudain, voici qu'éclôt la variation mineure, une des pages essentielles de Mozart, où la polyphonie a une intensité qui fait penser aux Flamands du XVe siècle. Cette merveille débouche sur une autre page splendide, où le thème devient un *cantus firmus* confié à l'alto : le contrepoint jubilant retrouve la gloire du finale de la *Jupiter,* et cela avec trois archets !

Le finale est le plus frais, le plus vivace rondo qui close aucune composition de musique de chambre chez Mozart. Précision d'horlogerie dans l'ajustement contrapuntique de ce roulement de castagnettes...

Émotion délicate aussi, quand le violoncelle reprend le thème en mineur. Intense mélodicité du lied, à partir du thème pastoral que Schumann retrouvera pour son « Joyeux Laboureur ».

Ne sous-estimons pas, sous le prétexte qu'il s'agit de genres mineurs, des pièces qui fleurissent à cette époque : le 2 septembre, il rassemble d'exquis *Canons vocaux* K. 553 à 562, dont les linéaments rappellent par moments Josquin *(Alleluia, Ave Maria)*.

Même remarque pour les *Menuets* et les *Danses allemandes,* qui embaumeront encore les premiers mois de 1791. La sixième danse (en *ré*) du K. 571 est particulièrement belle. Turbulence de kermesse, qui se transforme en turquerie (cf. le chœur des Janissaires du *Sérail*). Alors surgit, intensément poignante, la ligne des violons, avec son triple appui initial et sa double glissade chromatique qui remonte pour s'infléchir avec une délicatesse infinie. Mozart à l'état pur !

XII. MENUETTEN
für das Clavier übersetzt
welche in dem K.K. Redouten Saal in Wien aufgeführet worden
Componirt
von Herrn Kapellmeister
W. A. MOZART
III.ter Theil
in Wien bey Artaria Compagnie
KV 585
Vmg. 15152 (2)

Douze Menuets pour le Redoutensaal à Vienne, composés en décembre 1789. Publiés en version pour clavier par Artaria, Vienne, 1791. (BN, Paris.)

La *Sonate en si bémol* K. 570 pour le piano (février 1789) risque, au premier abord, de paraître insignifiante : on pourrait se croire ramené au temps des sonates parisiennes. Mais qu'on ne s'y trompe pas ! La transparence et la lisibilité sont le fait d'un métier accompli : l'art de la modulation et du contrepoint y est si parfait qu'il demeure secret. Dans l'adagio, sérénité étale, à peine teintée de nostalgie tendre et voilée : Mozart réalise un état de beauté où la durée est comme suspendue.

Mozart se retrempe alors dans l'art de celui qui lui a le mieux révélé l'essence de la musique : Jean-Sébastien Bach. L'occasion lui en est offerte lors d'un voyage qu'il entreprend pour obtenir la faveur du roi de Prusse. Il tirera de ce voyage beaucoup d'honneurs et peu de profit, n'en rapportant qu'une commande de quatuors. Mais ce qui nous importe ici, c'est qu'à l'aller et au retour (en avril et en mai) il fit halte à la *Thomaskirche* de Leipzig, où il joua sur les claviers qu'avait touchés son maître vénéré. Et quand il joue, les élèves du grand disparu ne peuvent contenir leur émotion : on croit entendre de nouveau Jean-Sébastien en personne... Il écoute, il dévore les partitions qu'on étale devant lui et il s'en fait faire des copies. Et c'est alors qu'il a ce cri d'une modestie superbe : « C'est encore là qu'il y a quelque chose à apprendre ! »

Le génie de Mozart est parvenu à un tel point de maturité que ce contact pris avec les œuvres de Bach ne peut plus engendrer, comme en 1782, de crise ni d'exaltation. Mais cela le pousse à parfaire encore le style propre où il est parvenu : dépouillement, transparence et vocalité. Écoutons avec soin (si possible jouée à l'orgue) cette petite merveille qui éclôt le 16 mai lors de son retour. Dans le livre de famille que lui tend un organiste de Leipzig, il griffonne, en quelques instants, la *Gigue en sol* K. 574 qui montre à quel point il a transcendé le langage de Bach en créant une pièce purement mozartienne.

Le *Quatuor en ré* K. 575 est le premier de la série commandée par le roi de Prusse (et dont Mozart n'écrira que trois sur six). Son *ethos*, dans l'ensemble, est une tendresse caressante, qui irradie de poésie avec l'admirable second sujet. Du reste, le contrepoint mozartien, ravivé par le contact avec Bach, s'épanouit merveilleusement dans le finale d'une science accomplie. Ce finale est d'ailleurs une fugue ultra-libre aussi bien qu'un rondo.

Ce n'est pas sans un serrement de cœur qu'on aborde la *Sonate en ré pour piano* K. 576, parce que c'est la der-

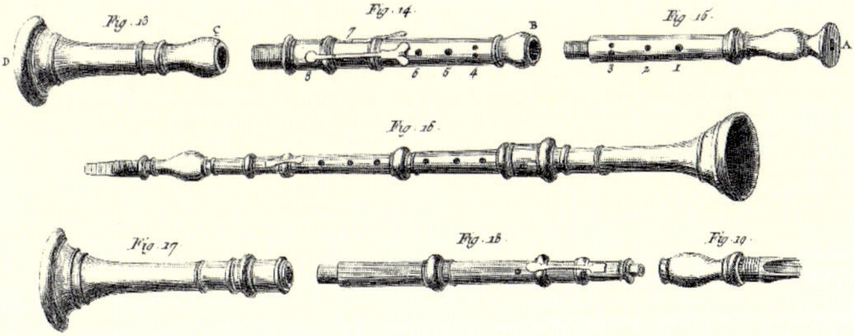

Instruments à vent, parties de la clarinette ; *Encyclopédie* de Diderot.

nière du Maître. La dernière et, sans doute, la plus parfaite, à cause de l'aisance et de la fluidité avec laquelle s'accomplit la synthèse du style sonate et du style contrapuntique de Bach. Maints passages de l'allegro évoquent les *Inventions*. L'adagio révèle les découvertes de Mozart dans l'ordre de l'harmonie, mais ici la densité, et presque la rétraction, n'a rien d'opaque ni de tourmenté... Quelle merveille que l'intermède en *fa* dièse mineur où, sur des battements de tierce discrètement incantatoires, s'élève ce chant cascadant si clair (et si nostalgique aussi) ! Le finale est une réussite totale. Il se présente

L'église Saint-Thomas à Leipzig, gravure de Bodenehr (fin XVIIe). C'est la *Thomasschule* voisine que Jean-Sébastien Bach dirigea de 1723 à 1750. Et c'est là que Mozart, au cours de son voyage à Potsdam en 1789, s'arrêta à l'aller (avril) et au retour (mai). Il consulta avec émerveillement les partitions du maître disparu, et eut ce mot sublime : « C'est encore là qu'il y a quelque chose à apprendre !... » (BN, Paris.)

sous la forme d'un rondo, dont le refrain simple et innocent ne laisse pas prévoir le traitement qu'il subit, ni les intermèdes qu'il engendre. Rigueur du contrepoint, fantaisie modulatoire, frottements acidulés, ruissellement de clarté, tout est emporté dans un mouvement parfaitement lisse. Et quelle transparence ! Le matériau sonore est souvent réduit à trois voix, et parfois même à deux, sans que se perde la plénitude.

Une œuvre brille alors, au firmament, de tout son éclat : le *Quintette en la pour clarinette et cordes* K. 581 du 20 septembre. Perfection qui est un aboutissement, un parachèvement : plus aucune place ici pour le discours, et pourtant quelle ampleur mélodique ! Dans le larghetto en *ré*, les larges coups d'aile, aux cordes en sourdine, préparent l'envol de la mélodie qui va planer immensément. Mozart reprend le motif si serein de l'*Andante en si bémol* K. 533 et de l'adagio du *Divertimento* K. 563, ce trait qui saute dans l'altitude et redescend en voguant. Ensuite, par gammes ascendantes, la charge poétique va être sans cesse entretenue,

sans cesse accrue et, après de fausses cadences, reprise encore et renforcée. Et cela, sans que la prodigieuse ampleur de cette montée doive rien à l'impulsion oratoire. Jamais encore (sauf dans l'*Et incarnatus* de la *Grande Messe*) la poésie mozartienne n'avait atteint, par la giration sereine, une telle incandescence.

« Così fan tutte »

« Première », 26 janvier 1790

En août 1789 Mozart reçoit la commande d'un opera buffa, *Così fan tutte,* livret de Da Ponte. Aucun opéra de Mozart n'a été aussi lisse, aussi brillant, aussi limpide. Aussi la première impression est-elle celle d'un chef-d'œuvre de suavité et de grâce, et l'on admire l'adéquation du style avec la frivolité du sujet. Ainsi Wagner : « Oh comme j'aime et vénère profondément Mozart parce qu'il ne lui fut pas possible de trouver pour *Così fan tutte* une musique comme celle de *Figaro* ; quelle honte c'eût été pour la musique ! »

Cette approbation perfide n'est valable que si l'on s'en tient au sens littéral de l'argument. Il s'agit d'une de ces « comédies-proverbes » en vogue dans les salons du temps, portant sur la fidélité des femmes. On connaît l'action : deux jeunes femmes mises à l'épreuve par leurs fiancés, et qui tombent dans le piège qu'ils leur tendent. Morale : les femmes sont toutes les mêmes ! Ce pauvre aphorisme avait tout pour plaire à Da Ponte, et pour révolter Mozart, qui ne pouvait accepter ce manque de respect pour la femme et qui n'avait que mépris pour la suffisance masculine. Il accepta néanmoins, parce que la commande émanait de la Cour, et puis il tenait en réserve une façon de neutraliser la « moralité » de la pièce.

Sur le plan de la technique théâtrale, le travail de Da Ponte était-il satisfaisant ? Pour le détail, oui : le texte était amusant, les lazzi bien montés, mais pour l'agencement du scénario la pièce était mal montée. Si, pour le *Figaro* et le *Don Giovanni,* le livret était bon, c'est parce que Da Ponte avait repris ceux de Beaumarchais et de Bertati. Ici, il était livré à lui-même, et le résultat était

■ Manuscrit de *Così fan tutte*, 1790. (Biblioteca Marciana, Venise.)

■ Représentation de *Così fan tutte.* Mise en scène de Luc Bondy aux Amandiers, janvier 1986 ; avec Alicia Nafe, Jérôme Pruzit, Barbara Madra et Mikael Melbye. Les deux fiancés déguisés en Albanais font une cour burlesque aux deux sœurs, pour mettre leur fidélité à l'épreuve.

médiocre. Cela commence par une comédie de caractères, ensuite c'est une farce quand les officiers reviennent déguisés. Mais l'action ainsi engagée tournait court : comme les garçons faisaient *ensemble* des déclarations burlesques, ils étaient sûrs de gagner leur pari. Il fallait donc introduire au début de l'acte II, pour débloquer la situation, un changement de tactique : chacun fera séparément et sérieusement la cour. Dans une pièce parlée, cette modification n'aurait pas eu de conséquence, mais dans l'ordre musical elle entraînait de fâcheux changements de registre : une comédie d'intrigue (riche en ensembles) pour commencer, puis une farce (parallé-

« COSÌ FAN TUTTE » OU L'AMOUR ABSOLU

Ce n'est pas Verdi qui chante au-dedans de moi à pareille heure, ni aucun Italien, c'est Mozart. Je suis venu écouter dix fois *Così fan tutte,* l'année dernière, et c'est sur ces airs-là que je pense au frais et gracieux visage que j'ai regardé ce soir.

(...) La pièce n'a pas le sens commun, et c'est tant mieux. Est-ce qu'un rêve doit être vraisemblable ? Est-ce que la vraie fantaisie, le sentiment pur et complet ne peut pas planer au-dessus des lois de la vie ? Est-ce que dans la contrée idéale, comme la forêt d'*As you like it,* les amants ne sont pas affranchis des nécessités qui nous contraignent, et des chaînes sous lesquelles nous rampons ? Ceux-ci se déguisent en Turcs pour éprouver leurs maîtresses, ils feignent de s'empoisonner, la suivante se fait tour à tour médecin, notaire : et leurs maîtresses croient tout cela. Moi aussi, je veux croire ces folies, un instant, si peu d'instants qu'il vous plaira ; et c'est justement pour cela que mon émotion est charmante. Je ferai comme le musicien, j'oublierai l'intrigue ; la pièce est satirique et bouffonne ; je veux avec lui la voir sentimentale et tendre ; sur le théâtre, il y a deux coquettes italiennes qui rient et mentent ; mais, *dans la musique,* personne ne ment, et personne ne rit ; on sourit tout au plus ; même les larmes sont voisines du sourire. Quand Mozart est gai, il ne cesse jamais d'être noble ; ce n'est pas un bon vivant, un simple épicurien brillant, comme Rossini ; il ne se moque point de ses sentiments ; il ne se contente point de l'allégresse vulgaire ; il y a une finesse suprême dans sa gaieté ; s'il y arrive, c'est par intervalles, parce que son âme est flexible, et que, dans un grand artiste comme dans un instrument complet, aucune corde ne manque. Mais son fonds est l'amour absolu de la beauté accomplie et heureuse ; il ne se divertira pas avec sa maîtresse, il l'adorera, il demeurera longuement le regard attaché sur ses yeux comme sur ceux d'une créature divine ; il sentira devant elle son cœur se fondre, et le sourire qui viendra entr'ouvrir ses lèvres sera un soupir de bonheur.

Bien mieux, il a mis la bonté dans l'amour.

Hippolyte Taine (1828-1893),
Notes sur Paris, vie et opinions de M. Frédéric Graindorge, p. 158.

lisme des voix) et pour finir un troisième style (succession d'arias et de duos) qui confine au seria. Comment assurer l'unité stylistique d'une telle pièce ? Mais ce n'est pas tout : Mozart prit, à l'insu du librettiste, une initiative hardie, qui bouleversait l'intrigue. Dans le duo *Fra gli amplessi,* Ferrando, pour commencer, joue le jeu en faisant une déclaration feinte à Fiordiligi. Celle-ci succombe. Mais quand il en arrive aux paroles *Volgi a me,* Ferrando, *selon la musique,* s'enflamme lui aussi d'amour ! Il n'en est d'ailleurs pas tenu compte par la suite, sauf dans l'épisode mystérieux du Toast.

Pourquoi Mozart prit-il cette initiative ? Récemment s'est fait jour l'interprétation suivante : le trait de génie de Mozart aurait été de faire naître, à l'occasion d'une simulation, un amour vrai à la place d'accordailles mal assorties. Mais, dans le dénouement, est-ce que les choses ne rentrent pas dans l'ordre ? Justement, ce piteux dénouement ne fait que rendre plus amère encore, par une apparence de gaieté, la résignation où sont acculés les deux amants par une société hypocrite.

Seulement, cette idée de révolte contre l'ordre social, surtout si elle est justifiée par le ferment de la passion, cette idée est absolument opposée à la pensée de Mozart dans toute sa dramaturgie. L'amour qui naît dans le duo est fondé sur la fausseté : Fiordiligi essaie de noyer ses remords en brouillant les images du fiancé qu'elle trahit et de l'amant qu'elle désire. Ferrando, devant la résistance de la jeune fille, est pris d'admiration pour sa vertu et mêle illogiquement l'amour à l'admiration, se laissant prendre au piège d'une perfection mensongère. Ainsi tout est faux et leur passion est une contrefaçon de l'amour vrai : il mène à une impasse. Et c'est ici qu'intervient le Toast, où les deux amants boivent une liqueur d'oubli. Oubli de quoi ? Des fiançailles initiales ? N'est-ce pas plutôt de leur moment d'égarement ? Écoutons aussi la scène terminale : la réconciliation est sincère et la déclaration des filles est d'une beauté radieuse, tandis que celle des garçons a quelque chose de capon. On voit alors pourquoi Mozart a introduit cet épisode d'égarement : c'était pour détruire le proverbe. Les hommes ne valent pas mieux que les femmes ; ils sont même pires, parce que vaniteux et cruels. Le titre devient alors : *Così fan tutti*..., et le sous-titre pourrait être : *La double fausse inconstance.*

Il n'empêche que le dénouement n'est pas satisfaisant. Que deviendront ces couples, une fois le rideau tombé ? C'est en 1791 que Mozart proposera sa solution définitive au problème de l'amour. Quand il aura enfin des sujets dramatiques où les personnages cesseront d'être, comme ici, des fantoches oisifs et égoïstes confinés dans un petit monde clos sans ouverture sur la société. Ces miasmes seront alors éliminés et l'amour, chez Vitellia et Pamina, trouvera sa raison d'être.

1790. L'année noire

En mai-juin, deux quatuors à cordes ; en octobre, une fantaisie pour orgue mécanique, voilà le bilan de toute une année de production. Il y aura bien, en décembre, un quintette (K. 593), mais il forme charnière et s'ouvre sur 1791.

Ce n'est pas seulement la raréfaction des œuvres qui est impressionnante, mais aussi l'inspiration. Celle-ci n'est pas, à proprement parler, tarie, mais elle donne, atrocement, sur le vide : il n'y a plus de place pour aucune sentimentalité, ni chaleureuse, ni triste. Est-ce la misère qui est cause de cet état ? Elle n'est pas pire que durant l'année 1789, qui a vu naître tant d'œuvres radieuses. C'est la pensée qui est le siège d'une sorte de décollement de la réalité.

> Si les gens pouvaient voir dans mon cœur, je rougirais presque. Tout est froid comme glace... Les aimables manières des gens à mon égard me paraissent si vides ! (23 septembre.)

Sur le plan du métier, les deux derniers quatuors sont d'une perfection redoutable... L'art y est tellement décapé qu'il manque de la plus élémentaire sensualité ; c'est l'écriture la plus claire qui soit, la plus sèche ; la plus pure aussi. Et cela aboutit à un tragique impres-

Mit gnädigster Erlaubniß
Wird Heute Freytags den 15ten October 1790.
im grosen Stadt-Schauspielhause
Herr Kapellmeister Mozart
ein groses
musikalisches Konzert
zu seinem Vortheil geben.

Erster Theil.

Eine neue grose Simphonie von Herrn Mozart.
Eine Arie, gesungen von Madame Schick.
Ein Concert auf dem Forte-piano, gespielt von Herrn Kapellmeister Mozart von seiner eigenen Komposition.
Eine Arie, gesungen von Herrn Cecarelli.

Zweyter Theil.

Ein Konzert von Herrn Kapellmeister Mozart von seiner eigenen Komposition.
Ein Duett, gesungen von Madame Schick und Herrn Cecarelli.
Eine Phantasie aus dem Stegreife von Herrn Mozart.
Eine Symphonie.

Die Person zahlt in den Logen und Parquet 2 fl. 45 kr.
Auf der Gallerie 24 kr.

Billets sind bey Herrn Mozart, wohnhaft in der Kahlbechergasse Nro. 167. vom Donnerstag Nachmittags und Freytags Frühe bey Herrn Cassirer Scheidweiler und an der Casse zu haben.

Der Anfang ist um Eilf Uhr Vormittags.

Programme du concert donné à Francfort le 25 octobre 1790. Pour son couronnement comme roi de Bohême, Léopold II emmena dans sa suite plusieurs musiciens, dont Mozart était exclu. C'est donc à titre privé qu'il alla à Francfort et qu'il y donna un concert, où figurait le *Concerto en ré* K. 537 composé en février 1788. C'est donc à tort qu'on lui a donné le surnom de « Concerto du couronnement ».

sionnant. Tragique encore renforcé par le choix des tonalités. Mozart nous oblige à désolidariser le mode mineur de l'expression de la souffrance, comme les romantiques ont voulu y habituer nos oreilles. *Si* bémol majeur, *ut* majeur, *ré* majeur, *sol* majeur, voilà les porteurs des plus hauts moments des affres qu'il traverse.

Quatuor en si bémol K. 589 (mai). L'allegro est empreint d'une douceur angoissée, traversée de décharges électriques et il finit par un cri. Le larghetto (*mi* bémol) est moins crispé, mais la solitude est totale : un prisonnier emmuré vivant. Le trio du menuet est une merveille

Voilà donc à quelle extrémité se trouve réduit l'homme qui a porté en lui, puis créé les œuvres que nous avons bien vainement essayé de décrire dans toutes les pages précédentes ! Ces cris de détresse, nous avons peine à les entendre, d'abord, et peine à les comprendre ensuite, parmi l'écho douloureux qu'ils font naître en nous : et, peut-être, notre réflexion nous conduit-elle à un excès d'égoïsme, lorsque nous songeons qu'ils trouveront, musicalement, leur traduction dans les rares compositions où se révélera pour nous, de plus en plus, l'approfondissement de la douleur humaine, en même temps que le détachement de toute chose extérieure. C'est bien le cas ici de parler de l'humble acceptation, de la résignation toute chrétienne de Mozart : rien, absolument rien, n'aboutira au mouvement de révolte d'un Beethoven, qui veut que la lutte s'achève par un triomphe. Celui de Mozart ne sera fait que d'épuration, que de purification, que de douce et tendre soumission : plus aucun souvenir du romantisme exalté qui enflammait tout ce qu'il écrivait à l'époque de *Don Juan* et des grandes symphonies ! Mais ce n'en est pas moins un triomphe : l'obscurité, la misère l'amènent à un plan supérieur, où tout se spiritualise, s'élève, revêt une expression moins directement humaine et, finalement, s'agrandit. Cela, croyons-nous, ne se peut comparer qu'à l'ascension vers la sainteté. C'est au cours de cette retraite où le plonge l'adversité, cette retraite de 1790, qu'il découvre et réalise pleinement un art qui va le conduire aux chants épurés de *La Flûte enchantée,* et jusqu'aux supplications ultimes du *Requiem.* Et nous ne voulons pas dire par là que les œuvres de 1790 ne sont que des points de départ vers ces grands chefs-d'œuvre : Mozart, dans ses derniers quatuors, dans son *Quintette en ré,* a déjà résolu, dans la musique instrumentale, le plus haut problème de cette transfiguration.

Georges de Saint-Foix, *W. A. Mozart,* Desclée de Brouwer, t. V, 1941, p. 40.

d'écriture, mais sa ténuité raffinée est coupante. Même remarque pour le finale, qui est un divertissement d'Ariel. Mais tout se désagrège ; c'est de la musique hagarde.

Le *Quatuor en fa* K. 590, le dernier de Mozart, est d'une profonde beauté et digne, assurément, de la série à Haydn. Il est aussi tendu que le précédent, mais il est beaucoup plus émouvant, parce que, au lieu d'être exsangue, il est irrigué de sang et profondément tragique. D'ailleurs, à mesure qu'on avance, l'espoir renaît de revoir la lumière. Au début de l'allegro moderato voici l'arpège ascensionnel qui retrouve ici sa signification interrogative, mais les motifs qu'il engendre n'apportent aucune réponse. Surtout pas le terrible développement, où nous sommes brutalement entraînés dans le vide. Sur un battement incantatoire, le violon chante la « berceuse de la mort ». Est-ce encore la meilleure amie de l'homme, cette ensorceleuse qui nous attire comme la Lorelei ?... Cette berceuse sera reprise à la fin du mouvement, mais calmée, et calmante à présent. Dans l'andante, l'anxiété a disparu ; Mozart retrouve la pleine mélodicité, ainsi que le mouvement giratoire du quintette avec clarinette. Le menuet, par contre, nous fait retrouver la tension avec un thème vrillant, coupant ; mais le trio apporte une éclaircie rafraîchissante. Le finale est prodigieux : le contrepoint le plus lisse est juxtaposé au thématisme le plus emporté, puis ces deux langages finissent par s'imbriquer. On a parlé de « course à l'abîme presque frénétique ». Vers quel abîme ? Le débat consiste en alternances de lignes fléchissantes et montantes, avec des arrêts, pour souffler et pour pouvoir repartir. Il s'agit de se dégager de la glèbe, qui retient et attire vers le bas. Il s'agit de s'élever, et c'est ce qui arrive vers la fin, d'abord avec une énergie farouche, ensuite en planant dans les hauteurs pacifiées.

Avec ce quatuor, nous retrouvons – mais encore simplement esquissée – la démarche de la Quête. En décembre, une œuvre – le sommet de sa musique de chambre –, le *Quintette en ré* K. 593, va présenter d'une manière parfaitement intelligible les phases de la démarche. L'ombre du point de départ n'a jamais été aussi noire et la lumière qui est atteinte n'aura jamais été aussi pure. Le larghetto initial (comme dans le « Quatuor des dissonances », la *Prague* et la *mi bémol*) évoque la nuit obscure et l'angoisse. L'accord ascensionnel n'a jamais eu une telle violence rythmique : c'est l'appel des profondeurs, suivi d'une interrogation suppliante. Avec l'allegro, c'est la mise en route, haletante et fiévreuse. Ce tourbillon atteint son paroxysme avec le développement et finit sur une montée de doubles notes piquées qui n'aboutit à aucune cadence. Reprise du larghetto qui s'arrête, coupé court, sans résolution.

Et voici l'adagio, l'un des moments cruciaux de l'œuvre mozartien. Trois thèmes vont se succéder, rendant l'atmosphère de plus en plus irrespirable. Puis commence la descente vertigineuse. Un petit dessin tortillé va traverser à plusieurs reprises de haut en bas tout l'ambitus sonore : les attaques de ce motif hagard sont prises au défi de l'harmonie, qui semble se décomposer pour la précipitation dans l'abîme. Car voici le moment capital (très court : une simple « transition ») intense à donner le frisson, quand la mélodie et l'harmonie se défont sur les pizzicati du violoncelle.

Et alors, c'est la rentrée des trois thèmes, qui vont successivement quitter la zone d'ombre. Le tragique sujet en *ré* mineur, présenté maintenant en *sol* mineur, chante, douloureux encore, mais empreint d'une grande douceur. Le 3e sujet peut apporter à présent son cantabile resurgi de la vingtième année. Voici enfin la modulation au *sol* majeur, voici les premières caresses du soleil. Les trilles, naguère si tumultueux, ne sont plus que le délicat remous d'alouettes matineuses, tandis que, très haut dans l'azur, plane la ligne impondérable du premier violon.

Après cet adagio, le menuet pourra laisser éclore le grand apaisement. Dans le trio, l'accord ascensionnel pourra escalader toute la hauteur sonore sans plus aucun démonisme. Et que dire du chant d'oiseaux qui fait virevolter le finale ! La liesse en est telle que tout échappe à la pesanteur.

Ce *Quintette* constitue, pour l'œuvre entier du maître, une charnière essentielle, car c'est à partir de l'adagio, avec son gouffre médian, que va s'ouvrir la transfiguration de l'art mozartien durant l'année ultime, 1791.

1791. L'année de la lumière et de la mort

Pour beaucoup de mozartiens, les œuvres de 1791 sonnent comme des adieux. On ne prendra pourtant pas ce mot dans son sens littéral : Mozart ne manifeste pas

■ Renard de Saint-André, *Vanité*. (Musée des Beaux-Arts, Palais Longchamp, Marseille.)

l'accablement, la résignation ni la tristesse nostalgique d'un homme qui aurait le pressentiment de sa fin prochaine. Au contraire, il est repris, dès le début de l'année, d'un regain de force printanière. Le mot d'adieu est cependant valable s'il désigne l'état de celui qui est comme détaché de ce que désormais il chante. Le 7 juillet, il écrit à sa femme :

> Je ne puis t'expliquer mon impression : c'est une espèce de vide... qui me fait très mal..., une certaine aspiration, qui n'est jamais satisfaite et ne cesse donc jamais, qui dure toujours et même croît de jour en jour...

On le voit, il a pris vivement conscience de l'aspiration qui est au cœur de la démarche de la Quête, et, même s'il n'est pas parvenu au terme de son développement intellectuel, il est cependant assez avancé pour avoir pleinement l'esprit d'enfance, comme en témoignent trois lieds pour enfants : *Nostalgie du printemps* K. 596, *Au début du printemps* K. 597, *Le Jeu des enfants* K. 598. Ce dernier sera repris comme thème du finale du *Concerto pour piano*.

Nous sommes émerveillés de voir resurgir tant de beautés après le dessèchement de 1790, l'année noire, mais ce qui frappe surtout, c'est que ces beautés sont ravivées par un éclairage fort étrange, comme crépusculaire, à la fois très lointain et tout proche... Le poète musicien est désormais au point central de rection. De là la lumière peut irradier d'autant mieux que le tissu sonore devient translucide et que l'expression est des plus simple, des plus directe.

D'ailleurs, il a la satisfaction de revenir à deux genres qu'il chérit entre tous : le concerto et l'opéra. Le *Concerto pour piano en si bémol* K. 595 du 5 janvier est digne de ses grands prédécesseurs. L'esprit pourtant en est autre : la virtuosité a disparu et l'œuvre est pénétrée de la même intimité que la musique de chambre. Mais cette retenue ne concerne pas la réduction des matériaux : la plénitude orchestrale est parfaite, mais elle est due essentiellement à la pertinence des masses et des timbres. Ce qui est peut-être le plus admirable, c'est l'art, désormais accompli, de l'harmonie. Jamais les modulations ne furent aussi audacieuses, tout en étant, par leur aisance, imperceptibles : la modulation elle-même se fait chant ! Les développements (allegro et finale) sont à cet égard remarquables : le thème n'est plus traité par malaxage et par sectionnement. « Mozart le fait passer par toutes les teintes de l'arc-en-ciel, sans que jamais il ait à souffrir de ce traitement, sans que jamais son intime poésie en soit le moins du monde altérée » (Saint-Foix, V, p. 170). Le mot est dit : c'est la poésie qui coule ici à flots, grâce à l'indicible limpidité du piano.

Le larghetto nous situe d'emblée au centre de tant de beauté ; jamais le *mi* bémol n'a répondu comme ici à la haute fonction que lui assigna Mozart. Ce thème si simple, presque de sonatine, peut être donné comme exemple de la quintessence de la mélodicité mozartienne. Ce qui frappe le plus dans ce larghetto, c'est, en vertu du dépouillement de la ligne et des timbres, une intensité qui procède de la proximité du silence. D'où cette impression d'immense solitude, et d'adieu. Le finale pourra, là-dessus, faire fleurir en toute innocence le lied à l'état pur : Papageno s'avance d'un pas guilleret…

C'est par un pur chef-d'œuvre que se termine la glorieuse série des vingt-trois concertos pour piano. Le dernier quintette, en *mi* bémol K. 614, du 22 avril, va, lui aussi, parachever la musique de chambre du Maître avec une œuvre tissée dans la lumière.

Pendant longtemps, cette pièce a échappé à l'attention des critiques et des exécutants : elle paraissait trop légère pour être mise au même rang que les quintettes précédents. « Son dépouillement et son absence de passion ne sont ici ni sécheresse ni jeu de l'intellect » (C.-M. Girdlestone, p. 511). Le propre de l'œuvre est la transparence : transparence de la légèreté et de l'alacrité rythmique (allegro, dont le développement exorcise l'*ut* mineur en passant) – transparence de la tendresse caressante (andante, qui est en fait un thème varié), transparence de la force (menuet, et élégant Ländler du trio) –, transparence de l'étourdissant réseau de contrepoint arachnéen (le finale, qui est un suprême hommage à Haydn).

Le *Quintette* est daté du 12 avril. Un mois auparavant, Schikaneder est venu proposer à Mozart la première ébauche de la *Zauberflöte*. L'élaboration de l'opéra restera donc sous-jacente à toute la production du Maître de mars à fin septembre. Notons aussi que c'est en juillet qu'il reçoit la commande du *Requiem*. Enfin, la seconde partie du mois d'août sera exclusivement consacrée à la composition de *La Clémence de Titus*, qui lui est commandée d'extrême urgence pour le couronnement de Léopold II. Mozart, on le voit, est surchargé

Ayant entendu le *Requiem* de Mozart lors du transfert des cendres de Napoléon aux Invalides en 1840, Victor Hugo écrit : « Le *Requiem*, de Mozart, a fait peu d'effet. Belle musique, déjà ridée. Hélas ! la musique se ride ! »*

*Victor Hugo, *Choses vues*.

de besogne : ce sont des œuvres monumentales qu'il entreprend d'écrire. Mais cela ne l'empêche pas de composer entre-temps des pièces de moindre envergure, qu'on aurait grand tort de négliger à cause de leur exiguïté. Signalons d'abord, de janvier à mars, les *Danses allemandes* et les menuets K. 599-607, 609-611, destinés aux bals de la Redoute, et qui recèlent, dans les trios surtout, tant de beautés. Mais bien plus précieuses sont des œuvrettes dont la poésie est particulièrement concentrée. De mars, voici le couronnement de toutes les variations pour piano, avec le K. 613 : la virtuosité galante a cédé la place au ravissement mélodique, mis en valeur par un contrepoint aussi sobre que savant : fluidité, limpidité. Le mois de mai voit fleurir un *Andante en fa pour orgue mécanique* K. 616, un *Adagio en ut pour harmonica* K. 356 et un *Adagio-rondo pour harmonica, hautbois, flûte, alto et violoncelle* K. 617. Nous rapprocherons de ces purs diamants le *Menuet* isolé K. 355 non daté, qui appartient indiscutablement au dernier état de l'inspiration mozartienne : quel ardent dépli floral de modulations audacieuses et drues, rafraîchi par une ritournelle si simple et si lustrale !

Nous n'hésiterons pas à présenter ces œuvrettes comme l'expression la plus pure de la beauté mozartienne et comme l'aboutissement de tout le travail de décantation auquel nous assistions depuis quelques années. C'est Mozart enfant qui transparaît, n'ayant gardé des expériences de la maturité qu'un métier d'une sûreté inouïe. Grâce à la science parfaite de l'harmonie et du rythme (surtout du rythme !), rien ne fait plus obstacle à la poésie cristalline qui coule, à présent, de source.

Retour aussi à la musique d'église avec le *Kyrie en ré mineur* K. 341, et avec l'*Ave verum* K. 618, qu'il écrit le

18 juin pour l'église villageoise de Baden. Il y concentre, dominées par un art accompli de la polyphonie vocale et de l'harmonie, la somptuosité du haut style d'Église et la cordiale imagerie du baroque populaire de son Autriche natale.

« La Clémence de Titus »

Cet opéra a été longtemps victime des préjugés à l'égard de l'opera seria. On estime généralement que ce genre, auquel Mozart avait été contraint de sacrifier dans sa jeunesse, ne lui convenait plus depuis qu'il avait réussi ses grandes comédies. On le plaint d'avoir été obligé de bâcler en trois semaines une tragédie dont le sujet, abstrait et froid, était un lieu commun ressassé pendant tout le siècle par une quarantaine de compositeurs, chaque fois qu'une célébration donnait l'occasion de flagorner un prince. Mozart pouvait-il refuser une commande émanant de la Cour ?

En fait, Mozart n'avait abandonné le seria depuis *Idoménée* que par manque de commandes et faute de bon librettiste. Cette fois il était satisfait, parce que le livret pompeux de Métastase avait été, écrit-il, « réduit par Mazzolà à un vrai opéra », et pour lui un vrai opéra était une pièce scéniquement prégnante. Il collabora du reste étroitement avec lui, en particulier pour le finale du premier acte (l'incendie du Capitole).

L'action est double, ou plutôt Mozart a exposé une seule et même idée sur deux plans : celui de la politique et celui de l'amour. Cette idée est simple et est une constante de la dramaturgie mozartienne : il n'est d'épanouissement et donc de bonheur que pour celui qui s'est libéré de toute passion.

En s'emparant du mythe, Mozart en transforma l'esprit dans un sens qui n'était pas fait pour flatter l'empereur. Car l'acte de clémence prenait chez Mozart une signification maçonnique, et Léopold n'était pas favorable à la Société secrète. Pourquoi Titus exerce-t-il la clémence ? Il pourrait et même devrait exercer la justice envers son ami et protégé qui a fomenté un attentat

■ *La Clémence de Titus.* Décor de Sanquirico. (Victoria and Albert Museum, Londres.)

contre sa personne. S'il le gracie, c'est parce que l'idée de punir risque d'être entachée du désir de vengeance. Or, exercer le pouvoir ne consiste pas à satisfaire la passion de dominer autrui, et la vindicte est une passion à exclure absolument, comme le chante Sarastro. La clémence n'est donc pas un acte de pitié, ni le fait d'un tempérament enclin à la bienveillance : c'est l'effet d'une totale maîtrise de soi. C'est une vertu qui est la fleur de l'esprit de justice.

Autre point de rencontre du *Titus* avec *La Flûte*, et qui fait de ces deux œuvres contemporaines tout autre chose que des pièces à thèse : l'action, dans l'une comme dans l'autre, est centrée sur l'amour. Cet amour concerne un couple fort mal parti : Sextus éprouve une passion violente pour Vitellia au point de devenir, pour elle, un criminel. Mais elle n'est pas éprise de lui ; elle n'aime pas non plus Titus, car, si elle désire l'épouser, c'est par pure ambition : elle n'aime qu'elle-même. Au second acte, la tragédie atteint son extrême intensité. Sextus, accusé par Titus, refuse d'avouer qui a fomenté l'insurrection. Il couvre par son silence la vraie coupable, Vitellia, et il purifie ainsi son amour par un héroïque désistement, dont personne, pas même elle, ne saura rien. De son côté, Vitellia, qui tremble d'être découverte, apprend que Sextus préfère mourir plutôt que de la dénoncer. Elle éprouve un terrible choc devant cet acte suprême d'amour, et, pour la première fois de sa vie, elle s'éveille à l'amour. Quand elle apprend ce qu'il a fait pour elle, elle fond en larmes… Alors s'élève une aria bouleversante, *S'altro che lagrime*, chantée par Servilia. Cette jeune femme très pure et très généreuse (qui a déjà été nantie d'un sublime duo avec Annius, n° 7, *Ah perdona*) dit à Vitellia que ce ne sont pas des larmes qui conviennent à la situation présente. Trouvaille géniale de Mozart qui fait exprimer, par personne interposée, ce qui est en train de se produire dans l'âme de Vitellia et qui va exploser dans l'aria *Non più di fiori*. Contrairement à tous les commentateurs, j'estime que cet air est d'une justesse psychologique absolue : il exprime en un raccourci stupéfiant tout ce que découvre en soi cet être primaire par un retour lucide sur elle-même. Rien désormais ne subsiste de tout ce qui alimentait sa passion de l'ambition ; elle a même perdu l'objet de son amour naissant ! Les alternances sont très contrastées entre le désespoir et la tendresse apaisée. Elle ira donc se dénoncer, et elle est épouvantée par « la mort qui vient ». C'est l'orgueilleuse fille de Vitellius qui, brisée, finit par demander pitié. On connaît la fin : Titus la graciera à son tour, et elle pourra s'unir, librement, à celui qu'elle aime.

« La Flûte enchantée »

Le livret de ce *Singspiel* est fait d'éléments hétéroclites, qu'on peut distribuer en deux lots. D'une part le « merveilleux » des contes populaires, et de l'autre une superstructure d'idées directement liées à la franc-maçonnerie.

Cette aquarelle fut dessinée par Goethe en vue de représentations de *La Flûte enchantée* à Weimar en 1794. Il ébauche une suite à *La Flûte,* dont le héros était le fils de Tamino et Pamina. Le projet fut abandonné, mais nourrit son second *Faust.*

Voici le dépaysement féerique du monde des *Märchen,* avec une action décousue (encore que fort habilement montée) aux épisodes mélodramatiques : un prince très beau, valeureux en paroles et démuni dans l'action ; une ravissante princesse captive (pour son bien, ce qu'elle ignore) ; une mère éplorée (la Reine de la Nuit, dont on apprendra par la suite qu'elle est le suppôt du Mal) ; un oiseleur truculent, goinfre et bon enfant ; un Maure très noir et très méchant ; un pontife altier qui impose aux amoureux de terribles épreuves, et qui se révèle être un grand sage… Tous ces personnages, candidement typifiés, se meuvent, avec l'incohérence du rêve, parmi des figurants bariolés (trois fées, trois enfants volants, des processions de prêtres) et dans des situations étranges : poursuite par un dragon, orages, apparitions, animaux sauvages charmés par une flûte magique, sbires domptés par un *Glockenspiel,* portes d'effroi gardées par des hommes en armes, zones périlleuses d'eau et de feu à franchir…

Or, cette imagerie naïve sert de support à des idées qui n'ont plus rien de populaire. Voici le manichéisme zoroastrien (d'où le nom *Sarastro*), la pompe sacrale de l'Égypte ancienne, la victoire des sectateurs d'Isis et d'Osiris sur les machinations de la Reine de l'obscurantisme. Tous ces symboles, qui utilisent à profusion le nombre Trois, sont destinés à illustrer des idées enseignées dans les Loges : la vanité des castes, la paix sociale par la fraternité humaine, le rejet de tout appétit de vengeance, le rôle de l'initiation pour préparer un jeune prince à régner avec justice.

Faut-il, pour estimer cette œuvre à sa juste valeur, privilégier la part philosophique ? Certains le font, trouvant que la part anecdotique, jusque dans le détail, a une signification ésotérique. L'opéra devient alors « un oratorio maçonnique », dont le sens profond serait réservé aux initiés. Ce serait, en somme, une pièce à clefs et même une pièce à thèse.

■ Tamino, Papageno et les singes, par Josef et Peter Schaffer. L'image fait partie d'un lot de dessins exécutés pour la reprise de *La Flûte enchantée* par Schikaneder en 1794. Ces dessins sont précieux, parce qu'ils nous restituent, de façon authentique, l'esprit dans lequel fut conçue et jouée *La Flûte*. (Mozart-Wohnung, Vienne.)

K.K. priv. L.I. Wiedner Theater

Heute Freytag den 30ten September 1791.

Werden die Schauspieler in dem kaiserl. königl. privil. Theater auf der Wieden die Ehre haben aufzuführen

Zum Erstenmale:

Die

Zauberflöte.

Eine grosse Oper in 2 Akten, von Emanuel Schikaneder.

Personen.

Sarastro.	Hr. Gerl.
Tamino.	Hr. Schack.
Sprecher.	Hr. Winter.
Erster)	Hr. Schikaneder der ältere.
Zweiter) Priester.	Hr. Kistler.
Dritter)	Hr. Moll.
Königin der Nacht.	Mad. Hofer.
Pamina ihre Tochter.	Mlle. Gottlieb.
Erste)	Mlle. Klöpfer.
Zweite) Dame.	Mlle. Hofmann.
Dritte)	Mad. Schack.
Papageno.	Hr. Schikaneder der jüngere.
Ein altes Weib.	Mad. Gerl.
Monostatos ein Mohr.	Hr. Nouseul.
Erster)	Hr. Giesecke.
Zweiter) Sklav.	Hr. Frasel.
Dritter)	Hr. Starke.
Priester, Sklaven, Gefolge.	

Die Musik ist von Herrn Wolfgang Amade Mozart, Kapellmeister, und wirklicher K. K. Kammerkompositeur. Herr Mozart wird aus Hochachtung für ein gnädiges und verehrungswürdiges Publikum, und aus Freundschaft gegen den Verfasser des Stücks, das Orchester heute selbst diregiren.

Die Bücher von der Oper, die mit zwey Kupferstichen versehen sind, wo Herr Schikaneder in der Rolle als Papageno nach wahrem Kostum gestochen ist, werden bei der Theater-Kassa vor 30 kr. verkauft.

Herr Gayl Theatermahler und Herr Neßlthaler als Dekorateur schmeicheln sich nach den vorgeschriebenen Plan des Stücks, mit möglichsten Künstlersfleiß gearbeitet zu haben.

Die Eintrittspreise sind wie gewöhnlich.

Der Anfang ist um 7 Uhr.

Affiche pour *La Flûte enchantée*.

En revanche, d'autres commentateurs, hostiles ou indifférents à la Maçonnerie, estiment que si la musique est d'une beauté incontestable, le livret est d'une navrante incohérence, d'autant plus qu'il a été remanié en cours de route pour y introduire de force des idées absconses.

Et pourtant l'on sent bien que Mozart a pris un très vif plaisir à évoquer cette histoire à dormir debout, dont l'aspect féerique vient uniquement de la musique. Et l'on peut être sûr qu'il n'a pas éprouvé moins de joie à mettre en valeur des idées qui lui étaient chères.

Méfions-nous donc de telles prises de parti. D'abord parce que toute dissension autour d'une musique aussi exempte de passion serait pour le moins déplacée. Ensuite parce que, avec de telles considérations idéologiques, on néglige l'essentiel. N'oublions pas en effet qu'il s'agit d'un opéra, c'est-à-dire, pour Mozart, d'une pièce de théâtre faite pour la représentation. Or, sur ce plan, c'est un réel chef-d'œuvre.

Il était du reste excellemment servi par son librettiste, son vieil ami Schikaneder, qui était un homme des planches, un technicien très averti des choses du plateau. Aucun des procédés scéniques ne lui était étranger : machines volantes, apparitions dans le ciel, trappes, illuminations dans les ténèbres, tonnerres, masques d'animaux sauvages... Si le livret a été rédigé en collaboration par toute la troupe (y compris le musicien), Schikaneder, pour sa part, apportait un sens aigu des lazzi, et le texte des parties parlées a une verve éblouissante qui soulève toujours dans l'auditoire d'énormes éclats de rire.

■ Emmanuel Schikaneder (1751-1812). Excellent homme de théâtre, acteur, metteur en scène. Chef d'une troupe ambulante, il s'était arrêté cinq mois à Salzbourg en 1780, et s'y était lié d'amitié avec Mozart. En 1789 il se fixa à Vienne et dirigea un théâtre libre dans le faubourg de Wieden. C'est pour cette scène qu'il demanda à son vieil ami Mozart d'écrire, à partir du printemps 1791, la musique de *La Flûte enchantée*. C'est lui qui tint le rôle de Papageno. Il était franc-maçon, mais avait été exclu de sa Loge en 1790 pour inconduite. (BN, Paris.)

Admirable, dans cet opéra, est la maîtrise avec laquelle Mozart s'est joué des difficultés venant des disparates. On avance d'une mansion à l'autre de la façon la plus naturelle, sans que l'action soit jamais rompue, ni même distendue. Cette unité est d'autant plus remarquable que, pour chaque scène, Mozart a employé un langage différent. Le *Singspiel* lui offrait ici une liberté qui lui était refusée dans la comédie. Il a pu de la sorte récapituler tous les langages qu'il avait employés dans ses pièces précédentes : arias du seria, ensembles du

« LA FLÛTE ENCHANTÉE » : VERS UNE ÂME GERMANIQUE

La Flûte ne garde le contact avec les chefs-d'œuvre qui la précèdent, tous italiens plus qu'à demi, que par cet admirable et imprescriptible don de clarté qui est la signature de l'art mozartien, de ses idées comme de sa technique. Mais ici la lumière a changé de couleur ; elle n'est plus d'or, mais d'argent ; elle n'est plus solaire, mais stellaire ; elle est devenue septentrionale – sans perdre rien de son acuité. Aucune brume qui brouille la ligne, qui ronge le contour. Il semble au contraire que, sous ce vent froid qui souffle des hauteurs, les formes s'épurent, se dépouillent ; leur transparence quasi spirituelle accuse encore la netteté de leur dessin. Il est évident que Mozart recueille ici le bénéfice d'une longue école de laconisme, d'hellénisme ; Schumann, on l'a vu, le compare aux Grecs. De ce fait, le voici capable d'imposer « l'être » au « devenir » obscur qui fait le fond de l'âme germanique, la détermination de l'art à la rêverie indéterminée sur laquelle vit le lyrisme ; car la précision allège, elle rejette le poids mort. Tout ce qui voudra vivre dans l'opéra romantique de demain se fera tributaire, consciemment ou non, du germanisme décanté, ordonné et humanisé de *La Flûte :* il a trouvé ici sa forme en même temps que sa matière, et sa limite en même temps que son essor.

Henri Ghéon, *Promenades*, p. 415-417.

buffa, récitatifs dramatiques, chœurs, aria viennoise et lied populaire. Mais liberté ne signifie pas éparpillement : jamais opéra n'aura été aussi unitaire !

En outre, il y a une chose que négligent les commentateurs, surtout ceux qui parlent d'un oratorio idéologique. Si cet opéra a tellement de vie scénique, c'est parce qu'il est centré, à l'instar de tous les opéras de Mozart, sur l'amour. Cela risque d'échapper, parce que le protagoniste, en l'espèce, est Pamina, et non Tamino. En effet, les épreuves auxquelles celui-ci est soumis nous laissent indifférents, tandis que nous sommes profondément touchés par les souffrances infligées à la pauvre fille. Dans *La Flûte,* Mozart a pu enfin glorifier, comme il le souhaitait, la femme. Car les livrets, depuis le *Figaro,* donnaient à la femme un rôle de moins en moins honorable. À cet égard, le livret de *La Flûte* était le pire de tous : en plus des quolibets populaires que lui décochent les clercs, elle est déclarée incapable d'accéder à la connaissance. Elle est exclue des séances d'enseignement et des épreuves initiatiques auxquelles seuls ont accès les mâles (Papageno compris !...). Ces idées étaient courantes à cette époque dans la Maçonnerie et dans la religion, et il fallut de la part de Mozart une bien grande audace pour s'y opposer. Il le fit en intervenant dans la rédaction du dénouement. Au moment où Tamino va pour affronter les dernières épreuves – les plus redoutables – Pamina, bravant tous les interdits, le rejoint et prend les devants : « C'est moi qui te guiderai ! », déclare-t-elle.

Mais en quoi un amour aussi naïf, aussi psychologiquement pauvre peut-il avoir un impact dramatique ? En ceci : leur amour est ardent, mais, pour commencer, il oriente les partenaires l'un vers l'autre. Les épreuves douloureuses qu'ils traversent l'un et l'autre ont pour rôle de purifier leur affection de tout égoïsme, c'est-à-dire de toute trace de passion. Alors ils seront, ensemble, intronisés, n'ayant plus rien d'autre en vue que de se donner entièrement, dans l'unité du couple, au bien de la communauté qu'ils sont appelés à régir.

■ Marchande de marrons et ouvrier, *in* Études prises dans le bas peuple et principalement dans les cris de Vienne, 1775.

La fin de l'année 1791

La *Zauberflöte*, donnée en première le 30 septembre, obtient assez vite du succès, et les « connaisseurs » viennent peu à peu rejoindre le public populaire du théâtre de la banlieue viennoise. Mozart assiste à toutes les représentations, tant du moins que sa santé le permet, car les malaises de son mal s'aggravent : il est pris de plus en plus fréquemment de vomissements et d'évanouissements.

Cependant, ses forces créatrices ne déclinent point : il compose le 7 octobre son dernier *Concerto en la pour clarinette* K. 622. Jamais instrument à anche ne fut magnifié comme la clarinette dans ce poème musical : aucune possibilité n'a été négligée de ce timbre à la fois vibrant et serein, volubile et étale, sensuel et désincarné, mordant et suave, éthéré et (dans les graves) ligneux et abyssal. Le développement du premier mouvement, avec la ligne *fa-mi-fa* et le contrepoint des violons, c'est le choral des Hommes armés, et c'est aussi l'introït du *Requiem*. Le cœur ardent de l'œuvre est l'adagio en *ré*, où Mozart reprend une dernière fois un thème de chanson populaire qu'il a affectionné toute sa vie depuis l'âge de dix ans (K. 24), et qui se répandra plus tard avec les paroles d'Uhland : *Ich hatte einen Kameraden*. L'*ethos* en est indéfinissable, et le meilleur terme serait encore la nostalgie, au sens étymologique du mot : langueur du retour... Mozart réalise ici, mieux encore que dans le quintette avec clarinette, une chose apparemment impossible. Jusqu'alors, il avait souvent atteint des moments de poésie pure, mais c'étaient des irruptions relativement brèves. Ici, il arrive à étaler cet état, en prolongeant dans le temps ce qui n'appartient qu'au présent, lequel est hors du temps...

Du 15 novembre, c'est-à-dire trois semaines avant sa mort, voici la dernière œuvre qu'il a achevée : la cantate maçonnique *Laut verkünde* K. 623, avec un petit lied, maçonnique lui aussi, *Lasst uns* K. 623a. Ces deux œuvres sont comme des satellites de *La Flûte*. La cantate prolonge l'opéra : on dirait Sarastro en train de passer le pouvoir à Tamino. Le duo intérieur est d'une très grande beauté et rejoint par sa forme et son esprit le duo *Mann und Weib* de *La Flûte* et celui de Servilia et Annius (*Ah perdona*) du *Titus*. Tous ces passages (ainsi que le *Recordare* du *Requiem*) sont empreints d'une grande chaleur de fraternité entre tous les êtres vivants. Quant au petit lied *Lasst uns*, pour chœur et piano, il se termine par les paroles suivantes : « Vénérer la vertu et l'humanité, apprendre l'amour de soi et d'autrui, que ce nous soit toujours le premier devoir. Alors, et non seulement à l'Orient et au Couchant, mais aussi au Sud et au

SCHUBERT ET LA MAGIE MOZARTIENNE

Clair, lumineux et beau, ce jour le restera durant toute ma vie. Comme de loin se prolongent encore en moi les sons magiques de la musique de Mozart. Avec quelle incroyable vigueur et de nouveau avec quelle douceur s'est-elle imprimée profondément, profondément en mon cœur, grâce au jeu magistral de Schlesinger. Ainsi demeurent dans notre âme ces belles empreintes que n'effacent aucun temps, aucunes circonstances et qui agissent de façon bénéfique sur notre être. Elles nous montrent, dans les ténèbres de cette vie, un lointain clair, lumineux de beauté, vers lequel nous portons notre espérance confiante. ô Mozart, immortel Mozart, combien nombreuses, ô combien infiniment nombreuses sont ces empreintes bénéfiques d'une vie meilleure et plus heureuse que tu as imprimées dans nos âmes !

Franz Schubert, *Journal de notes sur la musique*, 13 Juin 1816. Cité par O. E. Deutsch (*Lettres et Écrits de Schubert*, Munich, 1919, p. 6).

Nord, ruissellera la Lumière. » Mozart concentre, dans l'extrême simplicité, dans une totale nudité, l'essentiel de ses dernières pensées. C'est le moment de se souvenir de la citation de Lao-Tseu qu'Edwin Fischer appliquait à Mozart : « Voir ce qui est grand comme si c'était petit, Celui qui s'est complètement réalisé ne se soucie plus / de ce qui est grand déjà, Et c'est pourquoi il fait de grandes choses. »

Le « Requiem » K. 626

L'histoire des vicissitudes de la partition est trop connue pour qu'on s'y attarde. Si l'œuvre avait été seulement interrompue, il n'y aurait qu'un demi-mal ; mais elle a été achevée de façon à paraître complète : cela devait permettre à la veuve d'en donner livraison au comte Walsegg qui en avait passé commande au mois de juillet. Süssmayer, à qui finalement fut confié le travail d'arrangement, était un habile technicien, mais il était

■ Partition originale, début du *Requiem*.

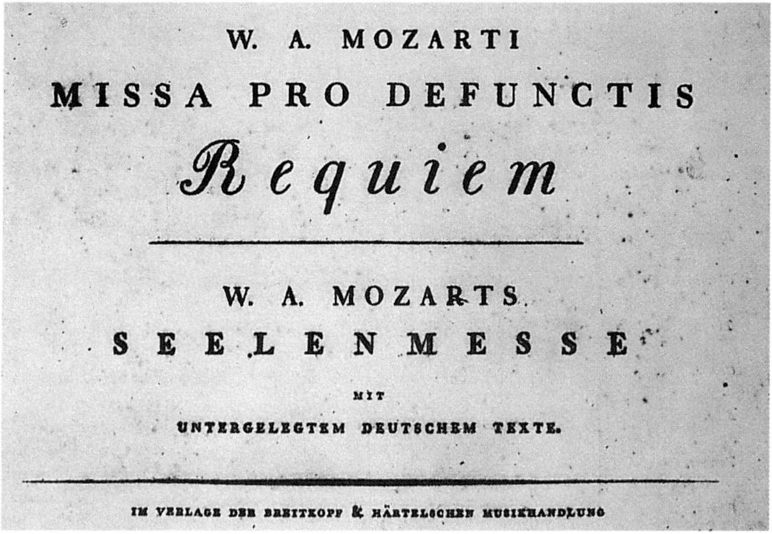

W. A. MOZARTI

MISSA PRO DEFUNCTIS

Requiem

W. A. MOZARTS

SEELENMESSE

MIT

UNTERGELEGTEM DEUTSCHEM TEXTE.

IM VERLAGE DER BREITKOPF & HÄRTELSCHEN MUSIKHANDLUNG

loin d'avoir l'étoffe qu'il fallait pour combler les lacunes – ce qui ne l'empêcha pas de se vanter d'avoir créé toute la fin de la Messe. On sait maintenant ce qui est de la main de Mozart : l'introït et le *Kyrie* au complet. Pour le reste, il a laissé la notation des parties vocales et des indications pour l'orchestration. Des petites feuilles volantes, que Süssmayer a dû consulter, ont disparu. Mais comme c'est la partie vocale qui est le cœur de l'œuvre, on peut dire qu'on a gardé l'essentiel.

Bien plus graves sont les difficultés qu'on soulève lorsqu'on touche à la signification et à la portée de l'œuvre. Certains y voient « le produit affligeant d'une imagination morbide ». Pourquoi cette répulsion ? « Si nous voulons connaître les sentiments religieux de Mozart sous leur forme la plus saine et la plus élevée, c'est vers *La Flûte enchantée* que nous devons nous tourner » (E. J. Dent). Même opinion chez J. et B. Massin et A. Einstein. Cette opposition entre l'opéra et la messe s'explique par celle qui est faite entre la religion et la franc-maçonnerie. En écrivant sa messe, il serait revenu à la religion ; en tout cas, c'est ce que sa famille affirma, par crainte des autorités qui, sous l'impulsion de Léopold II, condamnaient alors la Société secrète. La seule chose qui nous intéresse, c'est ce que Mozart lui-même pensait. Or, parler d'une conversion est totalement aberrant, et un fait à lui seul anéantit l'opposition, dans son esprit, de la religion à la Maçonnerie : il commença son *Requiem* dès qu'il en reçut la commande, c'est-à-dire fin juillet. Or, c'est exactement à ce moment-là que débute la composition du *Singspiel* maçonnique. Sur le plan de la pensée peut-on déceler des différences entre les deux œuvres ?

La principale est celle-ci : dans l'opéra, l'idée de la mort se présentait de façon indirecte, à propos d'épreuves particulièrement redoutables et de tentations de suicide. Le *Requiem,* de par le texte liturgique, était une

LE « REQUIEM », UNE ŒUVRE AUTOBIOGRAPHIQUE

L'œuvre tout entière me donne l'impression d'un affrontement très profondément personnel, effrayant et bouleversant chez un compositeur qui normalement séparait, à un point étonnant, sa vie et son expérience personnelle de son art.
Le *Requiem* est la seule de caractère autobiographique de Mozart.
Ici je ressens pour la première fois, peut-être comme Mozart lui-même, comment le texte liturgique officiel accède à une discrimination bouleversante de l'ordre le plus personnel : la mort atteint chacun une fois – mais qu'en sera-t-il de MOI ?

Nikolaus Harnoncourt (né en 1929),
Le Dialogue musical, Monteverdi, Bach et Mozart,
Paris, Gallimard, 1985.

réflexion directe sur la mort comme sujet exclusif. Il nous permet de saisir la façon dont, à la fin de 1791, Mozart abordait l'idée de mort. Est-ce avec un sentiment de crainte, ou de confiance? Avec des doutes, ou avec une certitude? Il faut, pour répondre, consulter la musique. Mais quand nous l'écoutons, quelle perplexité est la nôtre! Les interprétations ne sont pas seulement différentes, elles sont divergentes. On a le choix entre une audition grandiose ou intimiste. Dans la première, on met l'accent sur l'aspect tragique en renforçant la masse instrumentale et les clameurs vocales. Cette vue romantique, issue du siècle dernier, a récemment cédé en faveur d'une plus grande discrétion. Cela permet à certains chefs de centrer leur interprétation sur la réflexion et le recueillement, ce qui est certainement bien plus conforme à l'esprit de Mozart. Ces exécutions sont encore plus pures quand les parties vocales (chœurs et solistes) sont confiées à des enfants (Krips, Celibidache). On élimine ainsi tout effet particulier d'affectivité sans que la musique soit pour autant désincarnée.

Nous touchons ici à un paradoxe : cette musique est des plus émouvantes, et pourtant elle ne suscite pas en nous les sentiments religieux qui d'ordinaire sont éveillés chez les croyants par l'idée de la mort. Nous n'y trouvons pas l'angoisse sur le salut individuel, le repentir de l'âme pécheresse, la prière au Seigneur pour implorer sa pitié et pour obtenir sa miséricorde. Le texte comporte bien l'expression de ces états d'âme, mais la musique nous parle de tout autre chose : le *Kyrie* n'est pas une prière, mais un appel au secours de l'humanité accablée, le *Dies irae* est la frayeur panique de l'univers qui s'écroule, l'*Oro supplex* exprime la dissolution des mondes. Cette musique est en quelque sorte désindividualisée : elle est proprement eschatologique.

Mais ce n'est là que l'aspect négatif des choses. Bien plus importante est l'ouverture qui, loin de s'opposer aux idées maçonniques que Mozart avait adoptées définitivement, en tire au contraire les extrêmes conséquences. Une exécution sans pathos et tout intériorisée (Celibidache) nous fait clairement sentir que le *Requiem*, dans son ensemble, est soulevé par une immense aspiration, celle-là même qui a traversé toute la vie de Mozart, et c'est pourquoi le *Requiem* est vraiment l'aboutissement de toute son œuvre. C'est l'aspiration de celui qui, comme Tamino, veut sortir de l'ombre pour accéder à la lumière.

L'aspect terrifiant de la divinité, si souvent cité dans le texte liturgique, ne pouvait donc pas être retenu par Mozart. Le *Tuba mirum* qui devrait semer l'épouvante (voyez Berlioz !) finit dans un quatuor radieux. Le *Rex tremendae* (« Roi, dont la majesté fait trembler ! ») s'achève, lui aussi, dans une confiance sereine *(Salva me)*. L'approche de Dieu, n'est-ce pas l'approche de la lumière ? Pourquoi engendrerait-elle la terreur ? Même le terrible *Oro supplex* reprend la descente de la paix de l'*Et in terra pax* de la *Grande Messe*. Chaque fois qu'il le peut, Mozart ouvre grand son cœur en faisant rayonner toute sa tendresse pour ses frères humains : saisissants sont à cet égard le *Recordare* et le *Lacrymosa*. Enfin et surtout l'œuvre se termine par un *Agnus Dei* d'une simplicité, d'une nudité bouleversantes… « Lorsque, écrit Saint-Foix, ce repos est qualifié d'éternel *(requiem aeternam)*, quelque chose plane déjà dans un monde qui n'a plus rien de commun avec celui d'ici-bas : six mesures seulement qui, en réalité, n'ont plus de durée. » Comme dans l'*Oro supplex*, mais plus intensément encore, parce qu'il ne s'agit plus de la dissolution du monde, mais de sa résorption personnelle, Mozart, devant nous, entre dans la mort, et sa voix, qui peu à peu s'éteint, nous hèle à tout jamais…

MOZART L'UNIQUE

« Quel est, demanda-t-on un jour à Rossini, le plus grand des musiciens ? – Beethoven ! – Et Mozart ? – Oh ! lui, c'est l'unique... » Le mot est beau ; on le sent profond, mais que signifie-t-il au juste ? Que Mozart soit supérieur aux autres ? Non, car pour affirmer cela il faudrait le comparer. Or, justement, il est incomparable ; il est à part : unique !...

Henri Ghéon, pour marquer son admiration, a exprimé une idée semblable dans la dernière phrase de ses *Promenades* : « Il faudra oublier Mozart pour rapprendre à aimer les autres. » Ce mot d'auteur est bien maladroit... Oublier Mozart ? Quand on en a goûté le suc, est-ce possible ? Surtout si c'est pour rapprendre à aimer les autres ! Que nous apportent-ils après lui ?

Mozart l'unique, cela signifie qu'on trouve chez lui des choses qu'on ne trouve pas chez les autres, et qu'il a été le seul – dans l'époque moderne tout au moins – à nous apporter. Et cela, même si c'est indéfinissable, nous pouvons le décrire. Par l'évocation de traits qu'on ne trouve

■ Lors de son passage par Dresde en 1789, Mozart fut l'hôte d'un frère maçon, Gottfried Körner, dont la belle-sœur, Doris Stock, fit à la mine de plomb ce dernier et très ressemblant portrait de Mozart. (Mozart Gedenkstätte, Augsburg.)

que chez lui. Nous pourrons ainsi nous approcher au plus près de l'essence mozartienne.

1. Il y a d'abord la pureté adamantine de la technique. Celle-ci n'était pas un don gratuit du ciel. Certes il était naturellement doué d'une mémoire musicale prodigieuse, d'un pouvoir inouï de création mélodique et surtout d'un pouvoir de concentration exceptionnel. Mais la perfection technique était, elle, le résultat d'un travail acharné. Niemtschek rapporte les propos qu'il tint, après *Don Giovanni*, au Kapellmeister Kucharz :

> On se trompe en général quand on dit que mon art m'a été facile à acquérir. Je vous assure, mon cher ami, que personne n'a eu autant de mal que moi à étudier la composition. Il ne serait pas facile de trouver un maître célèbre en musique que je n'aie étudié avec application, et souvent étudié à plusieurs reprises, d'un bout à l'autre.

En effet, il a puisé à toutes les formes musicales auxquelles il pouvait avoir accès en son temps. En avril 1783, il écrit à son père en lui demandant des partitions de vieux maîtres salzbourgeois : « Nous aimons nous entretenir avec toutes sortes de maîtres, anciens et modernes. »

Savoir une langue, c'est penser directement en cette langue. On dira que cela est vrai de tout grand musicien ; oui, mais ce qui est stupéfiant dans le cas de Mozart, c'est la multiplicité des langages dont il s'est fait autant de langues maternelles.

Mozart n'a pas été le maître d'un langage, ou de plusieurs langages. Il a été maître de ses langages : c'est là la vraie maîtrise.

D'ailleurs, il n'a jamais rejeté aucun des langages qu'il avait adoptés précédemment. En 1791, où son art est accompli, on le voit user de tous les styles sans exception, même de la forme galante, avec les *Variations* K. 613. Mozart n'a jamais rien renié de son œuvre passée : en juin 1791, il n'a aucun scrupule à donner au maître de chapelle de Baden, en même temps que l'*Ave*

MOZART ET L'UNIVERSALITÉ

La musique de Mozart n'est ni allemande, ni italienne, ni française. Elle est mozartienne, cette musique, c'est-à-dire universelle. Aimer Mozart dans ses chefs-d'œuvre, cela signifie n'appartenir à aucun parti dans la musique : chacun de ces partis est affecté du suffixe -iste (Gluckiste, par exemple, et Piccinniste, Beethovéniste et Rossiniste), avec tout ce que cela implique d'exclusivisme et de fanatisme. Aimer Mozart, ce n'est rien de moins que se déclarer pour le beau et le bien en tous les ordres ; cela signifie en un mot : aimer purement, simplement, absolument la musique.

Alexandre Oulibicheff, *Nouvelle Biographie de Mozart*, Moscou, 1843, III, p. 540.

verum qu'il vient d'écrire, les partitions de messes composées en 1777.

Aisance. Sûreté. Litote aussi, et économie des moyens. *La mesure en toutes choses* : ni trop, ni trop peu, le *Mittelding*, écrit-il, c'est-à-dire le juste milieu, le milieu juste. Sobriété, rigueur, prestesse, intensité par la transparence. Cette justesse de touche est d'ailleurs liée à la grande variété des langages qu'il tient à sa disposition : il n'hésite pas, dans un même morceau, à passer soudainement de l'un à l'autre, en usant le plus souvent de transitions qui sont des merveilles de concentration.

Concluons : dans l'utilisation de la musique comme véhicule expressif, Mozart use d'une adéquation incomparable et d'une mesure parfaite dans le choix des moyens. Mesure qui n'est pas sécheresse, discrétion qui n'est pas fadeur, variété qui n'est pas dispersion, aisance qui n'est pas laisser-aller, technique qui n'est jamais formalisme. Avant tout, intelligibilité.

2. C'est pourquoi le contrepoint prend une place de plus en plus importante à mesure qu'on approche de la fin. Depuis l'enfance, et au cours de ses voyages en Italie, il avait été rompu au maniement de cette forme d'écriture. Mais c'était alors pour lui une forme parmi d'autres, et il lui fallut attendre 1782 pour que le contact avec Bach et Händel lui révélât que cette structure pouvait être porteuse d'une intense poésie. Il y fut d'autant plus sensible qu'il prit en même temps conscience des possibilités du langage thématique qui, lancé par Haydn, s'imposait comme le langage de l'avenir. Il n'était pas question pour lui de revenir à un langage désormais périmé ; mais il ne consentit pas non plus à s'engager dans une voie qui ouvrait la porte au démonisme obscur et au débridement de la rhétorique. Non qu'il en fût incapable (qui peut le plus peut le moins !), mais ce langage, propice à l'expression de la puissance et de la passion, était par trop opposé à l'orientation foncière de sa pensée.

MUSICIEN PAR-DELÀ LES FRONTIÈRES

Mozart, emmené pour la première fois en voyage à sept ou huit ans, jeté dans le monde, était à la merci de toutes les influences musicales. Il est déjà assez extraordinaire qu'il n'ait pas succombé, qu'il n'ait pas perdu son talent à seize ans, comme la plupart des enfants prodiges, que sa personnalité, sa résistance aient été assez fortes pour lui permettre de n'assimiler que ce qui lui convenait. Il eût pu devenir un monstre international, employant un grand talent à mettre au monde cette monstruosité de style qu'est le « Grand Opéra ». Mais il fut Mozart. C'est-à-dire un musicien qui n'appartient à aucune nation… et à toutes. Un musicien universel : ni national, ni international. Mais supra-national.

Alfred Einstein,
Mozart, l'homme et l'œuvre, trad. J. Delalande, Desclée, p. 136.
La première version de l'ouvrage date de 1937.

Il ne rejeta cependant aucun de ces deux langages, et il entreprit d'en faire la synthèse. Ce terme est valable, à condition qu'il ne soit pas compris comme un travail d'équilibrage sur un plan tout formel. Ce travail se situait sur un plan bien plus profond : celui de la pensée. Car l'un de ces langages lui offrait la possibilité d'exprimer la sérénité, le calme lumineux, et l'autre le trouble, l'angoisse, c'est-à-dire l'ombre. Il ne voulait pas rejeter le thématisme, car c'eût été amputer la totalité psychique d'un de ses éléments constitutifs ; mais il entreprit de l'exorciser en le pliant à une structure contrapuntique. Or, à cela le vieux contrepoint des baroques ne pouvait lui servir. Il lui fallait se créer pour son propre usage un contrepoint à lui. Celui-ci n'est aucunement celui de Bach : il est d'une essence rare, tout à fait à part dans l'histoire de la musique. C'est un contrepoint chantant, d'où toute raideur mécanique est exclue, un contrepoint organique, mû par les pulsions du cœur.

Ce qui en fait tout le prix, c'est qu'il fut le moyen privilégié qu'utilisa Mozart pour atteindre quelque chose qui n'est qu'à lui : la poésie musicale pure.

3. J'emploie ce mot (qu'affectionnait Saint-Foix) dans un sens bien précis. Le langage musical a les mêmes fonctions que le langage articulé, parlé, et celles-ci sont à ramener à deux. D'une part, la communication entre les membres d'une même communauté pour les échanges sociaux utilitaires, affectifs ou idéologiques : c'est la prose. D'autre part, l'évocation de la réalité de soi-même dans la gratuité de la joie intérieure : c'est la poésie.

C'est sur l'écrin de la prose que scintillent les joyaux de la poésie en des coruscations soudaines, qui font irruption comme la foudre. Le cours du temps est alors suspendu, comme coagulé. Ce n'est cependant pas de l'immobilité (car la musique s'arrêterait) ; l'écoulement du temps est d'une autre étoffe que celui de la prose. La poésie n'avance pas. Elle ne tend pas vers... Elle est douée d'un sens giratoire qui tourne autour d'un axe immobile.

Si elle ne s'étale pas dans le temps, dirons-nous qu'elle est de courte durée ? Oui, si nous consultons après coup la partition, car, dans le moment où nous en jouissons, elle ne paraît ni longue ni brève, parce que nous perdons alors la notion de l'écoulement du temps.

Prenons un exemple entre cent : le finale à variations du *Trio* K. 496. Le thème et les premières variations sont de la jolie prose, fort agréable, sans plus. Soudain la variation mineure vient couper court à ce ronron : le jeu des linéaments du piano et des deux archets crée, par les entrelacs giratoires, un enclos magique où Mélusine nous retient prisonniers...

Celui qui a une fois goûté à ce délice n'a de cesse qu'il ne trouve d'autres passages analogues. Et il a la surprise de constater que l'œuvre mozartienne en abonde. Au XIXe siècle, on verra la prose envahir de plus en plus la production musicale, sous la forme la plus opposée à la présence de la poésie : le discours oratoire, excroissance extrême du thématisme. Les passages de poésie pure deviennent alors extrêmement rares : chez les plus grands on peut les compter sur les doigts d'une ou de deux mains. Chez Mozart ils dépassent largement la centaine. En cela, vraiment, Mozart est unique !

« JOUEZ-MOI DE LA VRAIE MUSIQUE : CELLE DE MOZART ! »

Chopin mourant, à ses amis : « Vous allez me jouer quelque chose ensemble ; cela vous fera penser à moi et je vous écouterai ! »
Le violoncelliste Franchomme : « Oui, nous allons jouer ta sonate. »
Chopin : « Oh non ! pas la mienne !... Jouez-moi de la vraie musique : celle de Mozart ! »
« Mozart, c'est le maître des maîtres ! Ses andantes ont une pureté de larmes. »

Frédéric Chopin. Texte n° 1 : Communication de F. Hœsick sur la mort de Chopin, dans *Die Musik, Berlin VIII* : octobre 1908. Texte n° 2 : cité sans références par Bernard Gavoty, *Lettre à Mozart sur la musique*.

4. Normalement, ces moments sont, au vu de la partition, relativement courts, et c'est pourquoi il faut être aux aguets pour ne pas les laisser passer. Mais Mozart est parvenu peu à peu à les étaler dans le temps. Le mot « étalement » est fort impropre, mais comment désigner autrement cet état de poésie qui se prolonge jusqu'à coïncider avec un ensemble vocal tout entier ou un mouvement de sonate ? Dans les duos piano-violon, certaines mélodies se déploient en un arc immense où la charge poétique ne s'éteint jamais. Je pense au *Quoniam* de la *Grande Messe,* au trio des Masques, au trio du Départ dans le *Così* et au Toast, qui est le canon le plus parfait de l'histoire de la musique. Je pense surtout aux mouvements lents du *Quintette* et du *Concerto pour clarinette,* où les impulsions rythmiques entretiennent la charge poétique sans avancer (comme c'est le cas dans le discours) vers une clausule conclusive.

5. Ces moments de poésie n'ont aucune connotation d'ordre affectif : ils sont complètement dépourvus d'*ethos*. À peine peut-on y déceler parfois une teinte de nostalgie.

Mais cela ne veut pas dire que la poésie ne soit pas signifiante. Au contraire, étant de l'ordre de l'intellect, elle transcende l'usage des facultés notionnelles et affectives pour toucher directement, intuitivement, des réalités fermées aux facultés courantes.

Exemple, l'art de la colorature, porté par Mozart à un degré de pureté inouï, et qui sert, dans la plupart des arias, à manifester la décontraction passionnelle : ainsi la joie qui leur est inhérente n'est finalement plus de l'ordre d'aucun *ethos*. Rappelons les mélismes, au phrasé si subtil, de l'aria de donna Anna :

Rappelons surtout la merveille des merveilles : la cadence de l'*Et incarnatus est* de la *Grande Messe.*

6. Par là, Mozart tranche sur son époque et sur celles qui suivront. Mais je ne prétends pas, en disant cela, que Mozart ait été le créateur de la poésie musicale ni qu'il soit le seul à y avoir atteint. Au contraire, il rejoint par l'esprit (et souvent aussi par l'écriture) des musiques d'avant la Renaissance. La conception modale, l'absence de l'harmonie et la liberté rythmique (non mesurée) constituaient alors un tissu musical qui ne visait pas encore la contagion expressive individualiste, et qui, de ce fait, s'ouvrait spontanément à la poésie pure. Comme l'a justement remarqué Oulibicheff, Mozart retrouve par moments Josquin des Prés, le grand poète bourguignon. Et cela n'a rien d'étonnant, car la poésie est sans âge, étant libre des attaches culturelles. C'est le gage de l'universalité de Mozart.

7. Et j'en arrive à l'essentiel, qui fait de Mozart un musicien unique dans l'époque moderne. Karl Barth a fait une réflexion particulièrement profonde : « Pourquoi Mozart a-t-il, pour celui qui peut l'entendre, produit, avec presque chaque mesure, une musique pour laquelle le terme de "beau" n'est pas le mot ? » Et il répond à cette question : « Cette musique n'est ni divertissement, ni plaisir, ni exaltation, mais nourriture et breuvage. » Nous dépassons en effet ici toute esthétique, et même toute intention artistique. Comme le notait cet écorché vif qu'était Tchaïkovski, « quand j'écoute la musique de Mozart, c'est comme si j'accomplissais une bonne action. Il est difficile de dire en quoi consiste au juste son influence bénéfique, mais il n'y a aucun doute : elle est bénéfique ». Et voici encore un témoignage tout récent d'un poète, Claude Vigée, qui raconte comment au sortir de l'enfance il entendit pour la première fois la symphonie *Jupiter* : « Je ne connaissais rien à la musique et j'ai été pris par cette symphonie et emmené là où je devais aller, à l'intérieur de moi. C'était une révélation extraordinaire. Je sentais que c'était pour mon bien, que cela me faisait du bien, que c'était bon[1]. »

Qu'on n'aille pas sourire devant ces mots : « musique

1. « Que représente le poète ? », *Entretien avec Claude Vigée*, *Études*, juin 1992, p. 801.

bénéfique », « bonne action », « c'est bon »... Il ne s'agit pas ici de morale, mais tout simplement de santé. De santé psychique. De santé intellectuelle.

On parle souvent, pour en faire compliment à Mozart, d'une musique qui « élève ». Ce mot n'est pas mauvais en soi, mais il est fruste et donc équivoque. Je suis tombé sur un texte magnifique dû à un écrivain allemand, Ludwig Börne, texte qui date de 1828 ! Je termine sur ces réflexions qui mettent définitivement les choses au point : « S'il existe une région suprasensible où l'on parle au moyen de sons, les maîtres vous font monter par le fait qu'ils vous *élèvent ;* mais le ciel, où d'autres sont contraints *(müssen)* de nous soulever, Mozart est le seul à nous le montrer dans notre poitrine terrestre. C'est cela qui en fait non seulement le plus grand des poètes du son, mais entre eux *l'unique*. Pour jouir de la musique mozartienne, il n'est besoin d'aucune élévation, d'aucune tension de l'âme ; elle renvoie en irradiant à chacun, comme un miroir, ce qu'il ressent en lui-même dans le présent ; chacun reconnaît en elle la poésie de *son propre* être[1]. »

1. Ludwig Börne (1786-1837), *Dramaturgische Blatter,* n° 33, 1829.

Lucio Silla, mise en scène de Patrice Chéreau, octobre 1984.

ANNEXES

Catalogue des Œuvres[1]

Messes

K. 49 sol (1768) – K. 139 ut mineur Waisenhausmesse (1768) – K. 65 ré mineur (1769) – K. 66 do Dominikusmesse (1769) – K. 116 fa (1771) – K. 167 do (1773) – K. 192 fa (1774) – K. 194 ré (1774) – K. 220 do Spatzenmesse (1775) – K. 257 do Credomesse (1776) – K. 258 do Spaurmesse (1776) – K. 259 do Orgelsolomesse (1776) – K. 262 do (1776) – K. 317 do Couronnement (1779) – K. 337 do (1780) – K. 427 Grande Messe do mineur (1782-83) – K. 626 Requiem ré mineur (1791).

Litanies et vêpres

K. 109 Litanies B. M. V. si bémol (1771) – K. 125 Litanies Saint-Sacrement si bémol (1772) – K. 195 Litanies B. M. V. ré (1774) – K. 243 Litanies Saint-Sacrement mi bémol (1776) – K. 321 Vêpres Dimanche (1779) – K. 339 Vêpres Confesseur (1780).

Œuvres isolées et motets

K. 33 *Kyrie* (1766) – K. 34 Offert. *Scande coeli* (1766) – K. 44 *Cibavit eos* (1770) – K. 47 Offert. *Veni sancte Spiritus* (1768) – K. 117 *Benedictus* (1768) – K. 141 *Te Deum* (1769) – K. 89 *Kyrie* V sopr. (1770 ou 1772) – K. 86 *Quaerite primum* (1770) – K. 72 Offert. *Inter natos mulierum* (1770) – K. 85 *Miserere* fa mineur (1770) – K. 143 *Ergo interest* (1770) – K. 90 *Kyrie* ré mineur (1771) – K. 108 *Regina Coeli* (1771) – K. 127 *Regina Coeli* (1772) – K. 165 *Exsultate, jubilate* (1773) – K. 233 *Osanna* (1773) – K. 198 *Sub tuum praesidium* (1774) – K. 222 *Misericordias* (1775) – K. 260 *Venite populi* (1776) – K. 273 *Sancta Maria* (1777) – K. 277 *Alma Dei creatoris* (1777) – K. 322 *Kyrie* (1778) – K. 276 *Regina coeli* (1779) – K. 341 *Kyrie* ré mineur (1787/1791) – K. 618 *Ave verum* (1791).

1. Ré = ré majeur. Seul le mode mineur est explicité. Ex. sol mineur. La datation retenue est celle du Catalogue *Köchel K V 6* de 1964, avec les corrections apportées par Alan Tyson (1991).

Oratorios

K. 35 *Die Schuldigkeit des 1. Gebotes* (1766) – K. 42 *Grabmusik* (1767) – K. 118 *La Betulia liberata* (1771) – K. 469 *Davidde penitente* (1785).

Œuvres maçonniques

Marches. K. 410 Adagio (1782) – K. 411 Adagio (1782) – K. 477 *Marche funèbre* (1785) – K. 440c Adagio (1787).

Lieder. K. 53 *An die Freude* (1768) – K. 148 *O heiliges Band* (1772) – K. 468 *Die Gesellenreise* (1785).

Cantates. K. 429 *Dir, Seele des Weltalls* (1785) – K. 471 *Die Maurerfreude* (1785) – K. 483 *Zerfliesset* (1785) – K. 484 *Ihr, unsere neuen Leiter* (1785) – K. 619 *Die ihr unermesslischen* (1791) – K. 623 *Laut verkünde* (1791) – K. 623a *Lasst uns* (1791).

Œuvres scéniques. K. 345 *Thamos* (1773, 1779) – K. 620 *Die Zauberflöte* (1791).

Opéras

K. 38 *Apollo et Hyacinthus* (1767) – K. 50 *Bastien und Bastienne* (1768) – K. 51 *La Finta Semplice* (1768) – K. 87 *Mitridate* (1770) – K. 111 *Ascanio in Alba* (1771) – K. 126 *Il Sogno di Scipione* (1772) – K. 135 *Lucio Silla* (1772) – K. 196 *La Finta Giardiniera* (1774-75) – K. 208 *Il Rè pastore* (1775) – K. 344 *Zaïde* (1779-80) – K. 366 *Idomeneo* (1780-81) – K. 384 *Die Entführung aus dem Serail* (1781-82) – K. 422 *L'Oca del Cairo* (1783) – K. 430 *Lo Sposo deluso* (1783) – K. 486 *Der Schauspieldirektor* (1786) – K. 492 *Le Nozze di Figaro* (1786) – K. 527 *Don Giovanni* (1787) – K. 588 *Così fan tutte* (1789-90) – K. 620 *Die Zauberflöte* (1791) – K. 621 *La Clemenza di Tito* (1791).

Airs de concert

K. 21 (ténor) *Va, dal furor portata* (1765) – K. 23 (soprano) *Conservati fedele* (1765) – K. 36 (t.) *Or che il dover* (1766) – K. 70 (s.) *À Berenice* (1769) – K. 71 (t.) *Ah, più tremar* (1769) – K. 77 (s.) *Misero me* (1770) – K. 78 (s.) *Per pietà* (1770) – K. 79 (s.) *O temerario Arbace* (1770) – K. 82 (s.) *Se ardir* (1770) – K. 83 (s.) *Se tutti i mali* (1770) – K. 88 (s.) *Fra cento affanni* (1770) – K. 209 (t.) *Si mostra la sorte* (1775) – K. 210 (t.) *Con ossequio* (1775) – K. 217 (s.) *Voi avete un cor fedele* (1775) – K. 255 (alto) *Ombra felice* (1776) – K. 256 (t.) *Clarice* (1776) – K. 272 (s.) *Ah, lo previdi* (1777) – K. 294 (s.) *Alcandro, lo confesso* (1778) – K. 295 (t.) *Se al labbro* (1778) – K. 368 (s.) *Ma, che vi fece* (1778) – K. 316 (s.) *Popoli di Tessaglia* (1778-79) – K. 369 (s.) *Misera, dove son* (1781) – K. 374 (s.) *A questo seno* (1781) – K. 440 (s.) *In te spero* (1782) – K. 383 (s.) *Nehmt meinen Dank* (1782) – K. 178 (s.) *Ah spiegarti* (1783) – K. 416 (s.) *Mia speranza* (1783) – K. 418 (s.) *Vorrei spiegarvi* (1783) – K. 419 (s.) *No, che non sei capace* (1783) – K. 420 (t.) *Per pietà* (1783) – K. 431 (t.) *Misero, o sogno* (1783) – K. 432 (basse) *Cosi dunque* (1783) – K. 433 (b.) *Männer suchen* (1783) – K. 490 (b.) *Non più*

(1786) – K. 505 (s.) *Ch'io mi scordi di te ?* (1786) – K. 512 (b.) *Alcandro, lo confesso* (1787) – K. 513 (b.) *Mentre ti lascio* (1787) – K. 528 (s.) *Bella mia fiamma* (1787) – K. 538 (s.) *Ah se in ciel* (1788) – K. 539 (b.) *Ich möchte wohl der Kaiser sein* (1788) – K. 541 (b.) *Un bacio di mano* (1788) – K. 577 (s.) *Al desio* (1789) – K. 578 (s.) *Alma grande* (1789) – K. 579 (s.) *Un moto di gioia* (1789) – K. 580 (s.) *Schon lacht* (1789) – K. 582 (s.) *Chi sà, chi sà* (1789) – K. 583 (s.) *Vado, ma dove ?* (1789) – K. 584 (b.) *Rivolgete a lui* (1789) – K. 612 (b.) *Per questa bella mano* (1791) – K. 621a (b.) *Io te lascio* (1791).

Chants avec clavier (lieder)

K. 152 *Ridente la calma* (1775) – K. 307 *Oiseaux, si tous les ans* (1777) – K. 308 *Dans un bois solitaire* (1777-78) – K. 349 *Die Zufriedenheit* (1780-81) – K. 351 *Komm, libe Zither* (1780-81) – K. 390 *An die Hoffnung* (1780) – K. 391 *An die Einsamkeit* (1780) – K. 392 *Verdankt* (1785) – K. 472 *Der Zauberer* (1785) – K. 473 *Wie sanft* (1785) – K. 574 *Die Betrogene Welt* (1785) – K. 476 *Das Veilchen* (1785) – K. 506 *Lied der Freiheit* (1785) – K. 517 *Die Alte* (1787) – K. 518 *Die Verschweigung* (1787) – K. 519 *Lied der Trennung* (1787) – K. 520 *Als Luise* (1787) – K. 523 *Abendempfindung* (1787) – K. 524 *An Chloé* (1787) – K. 529 *Des Kleinen Friedrichs Geburtstag* (1787) – K. 530 *Das Traumbild* (1787) – K. 531 *Die Kleine Spinnerin* (1787) – K. 552 *Auszug in das Feld* (1788) – K. 596 *Komm, lieber Mai* (1791) – K. 597 *Frühlings Anfang* (1791) – K. 598 *Wir Kinder* (1791).

Chants à plusieurs voix

K. 20 *God is our Refuge* (1765) – K. 479 Quatuor : *Dite almeno* (1785) – K. 480 Trio : *Mandina amabile* (1785) – K. 483 Chœur : *Zerfliesset* (1785) – K. 441 Trio : *Das Bandel* (1786) – K. 346 Notturno : *Luci care* (1787) – K. 436 *Ecco quel fiero istante* (1787) – K. 437 *Mi lagnero* (1787) – K. 438 *Se lontan* (1787) – K. 439 *Due pupille* (1787) – K. 532 Trio : *Grazie agl'inganni* (1787) – K. 549 Trio : *Più non si trovano* (1788) – K. 571a Quatuor : *Caro mio Druck und Schluck* (1789).

Canons

K. 89 *Kyrie* (1770 ou 72) – K. 229 *Sie ist dahin* (1782) – K. 230 *Selig alle* (1782) – K. 231 *Leck'mich im Arsch* (1782) – K. 233 *Leck mir den Arsch* (1782) – K. 234 *Bei der Hitz* (1782) – K. 347 *Lasst uns ziehen* (1782) – K. 507 *Heiterkeit* (1786) – K. 508 *Auf das Wohl* (1786) – K. 228 *Ach, zu kurz* (1787) – K. 232 *Lieber Freistädtler* (1787) – K. 553 *Alleluia* (1788) – K. 554 *Ave Maria* (1788) – K. 555 *Lacrimoso* (1788) – K. 556 *G'rechtelt's enk* (1788) – K. 557 *Nascoso* (1788) – K. 558 *Gehn wir im Prater* (1788) – K. 559 *Difficile lectu* (1788) – K. 560 *O du eselhafter Martin* (1788) – K. 561 *Bona Nox* (1788) – K. 562 *Caro bell'idol mio* (1788).

Symphonies

K. 16 mi bémol (1764) – K. 19 ré (1765) – K. 22 si bémol (1765) – K. 43 fa (1767) – K. 45 ré (1768) – K. 48 ré (1768) – K. 73 do (1769-70) – K. 74 sol (1770) – K. 84 ré (1770) – K. 95 ré (1770) – K. 97 ré (1770) – K. 75 fa (1771) – K. 76 fa (1771) – K. 96 do (1771) – K. 110 sol (1771) – K. 112 fa (1771) – K. 114 la (1771) – K. 124 sol (1772) – K. 128 do (1772) – K. 129 sol (1772) – K. 130 fa (1772) – K. 132 mi bémol (1772) – K. 133 ré (1772) – K. 134 la (1772) – K. 161 et 163 ré (1773) – K. 162 do (1773) – K. 181 ré (1773) – K. 182 si bémol (1773) – K. 184 mi bémol (1773) – K. 183 sol mineur (1773) – K. 199 sol (1773) – K. 201 la (mars 1774) – K. 200 do (novembre 1774) – K. 202 ré (1774) – K. 297 *(Paris)* ré (1778) – K. 318 sol (1779) – K. 319 si bémol (1779) – K. 338 do (1780) – K. 385 *(Haffner)* ré (1782) – K. 426 *(Linz)* do (1783) – K. 444 (Introduction à une symphonie de Michel Haydn) sol (1783) – K. 504 *(Prague)* ré (déc. 1786) – K. 543 mi bémol (1788) – K. 550 sol mineur (1788) – K. 551 *(Jupiter)* do (1788).

Marches

K. 189 ré (1773) – K. 290 ré (1773) – K. 237 ré (1774) – K. 214 do (1775) – K. 248 fa (1776) – K. 249 ré (1776) – K. 335 ré (1779) – K. 445 ré (1779) – K. 408 do (1782) – K. 544 ré (1788).

Sérénades et divertissements

1. Cordes seules :

K. 136 Div. ré (1772) – K. 137 Div. si bémol (1772) – K. 138 Div. fa (1772) – K. 525 *Eine kleine Nachtmusik* (1787).

2. Cordes et vents :

K. 32 *Galimathias musicum* (1766) – K. 62 Cassation ré (1769) – K. 63 Cassation sol (1769) – K. 99 Cassation si bémol (1769) – K. 100 Sér. ré (1769) – K. 113 Div. mi bémol (1771) – K. 131 Div. ré (1772) – K. 185 Sér. ré (1773) – K. 205 Div. ré (1773) – K. 239 Sér. ré (1773) – K. 203 Sér. ré (1774) – K. 204 Sér. ré (1775) – K. 247 Div. fa (1776) – K. 250 Sér. ré (1776) – K. 251 Div. ré (1776) – K. 286 Notturno ré (1776) – K. 288 Div. fa (1776) – K. 287 Div. si bémol (1777) – K. 320 Sér. ré (1779) – K. 334 Div. ré (1779) – K. 522 *Ein Musikalischer Spass* (1787).

3. Vents seuls :

K. 166 Div. mi (1773) – K. 186 Div. si bémol (1773) – K. 188 Div. do (1775) – K. 213 Div. fa (1775) – K. 240 Div. si bémol (1776) – K. 254 Div. mi bémol (1776) – K. 253 Div. fa (1776) – K. 270 Div. si bémol (1777) – K. 289 Div. mi bémol (1777) – K. 361 Sér. si bémol *(Gran Partita XIII)* (1781) – K. 375 Sér. mi bémol (1782) – K. 388 Sér. do mineur (1782).

Danses

K. 64 Menuet ré (1769) – K. 94 Menuet ré (1770) – K. 103 XIX Menuets (1769) – K. 104 VI Menuets (1769) – K. 105 VI Menuets (1769) – K. 122 Menuet (1770) – K. 164 VI Menuets (1772) – K. 176 XVI Menuets (1773) – K. 101 Contredanse (1776) – K 267 IV Contredanses (1777) – K. 363 III Menuets (1780) – K. 461 V Menuets (1784) – K. 462 VI Contredanses (1784) – K. 463 II Menuets (1784) – K. 509 VI Allemandes (1787) – K. 534 Contredanse *(L'Orage)* (1788) – K. 535 Contredanse *(La Bataille)* (1788) – K. 536 VI Allemandes (1788) – K. 565 II Contredanses (1788) – K. 567 VI Allemandes (1788) – K. 568 XII Menuets (1788) – K. 571 VI Allemandes (1789) – K. 585 XII Menuets (1789) – K. 566 XII Allemandes (1789) – K. 587 Contredanse (1789) – K. 106 III Contredanses (1790) – K. 599 VI Menuets (1791) – K. 600 VI Allemandes (1791) – K. 601 IV Menuets (1791) – K. 602 IV Allemandes (1791) – K. 603 II Contredanses (1791) – K. 604 II Menuets (1791) – K. 605 III Allemandes (1791) – K. 606 VI Ländler (1791) – K. 607 Contredanse (1791) – K. 609 V Contredanses (1791) – K. 610 Contredanse *(Les Filles malicieuses)* (1791) – K. 611 Allemande *(Die Leyerer)* (1791).

Concertos pour piano

K. 37, 39, 40, 45, 107 (d'après des Sonates de J.-Chr. Bach, Schobert, etc.) (1767 à 1772) – K. 175 ré (1773) – K. 238 si bémol (1776) – K. 242 (III claviers) fa (1776) – K. 246 do (1776) – K. 271 *(Jeunehomme)* mi bémol (1777) – K 365 (II claviers) mi bémol (1779) – K. 413 fa (1782) – K. 414 la (1782) – K. 415 do (1782) – K. 449 mi bémol (1784) – K. 450 si bémol (1784) – K. 451 ré (1784) – K. 453 sol (1784) – K. 456 si bémol (1784) – K. 459 fa (1784) – K. 466 ré mineur (1785) – K. 467 do (1785) – K. 482 mi bémol (1785) – K. 488 la (1786) – K. 491 do mineur (1786) – K. 503 do (1786) – K. 537 *(Couronnement)* ré (1788) – K. 595 si bémol (1791).

Concertos divers

K. 190 Concertone (II vl.) do (1774) – K. 191 basson si bémol (1774) – K. 207 violon si bémol (1775) – K. 211 violon ré (1775) – K. 216 violon sol (1775) – K. 218 violon ré (1775) – K. 219 violon la (1775) – K. 261 Adagio violon mi (1776) – K. 299 flûte et harpe do (1778) – K. 313 flûte sol (1778) – K. 314 hautbois ou flûte ré (1778) – K. 315 Andante flûte do (1778) – K. 364 Symphonie concertante violon-alto mi bémol (1779) – K. 371 cor mi bémol (1781) – K. 373 Rondo violon fa (1781) – K. 412 cor ré (1782) – K. 417 cor mi bémol (1783) – K. 447 cor mi bémol (1783) – K. 495 cor mi bémol (1786) – K. 514 Rondo cor (1787) – K. 622 clarinette la (1791).

Sonates d'église (1767 à 1780)

K. 67 mi bémol – K. 68 si bémol – K. 69 ré – K. 144 ré – K. 145 fa – K. 212 si bémol – K. 224 fa – K. 225 la – K. 241 sol – K. 244 fa – K. 245 ré – K. 263 do – K. 274 sol – K. 278 do – K. 328 do – K. 329 do – K. 336 do.

Quintettes à cordes

K. 174 si bémol (1773) – K. 407 mi bémol (1782) – K. 406 do mineur (1787) – K. 515 do (1787) – K. 516 sol mineur (1787) – K. 593 ré (1790) – K. 614 mi bémol (1791).

Quintettes avec vents

K. 407 cor mi bémol (1782) – K. 452 piano, hautbois, clarinette, cor, basson mi bémol (1784) – K. 581 clarinette la (1789) – K. 617 Glassharmonica, flûte, hautbois, alto, violoncelle do mineur (1791).

Quatuors à cordes

K. 80 sol (1773-74).

VI Quatuors milanais (1772) : K. 155 ré – K. 156 sol – K. 157 do – K. 158 fa – K. 159 si bémol – K. 160 mi bémol – VI Quatuors (1773) : K. 168 fa – K. 169 la – K. 170 do – K. 171 mi bémol – K. 172 si bémol – K. 173 ré mineur.

VI Quatuors dédiés à Haydn : K. 387 sol (1782) – K. 421 ré mineur (1783) – K. 428 mi bémol (1783) – K. 458 si bémol (1784) – K. 464 la (1785) – K. 465 do (1785).

K. 499 *(Hoffmeister)* ré (1786).

III Quatuors prussiens : K. 575 ré (1789) – K. 589 si bémol (1790) – K. 590 fa (1790).

Quatuors divers

K. 285 flûte et cordes ré (1777) – K. 370 hautbois et cordes fa (1781) – K. 478 piano et cordes sol mineur (1785) – K. 493 piano et cordes mi bémol (1786).

Trios

K. 266 III cordes si bémol (1777) – K. 442 piano (1781) – K. 496 piano sol (1786) – K. 498 piano, alto, clarinette *(Kegelstatt)* mi bémol (1786) – K. 502 piano si bémol (1786) – K. 542 piano mi (1788) – K. 548 piano do (1788) – K. 564 piano sol (1788) – K. 563 III cordes sol (1788).

Duos

K. 423 violon, alto sol (1783) – K. 424 violon, alto si bémol (1783) – K. 487 vents (1786).

Sonates piano et violon

K. 6 à 15 Sonates (1763-64) – K. 26 à 31 Sonates (1766) – K. 296 do (1778) – K. 301 sol (1778) – K. 302 mi bémol (1778) – K. 303 do (1778) – K. 304 mi mineur (1778) – K. 305 la (1778) – K. 306 ré (1778) – K. 378 si bémol (1779) – K. 359 XII Variations : *La Bergère Célimène* (1781) – K. 360 VI Variations : *Hélas, j'ai perdu mon amant* (1781) – K. 376 Sonate fa (1781) – K. 377 fa (1781) – K. 379 sol (1781) – K. 384 mi bémol (1782) – K. 402 la (1782) – K. 403 do (1782) – K. 454 si bémol (1784) – K. 404 II Mouvements do (1785) – K. 481 mi bémol (1785) – K. 526 la (1787) – K. 547 fa (1788).

Sonates pour piano

K. 279 do (1774) – K. 280 fa (1774) – K. 281 si bémol (1774) – K. 282 mi bémol (1774) – K. 283 sol (1774) – K. 284 *(Dürnitz)* ré (1775) – K. 309 do (1777) – K. 311 ré (1777) – K. 310 la mineur (1778) – K. 330 do (1783) – K. 331 la (1783) – K. 332 fa (1783) – K. 333 si bémol (1783) – K. 457 do mineur (1784) – K. 533 fa (1788) et Rondo fa K. 494 (1786) – K. 545 S. *(facile)* do (1788) – K. 570 si bémol (1789) – K. 576 ré (1789) – K. 312 Allegro sol mineur (1790-91).

Fantaisies, rondos pour piano

K. 394 Prélude et fugue do (1782) – K. 397 Fantaisie ré mineur (1782) – K. 399 Suite do (1782) – K. 475 Fantaisie do mineur (1785) – K. 485 Rondo ré (1786) – K. 511 Rondo la mineur (1787) .

Deux claviers

K. 448 Sonate ré (1781) – K. 426 Fugue do mineur (1783).

Quatre mains

K. 381 Sonate ré (1772) – K. 358 Sonate si bémol (1774) – K. 357 Allegro sol (1786) – K. 497 Sonate fa (1786) – K. 501 V Variations sol (1786) – K. 521 Sonate do (1787).

Variations piano

K. 24 VIII Chant hollandais (1766)– K. 25 VII Wilhelm von Nassau (1766) – K. 180 Salieri (1773) – K. 179 XII Fischer (1774) – K. 264 IX *Lison dormait* (1778) – K. 265 XII *Ah, vous dirai-je, Maman* (1778) – K. 353 XII *La Belle Françoise* (1778)– K. 354 XII *Je suis Lindor* (1778) – K. 352 VIII *Mariages samnites* (1781) – K. 398 VI *Salve tu, Domine* (1783) – K. 455 X *Unser dummer Pöbel* (1784) – K. 460 VIII *Come un agnello* (1784) – K. 500 XII (1786) – K. 575 IX Menuet Duport (1789)– K. 613 VIII *Ein Weib* (1791).

Pièces isolées pour clavier

K. 1 à 5 Menuets (1761-62) – K. 15g Prélude (orgue) (1769) – K. 15ii Andantino (orgue) (1769) – K. 72a Veroneser Allegro (orgue) sol (1770) – K. 395 Capriccio do (1777) – K. 394 Prélude et fugue do (1782) – K. 401 Fugue sol mineur (1782) – K. 528a *Strahover Improvisation* (orgue) sol mineur (1787) – K. 540 Adagio si mineur (1788) – K. 574 Petite gigue sol (1789) – K. 355 Menuet ré (1789-90) – K. 394 Adagio (orgue mécanique) fa mineur (1790) – K. 608 Fantaisie (orgue méc.) fa mineur (1791) – K. 616 Andante (orgue méc.) fa (1791) – K. 356 Adagio Glassharmonica do (1791).

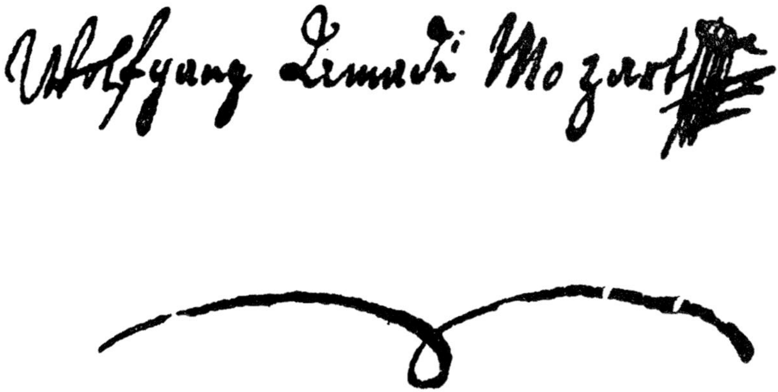

Anthologie de Poésie Musicale Pure

Cette liste n'est ni exhaustive ni exclusive. Cette anthologie est simplement proposée comme un exemple, entre autres, de celle que chaque mozartien pourra se constituer pour son propre compte.

K. 13 Sonate violon-piano fa. Andante.
K. 16 Symphonie mi bémol. Andante ut mineur.
K. 39 Concerto clavier. Andante (J. Schobert).
K. 100 Sérénade. 2e menuet, trio.
K. 109 Vêpres B. M. V. *Rosa mystica*.
K. 132 Symphonie. Menuet, trio.
K. 155 Quatuor. Finale, 2e intermède.
K. 156 Quatuor. Adagio.
K. 157 Quatuor. Andante.
K. 158 Quatuor. Andante.
K. 184 Symphonie mi bémol. Andante.
K. 183 Symphonie sol mineur. Andante.
K. 175 Concerto piano ré. Finale.
K. 201 Symphonie la.
K. 216 Concerto violon. Finale, pavane.
K. 246 Sextuor vents. Menuet, trio.
K. 253 Divertimento VI vents. Menuet, trio.
K. 259 Messe. *Benedictus*.
K. 261 Adagio violon. Partie centrale.
K. 271 Concerto piano *Jeunehomme*. Les cadences.
K. 265 Var. *(Ah, vous dirai-je, Maman)*. Minore.
K. 280 Sonate piano. Adagio.
K. 301 Sonate violon-piano. Finale, sicilienne.
K. 304 Sonate violon-piano mi mineur.
K. 320 Sérénade *(Posthorn)*. Andantino.
K. 332 Sonate piano. Allegro, 5e thème.
K. 334 Divertimento *(Robinig)*. Andante, var. V.
K. 337 Messe. *Benedictus*.
K. 353 Var. *La Belle Françoise*. Minore.
K. 355 Menuet ré (1790-91).
K. 356 Adagio Glassharmonica (1791).
K. 379 Sonate violon-piano. Allegro, andantino var. IV.
K. 380 Sonate violon-piano. Andante, menuet, rondo final.
K. 388 Sérénade VIII vents. Menuet, finale Var. VII.

K. 414 Concerto piano. Andante (trille lent).
K. 417 Concerto cor. Allegro, développement.
K. 425 Symphonie *(Linz)*. Menuet, trio.
K. 427 *Grande Messe* ut mineur. *Christe. – Qui tollis. – Quoniam. – Et incarnatus.*
K. 428 Quatuor. Andante, menuet, trio.
K. 447 Concerto cor. Romanze, finale, intermède mineur.
K. 452 Quintette piano-vents. Larghetto, développement.
K. 453 Concerto piano. Andante, fin.
K. 454 Sonate violon-piano. Finale, var. minore.
K. 465 Quatuor. Adagio initial, andante (fin).
K. 481 Sonate violon-piano. Adagio.
K. 488 Concerto piano. Allegro 3e thème, adagio (fin).
K. 493 Quatuor piano-cordes. Allegro, larghetto.
K. 494 Trio. Finale var. IV et V.
K. 502 Trio. Larghetto (centre).
K. 503 Concerto piano. Finale, mélodie en fa.
K. 511 Rondo. Coda.
K. 514 Concerto cor. Psaume.
K. 515 Quintette. Allegro, développement.
K. 516 Quintette. Adagio.
K. 517 Sonate violon-piano. Finale, var. minore.
K. 537 Concerto *(Couronnement)*. Larghetto.
K. 547 Sonate violon-piano. Finale, var. minore.
K. 563 Trio. Andante var. minore, finale.
K. 570 Sonate piano. Adagio.
K. 571 Danses allemandes. La VIe.
K. 574 Petite gigue.
K. 576 Sonate piano. Adagio, intermède minore.
K. 581 Quintette clarinette.
K. 590 Quatuor. Allegro, développement et coda.
K. 593 Quintette. Adagio et finale.
K. 595 Concerto piano. Larghetto.
K. 613 Variations. Dernière var.
K. 614 Quintette. Finale.
K. 617 Quintette avec harmonica.
K. 626 *Requiem. Recordare, Lacrymosa, Confutatis, Agnus Dei.*

Opéras

Apollo et Hyacinthus. Trio.
Mitridate. Pallid'ombre.
Lucio Silla. Scène des Tombeaux.
Finta Giardiniera. O Tirsis.
Idomeneo. La Voce.
Zaïde. Berceuse.
Sérail. O Engländer. – Was ist der Tod ? – Im Mohrenland.
Nozze di Figaro. L'ho perduto (Barberine). – *Deh vieni* (Suzanne). – Le pardon de la Comtesse.
Don Giovanni. Mort du Commandeur. – Trio des Masques. – Sextuor. – Airs de donna Anna. – *In quali eccessi* (Elvire).
Così fan tutte. Trio des adieux. – Le Toast.
Titus. Duo Annius et Servilia. – Récitatif Sextus (fin Acte I). – Aria de Servilia. – Aria de Vitellia et Chœur.
Zauberflöte. Duo *Mann und Weib.* – Glockenspiel. – Choral des Hommes armés. – *Tamino mei !*

Orientations discographiques

Discographie établie par Francis Drésel

Déjà surabondante, la discographie de Mozart s'est considérablement enrichie, lors de l'année du bicentenaire du compositeur, de multiples collections (nouveautés ou rééditions) et notamment l'*Édition complète Mozart* de Philips, une intégrale entrée au *Guiness Book* des records avec ses 180 CD rassemblés en 45 volumes. Principale difficulté désormais : l'embarras du choix. Aux versions traditionnelles se sont en effet ajoutées de nouvelles lectures, soucieuses d'intégrer les acquis de la musicologie, ainsi que nombre de gravures « historiques » dont la résurrection s'est trouvée singulièrement favorisée par l'essor du compact. Ce sont les enregistrements les plus caractéristiques des différents courants interprétatifs que nous avons retenus en priorité.

Les symphonies

Les intégrales

Les *Symphonies* enregistrées par Karl Böhm au cours des années soixante à Berlin (DG) constituent une somme magistrale, représentative de l'approche traditionnelle résultant de l'évolution des orchestres symphoniques depuis l'époque de Mozart : instruments modernes et nombreux. Précisons qu'à la fin de sa vie le chef autrichien a effectué des gravures plus accomplies encore des *Symphonies n°s 29, 35* et *38 à 41* à la tête du Philharmonique de Vienne (DG). Également à Vienne et pour le même éditeur, James Levine a signé une intégrale trop extérieure pour prétendre se substituer à la précédente. À l'opposé, se situe la réalisation de Christopher Hogwood, avec l'Academy of Ancient Music (L'Oiseau-Lyre, Decca) : exhaustive (plusieurs fragments et versions alternatives), elle replace les symphonies dans leur contexte historique en utilisant des instruments d'époque et les couleurs variées du style baroque. Une solution intermédiaire consiste à jouer sur instruments modernes, mais en effectifs réduits. Tel est le choix de Sir Neville Marriner dirigeant sa virtuose Academy of Saint

Martin in the Fields (Éd. Philips, vol. 1 et 2). Raffinées, les 31 symphonies de jeunesse bénéficient davantage de cette approche très lisse que les suivantes, réenregistrées néanmoins par le chef britannique pour EMI, sans réel changement de conception. On peut lui préférer la vivante intégrale de l'Orchestre de Chambre de Prague, dirigé par Mackerras (splendide prise de son : Telarc).

Les témoignages historiques

Ne se préoccupant ni d'intégrale ni de musicologie, les figures légendaires de la direction d'orchestre ont laissé des visions éminemment personnelles. Proposons un florilège : une fulgurante *33e Symphonie*, donnée en public par Erich Kleiber ; l'émouvante *Linz*, due à Fritz Busch (AS Disc) ; la souveraine *39e*, gravée par Weingartner ; la *40e* tragique, de Furtwängler (EMI) et la sobre *Jupiter* sous la baguette de Richard Strauss (DG). Parmi les premiers interprètes réguliers de Mozart, citons Beecham, d'une spiritualité inimitable (neuf *Symphonies* chez EMI), et surtout Bruno Walter, étonnamment souple et rapide en Europe avant la guerre (EMI), plus lyrique et méditatif lors de son exil américain (Sony).

Les références traditionnelles

Modèles inaltérables : le classicisme de Szell à Cleveland (Sony), l'évidence des phrasés de Fricsay (DG) et la grandeur majestueuse de Klemperer à la tête du Philharmonia (EMI). Plus près de nous, rappelons la splendeur du Philharmonique de Berlin de l'ère Karajan (à son apogée en 1976-1977, DG), l'engagement de Bernstein à Vienne (DG, sans oublier une exaltante *Linz* chez Decca) et les bouleversants enregistrements de Jochum retrouvant le Symphonique de Bamberg (Orfeo et Eurodisc). C'est également peu avant sa disparition que Josef Krips a communiqué son entrain au somptueux Concertgebouw d'Amsterdam (*Symphonies nos 21 à 41*, Philips). Actuellement, les continuateurs de l'approche « symphonique » se raréfient : Giulini et Abbado à Berlin (Sony) Wand à Hambourg (RCA) et Colin Davis qui poursuit sa superbe série entreprise en 1981 à Dresde (Philips).

Les nouvelles lectures

Inversement, fleurissent les réalisations musicologiques de valeur : Frans Brüggen et les instrumentistes de l'Orchestre du XVIIIe Siècle, enthousiasmants de vitalité et d'équilibre (Philips) ; Koopman, fort dynamique avec l'Orchestre Baroque d'Amsterdam, décevant toutefois dans les dernières *Symphonies* (Erato) ; et Gardiner, toujours vif et nuancé en compagnie des English Baroque Soloists (Philips). Harnoncourt se situe à part, allant très loin dans l'affirmation des contrastes et des accents, tirant d'incroyables sonorités du Concertgebouw ou de l'Orchestre de Chambre d'Europe, mais revenant à son Concentus Musicus de Vienne pour les *Symphonies* de jeunesse (Teldec).

Pièces diverses pour orchestre (sérénades, divertimentos...)

Les versions de la *Sérénade n° 13 « Petite Musique de nuit »* sont innombrables, de Bruno Walter (Sony) à Hogwood sur instruments anciens (L'Oiseau-Lyre). Parmi les autres sérénades, notons la *9ᵉ « Posthorn »* dirigée par Szell (Sony), la *7ᵉ « Haffner »* par Jochum (Eurodisc) et surtout les témoignages intemporels de la *10ᵉ « Gran Partita »* Furtwängler avec des instrumentistes viennois en état de grâce et Klemperer, d'une profondeur extrême (y compris dans la *11ᵉ Sérénade*, EMI). Brüggen offre la seule version récente d'une hauteur de vue comparable (Philips). Les *Divertimentos KV 287* et *334* nous font succomber aux sonorités berlinoises longuement cultivées par Karajan (enregistrements numériques DG, avec *Petite Musique de nuit* et *Serenata notturna*), tandis que les *KV 136* à *138 (Symphonies salzbourgeoises)* permettent d'apprécier la subtilité de Koopman (Erato). Pour les amateurs d'intégrales, trois cycles majeurs retiennent l'attention : le charme ineffable de Boskowsky, entraînant son Wiener Mozart Ensemble, convient autant aux *Divertimentos* et *Sérénades* (coffret de 8 CD, Decca) qu'aux *Danses* et *Marches* (Éd. Philips, vol. 6). Dans une optique radicalement différente, heurtée et volontiers théâtrale, Harnoncourt a enregistré la plupart des *Sérénades* avec diverses formations, dont la Staatskapelle de Dresde (Teldec). Mieux connu comme premier violon du Quatuor qui porte son nom, Sandor Vegh élabore peu à peu une série très complète d'une musicalité sans égale, avec l'appui de la remarquable Camerata Academica de Salzbourg (plus d'une dizaine de CD Capriccio).

Œuvres concertantes

Les concertos pour piano

À sa parution, l'intégrale de Daniel Barenboïm dirigeant du clavier l'English Chamber Orchestra (EMI) succéda avantageusement aux cycles de Geza Anda (un peu inégal) et de Lili Kraus (desservie par l'orchestre, à La Guilde comme chez CBS). Son équilibre et son naturel la rendent difficilement surpassable, mais la pureté classique et la légèreté de Murray Perahia, également avec l'English Chamber, séduisent tout autant (avec l'avantage d'une prise de son plus fine, Sony). Si Ashkenazy a pris trop de risques en s'accompagnant de l'imposant Philharmonia (Decca), les approfondissements personnels de Brendel se trouvent mis en valeur par le ravissant écrin tissé par Marriner (une intégrale exhaustive, Haebler jouant au pianoforte les 4 *Concertos de jeunesse* et Koopman les 3 *Concertos d'après J.-C. Bach* au clavecin, Éd. Philips, vol. 7). Les inconditionnels de pianoforte seront comblés par Immerseel et l'Ensemble Anima Eterna (Channel Classics). Une fois achevé, c'est pourtant le cycle d'Andras Schiff dialoguant avec la Camerata Academica, dirigée par Vegh (Decca), qui devrait rallier le plus de suffrages en raison de son charme et de son inventivité.

Lorsque la mode n'était pas aux intégrales, Fischer, Schnabel et Lipatti (le fameux *21ᵉ* avec Karajan) ont heureusement laissé de précieuses gravures isolées (EMI). Mais il faut aussi réécouter Casadesus, d'une clarté radieuse sous la conduite de Szell (Sony) et surtout Clara Haskil, à son zénith avec Fricsay dans les *KV 459* et *595* (DG). Enfin, l'on doit à Rudolf Serkin deux séries exceptionnelles : la première aux États-Unis (Sony), Schneider, Szell et Ormandy se révélant de merveilleux complices, parfois Marlboro (notamment pour un inégalé *Concerto pour deux pianos* avec son fils Peter) ; la seconde à Londres, plus curieusement sous la direction d'Abbado, pour livrer ses ultimes méditations (DG).

Les concertos pour violon

Deux intégrales irradiées de lumière : celle d'Isaac Stern en compagnie de Szell et de Schneider (Sony), généreusement complétée par la *Symphonie concertante pour violon et alto KV 364* et le *Trio KV 563* (Zukerman et Rose se joignant au violoniste) ; et celle de Josef Suk à Prague, comportant les deux *Concertos inachevés KV 268* et *271a* (Eurodisc). On peut leur confronter le grand classicisme de Grumiaux avec Davis (Philips) et d'Oïstrakh à Berlin (EMI). DG propose deux intégrales réalisées avec le Philharmonique de Berlin et pourtant très différentes : au confort trop prévisible de Perlman accompagné par Levine s'oppose l'imagination de Kremer que soutient Harnoncourt (excellente version de la *Symphonie concertante*). Gidon Kremer avait auparavant très bien réussi le *Concertone pour deux violons KV 190* (et le *3ᵉ Concerto*, RCA). Citons enfin les disques mémorables de Menuhin, unissant au *3ᵉ* les *Concertos n° 7* et *Adélaïde* (direction : Enesco et Monteux, EMI), ceux de Francescatti (CBS) et ceux, beaucoup plus récents, d'Augustin Dumay avec Krivine (destinés à constituer une nouvelle intégrale, EMI).

Les concertos pour instruments à vent

Pour un ensemble cohérent, il suffit de s'en remettre au volume 9 de l'édition Philips, où de célèbres solistes (le hautboïste Heinz Holliger, Jack Brimer à la clarinette...) rivalisent de virtuosité sous la direction de Marriner. Isolément, ce sont les 4 *Concertos pour cor* qui jouissent de la plus brillante discographie : impossible de départager l'aisance des cornistes britanniques (Dennis Brain avec Karajan, Alan Civil encadré par Klemperer, EMI), le ton magistral de Günter Högner et Böhm (DG) et le cor naturel de Baumann avec Harnoncourt (Teldec). La richesse du *Concerto pour clarinette* est admirablement traduite par Sabine Meyer (offrant de surcroît la *Symphonie concertante KV 297b*, magnifiée par la Staatskapelle de Dresde, EMI), mais les anciens disques de Léopold Wlach méritent d'être recherchés. Les partisans d'instruments d'époque apprécieront l'interprétation de Taillard avec le *Concerto Köln* (Capriccio), ainsi que les *Concertos pour flûte* que joue Frans Vester, sous la direction de Brüggen (RCA). Le *KV 313* figure aussi sur l'illustre disque du *Concerto pour flûte et harpe*, par Lily Laskine et Rampal (Erato).

La musique de chambre

Les quatuors

Deux intégrales des 23 *Quatuors à cordes* dominent : à la fine sensibilité des Amadeus (DG) s'oppose le rayonnement solaire du Quartetto Italiano (Éd. Philips, vol. 12). À deux reprises (Teldec, puis EMI), le Quatuor Berg a préféré s'en tenir aux dix grands *Quatuors (n°s 14* à *23)* : leur conception a mûri tout en conservant ses qualités de virtuosité et d'expressivité. Complémentaire, la gravure des *Quatuors n°s 1* à *13* due au jeune Quatuor Hagen (DG) procède d'une surprenante osmose entre modernité (dynamique) et éléments de style baroque. Très souvent enregistrés, les 6 *Quatuors dédiés à Haydn* (n^os^ *14* à *19*) offrent un large éventail d'interprétations possibles, de l'éclat du Quatuor de Budapest (début des années cinquante, Sony) aux instruments anciens du prometteur Quatuor Mosaïques (Astrée).

Plus faciles d'accès, les 4 *Quatuors pour flûte et cordes* ont favorisé une fructueuse rencontre entre Rampal, Stern, Accardo et Rostropovitch (CBS), meilleure version « moderne », à comparer aux subtiles demi-teintes baroques des frères Kuijken (Accent). Alternative similaire pour les 2 *Quatuors avec piano* : d'un côté Solti (effectuant un étonnant retour au clavier) avec trois membres du Quatuor Melos (Decca), Steier au pianoforte et l'Ensemble Les Adieux de l'autre (DHM). S'y ajoutent les gravures historiques de Curzon, avec les Amadeus (CD Decca comportant aussi le *Quintette avec cor* par Brain et le Quatuor Griller), et de Schnabel, uni au Quatuor Pro Arte pour le seul *KV 478* (couplé à trois *Quintettes*, EMI).

Les quintettes, trios et duos

Bien servis par le disque (Quatuor Juilliard, Quatuor Melos, Grumiaux...), les 6 *Quintettes à cordes* ont spécialement inspiré le Quatuor Amadeus (avec Aronowitz, DG) et le Quatuor de Budapest (réédition Sony comprenant le *Quintette pour clarinette*, par David Oppenheim). Ce *Quintette* KV 581 a donné lieu en outre à un CD de l'Academy of Ancient Music (Antony Pay à la clarinette de basset), exemplaire de sonorités d'époque, groupant le *Quintette avec cor* et le *Quatuor avec hautbois* (L'Oiseau-Lyre). Le *Quintette pour piano et vents* permet de retrouver Jos van Immerseel au pianoforte, en compagnie des Octophoros (Accent), mais Brendel converse à merveille avec de réputés souffleurs germaniques, une version reprise dans le volume 14 de l'édition Philips, du plus haut intérêt puisqu'il propose les *Quatuors* et *Trios avec piano* par le Beaux-Arts Trio, deux œuvres pour « glass harmonica » par Bruno Hoffman et le *Trio « des Quilles »* sous les doigts de Stephen Bishop et de Jack Brymer (en attendant la réédition de Willy et Alfred Boskowsky avec Panhoffer). Pour cet inépuisable chef-d'œuvre qu'est le *Divertimento en trio KV 563*, on peut privilégier le sublime dépouillement de Dumay, Caussé et Hoffman (EMI), les douces couleurs de L'Archibudelli (Sony « Vivarte ») et la pureté de Grumiaux, le grand violoniste jouant aussi les *Duos pour cordes* (Éd. Philips, vol. 13).

Grumiaux s'est encore illustré lors de deux disques de *Sonates pour violon et piano* avec l'irremplaçable Clara Haskil (Philips). Pour une intégrale de ces *Sonates*, l'on reviendra naturellement à Boskowsky et Kraus (auteurs de surcroît d'une intégrale des *Trios* avec Hübner, EMI) ; à moins de se contenter des *16 « Grandes »*, pour choisir l'épanouissement de Perlman et Barenboïm (DG) ou l'introspection de Goldberg avec Lupu (Decca). Elles sont également interprétées à ravir par Bogunia et Messiereur, premier violon du remarquable Quatuor Talich (Calliope).

Musique pour piano

Ces dernières années, les intégrales notables des *Sonates* (généralement assorties de quelques *Rondos* ou *Fantaisies*) se sont multipliées à un rythme effréné. En plus du piano cristallin de Gieseking (EMI) et de l'enthousiasme énergique de Lili Kraus (Sony), il faut dorénavant compter avec l'équilibre de Daniel Barenboïm (proposant un judicieux coffret de *Variations* en complément, EMI), la dimension et la densité de Claudio Arrau (Philips), la fraîcheur revigorante de Zacharias (EMI), la sagesse et la sensibilité de Schiff (Decca), l'originalité fascinante de Glenn Gould (Sony) et le pur miracle accompli par Maria Joao Pires (DG) parvenant à dépasser sa première intégrale, déja proche de l'idéal (Denon). Si l'on s'intéresse au pianoforte, il est passionnant de découvrir Lubimov (Erato) et de confronter Paul Badura-Skoda à lui-même (au piano chez Eurodisc, au pianoforte sous label Astrée). Peu de disques isolés ont résisté à un tel raz de marée, mais il serait dommage de négliger les rares *Sonates* gravées par Brendel ou par Sviatoslav Richter (Philips), ainsi que la réalisation de Schiff sur le pianoforte de la maison natale de Mozart (Decca). Le pianiste hongrois a également enregistré un agréable programme de pages diverses (*Variations KV 455* et *265* sur *« Ah, vous dirai-je, maman »*, *Andante KV 616*, *Adagios KV 356* et *540*...) à l'instar de Badura-Skoda chez Astrée (*KV 265* et *540*, *Adagio et Fugue KV 394*, *Marche funèbre KV 453a*...).

En ce qui concerne les pièces pour piano à quatre mains (ou deux pianos), la préférence revient toujours à Christian Ivaldi et Noël Lee (Arion), principalement en concurrence avec Eschenbach et Frantz (DG). Toutefois, la *Sonate pour deux pianos KV 448*, la plus heureuse, la plus chantante, reste celle de Malcolm Frager et Vladimir Ashkenazy (ce dernier complétant le CD Decca par les *8ᵉ* et *17ᵉ Sonates*).

Opéras

Les grands opéras (1781-1791)

Les trois opéras écrits sur des livrets de Lorenzo da Ponte (*Les Noces*, *Così* et *Don Giovanni*), *La Flûte enchantée* et *L'Enlèvement au sérail* se partagent les faveurs des éditeurs. Pour respecter la chronologie, il convient de leur joindre *Idoménée* et *La Clémence de Titus* (dont la grandeur semble enfin admise), *Le Directeur de théâtre*, ainsi que les fragments de deux ouvrages inachevés – *Lo Sposo deluso* et *L'Oca del Cairo* – gravés respectivement par Colin Davis et Peter Schreier (Éd. Philips, vol. 39).

Interprétations historiques

Il s'agit essentiellement de versions où règne une réelle complicité entre les exécutants : par exemple au Festival de Glyndebourne dans les années trente, sous la direction de Frit Busch. La progression dramatique de *Così fan tutte* surprend par sa modernité et *Don Giovanni* demeure inégalé pour son équilibre entre gravité et théâtralité (EMI). *Don Giovanni* a aussi été profondément marqué, à Salzbourg, par le dramatisme grandiose de Furtwängler (1954, EMI) et les foudroyants excès de Mitropoulos (1956, Arkadia). Autres équipes admirables : celles d'Aix-en-Provence, sous l'impulsion fervente de Rosbaud. Mention spéciale aux *Noces de Figaro* de juillet 1955 (EMI) ; mais le génie d'Erich Kleiber, à Vienne, donne une autre dimension à la « folle journée » que partagent Siepi, della Casa et Danco (Decca). Avec pratiquement les mêmes solistes, Krips enregistra en 1955 un remarquable *Don Giovanni* (Decca), à garder précieusement auprès de ses deux gravures, pleines d'humour, de *L'Enlèvement au sérail* (EMI et Decca). Plus séduisant encore s'avère *L'Enlèvement* diaphane de Beecham (1956, EMI), véritable magicien lors d'une inégalable *Flûte enchantée* berlinoise de 1937 (EMI). Pour l'irrésistible mouvement de l'orchestre, il faut aussi connaître la *Flûte* de Fricsay en 1954 (DG). Le chef hongrois pâtit de distributions hétéroclites dans ses autres témoignages, exception faite d'*Idoménée* en public en 1961 (Melodram), l'une des rares interprétations pouvant rivaliser avec celle de Pritchard à Glyndebourne (EMI, 1956). La notion d'équipe se retrouve dans les trois gravures triomphales de Karajan au début des années cinquante (EMI) : *La Flûte enchantée* (sans dialogues), *Les Noces de Figaro* (sans récitatifs) et *Così fan tutte* (le Philharmonia se substituant au Philharmonique de Vienne) restent incontournables pour leur vivacité étourdissante et leur perfection d'ensemble comme de chaque soliste (Schwarzkopf, Seefried, Kunz, London…). Le miracle ne s'est malheureusement pas reproduit lors des enregistrements ultérieurs du maestro autrichien, hormis de grisantes *Noces* à Vienne en 1978 (Decca).

Références traditionnelles (récentes)

Après avoir signé une *Flûte* (Decca) et deux *Così* (Decca, EMI), Karl Böhm réalisa pour DG un vaste cycle de très haute tenue. La maîtrise du chef est incontestable, mais il manque à ses chanteurs l'« italianità » qui sied à la plupart des rôles mozartiens. On peut lui comparer les cycles de Solti (Decca), plus spectaculaire, et de Colin Davis (Philips) avec des solistes parfois inattendus (Caballé en Fiordiligi). Ajoutons, sous label EMI, les fort belles lectures de Haitink (irréprochables sans enthousiasmer) et la trilogie Da Ponte due à Riccardo Muti, faisant briller le Philharmonique de Vienne et les distributions de Salzbourg.

Naturellement, d'exceptionnelles réussites se détachent. Pour les *Noces*, on choisira entre l'esthétique contemplative de Böhm (avec Janowitz) et la fougue méditerranéenne de Muti. La tension dramatique de Solti a récemment révélé un nouvel aspect de *L'Enlèvement au sérail*, mais n'efface pas le souvenir de Jochum (DG). Georg Solti force également l'admiration dans sa luxueuse première *Flûte*, dénuée toutefois de la profondeur de Böhm, en parfaite entente avec Fischer-Dieskau et Wunderlich (en prime, un réjouissant *Directeur de théâtre*). De toute beauté, *La Clémence de Titus* dirigée par Davis offre une alternative à l'interprétation rayonnante de Kertesz (insurpassable trio de Berganza, Popp et Fassbaender, Decca). Pour *Don Giovanni*, l'on se tournera vers Giulini (EMI), proche de la perfection et plus convaincant que dans les *Noces*. Cas particulier : Klemperer à la tête du Philharmonia (EMI). Si *La Flûte enchantée* (1964) est de nature à combler ceux qui voient en cette œuvre un oratorio, les trois Da Ponte font partie des ultimes prestations du chef, adoptant alors des tempos d'une lenteur suffocante. Vision granitique, d'une lucidité désespérée… inestimable document sur cet immense interprète, mais Mozart est loin.

Les nouvelles approches

Les difficultés spécifiques à l'opéra expliquent des succès mitigés : Östman, imaginatif dans la trilogie Da Ponte (L'Oiseau-Lyre), et Norrington (*La Flûte*, EMI). En revanche, à la suite d'un *Idoménée* discutable, Gardiner a su restituer impeccablement le dramatisme de *L'Enlèvement* et de *La Clémence de Titus* (Archiv). Toujours à part, Harnoncourt (Teldec) renouvelle le discours, même quand il dispose d'orchestres modernes (le Concertgebouw ou Zurich) : perception aiguë du drame, théâtralité (jamais gratuite), goût immodéré pour les surprises… son esthétique dérange, mais chaque œuvre prend enfin son entière signification. Comme dans les *Symphonies*, il rejoint son Concertus Musicus avec un égal bonheur pour les pages de jeunesse : *Lucio Silla* et *La Finta Giardiniera*.

Les opéras de jeunesse

Saluons d'emblée le scrupuleux travail de Leopold Hager et du Mozarteum de Salzbourg. Plusieurs de leurs anciens enregistrements (BASF ou DG) sont repris dans l'édition Philips ; et l'on ne trouve pas mieux pour *Ascanio in Alba*, *Mitridate* et *Le Songe de Scipion*. De même pour *La Finta Semplice* et *Zaïde*, mais chez Orfeo, puisque Philips propose de décevantes versions (Schreier et Klee). En revanche, pour *Apollo et Hyacinthus*, la palme revient sans conteste à Gerhard Schmidt-Gaden entouré du Chœur d'enfants de Tölz (Pavane). Les Petits Chanteurs de Vienne se réservent *Bastien et Bastienne*, sous la direction de Uwe Christian Harrer (Philips, vol. 27), avec davantage de sincérité que Gruberova accompagnée par Leppard (Sony). Méconnu, *Il Re Pastore* donne enfin la possibilité à Marriner de convaincre dans un ouvrage lyrique (Philips, vol. 35). Concernant *Lucio Silla* et *La Finta Giardiniera*, les représentations ludiques et vivantes de Sylvain Cambreling à la Monnaie de Bruxelles (Ricercar) supportent vaillamment la comparaison avec celles, déjà signalées, de Nikolaus Harnoncourt. Enfin, si l'on désire écouter la version *Singspiel* de « *Die Gartnerin aus Liebe* », la (trop) sérieuse lecture de Schmidt-Isserstedt s'impose (Philips vol. 34).

Airs et lieder

Trois récitals d'*Airs* extraits d'*Opéras* sont particulièrement tentants : en premier lieu, intemporel, le disque d'Elisabeth Schwarzkopf accompagnée par Pritchard (mais aussi par Karajan et Krips), avec des nuances, une faculté d'expression et une ligne musicale hors d'atteinte (EMI). Le timbre de Kiri Te Kanawa (le Symphonique de Londres étant admirablement dirigé par Davis, Philips) et la perfection stylistique de Berganza (Decca) s'écoutent cependant avec non moins de plaisir. Deux intégrales des *Airs de concert* et *Scènes dramatiques* ont été constituées. Chez Decca, les moments forts tiennent à la présence de Te Kanawa et Berganza (encore), ainsi que d'Edita Gruberova et de Fischer-Dieskau, tandis que le ténor (Winbergh) et la basse (Corena) déçoivent. Le volume 23 de l'édition Philips présente aussi des solistes inégaux (dominés par Lucia Popp), mais a l'avantage d'être très complet, ce qui autorise la découverte de rares *Airs de substitution, Variantes ornées, Canons* et autres *Ensembles vocaux*.

Isolément, on recherchera les enregistrements de Stich-Randall, le fameux disque du ténor Josef Réti, d'une rare plénitude (Hungaroton) et le récent récital éblouissant de Gruberova qu'accompagne Harnoncourt en public (Teldec).

Notons trois réalisations marquantes dans le domaine du *Lied* (et des *Mélodies*) : Schwarzkopf toujours, les illustres *Lieder* gravés avec Gieseking étant logiquement couplés à des *Airs de concert* dirigés par Szell (EMI). Mais on apprécie également la grâce spontanée de Barbara Bonney, efficacement soutenue par Geoffrey Parsons (Teldec) et la délicatesse de Barbara Schlick, imaginative et encadrée avec beaucoup d'attention par Tini Mathot au pianoforte (Erato). Enfin, il faut nécessairement se procurer le coffret Sony rendant hommage à Bruno Walter, le chef accompagnant Lily Pons, Eleanor Steber, Ezio Pinza et George London dans divers *Airs* ; dirigeant le *Requiem* (version new-yorkaise célébrissime et sans doute inégalable).

Musique sacrée

Requiem, messes, vêpres et litanies.

Aucune des deux tentatives d'intégrale ne s'avère vraiment convaincante, qu'il s'agisse des volumes 19 et 20 de l'édition Philips (avec de touchantes interventions des Wiener Sängerknaben dirigés par Harrer, mais une regrettable prédominance de Herbert Kegel), ou des parutions successives du Collegium Cartusianum placé sous la direction de Peter Neumann (avec davantage de souci musicologique, EMI « Reflexe »). Le maître d'œuvre le plus enthousiasmant d'une réalisation d'envergure (déja six CD Teldec) s'appelle une fois encore Nikolaus Harnoncourt, avec ses options souvent choquantes (délibérément), des solistes parfois contestables, mais un souffle, une inspiration, une énergie et en même temps une attention au sens de chaque détail (jusque dans les pages de jeunesse, comme la *Missa « Dominicus » KV 66*) qui rendent dérisoires les dernières réticences. Si l'on recherche cependant une conception moins extrémiste, Gardiner s'impose dans le *Requiem* et dans la *Grande Messe en ut mineur* (Philips). De ce chef-d'œuvre inachevé, également très bien interprété par Leppard (EMI), Philippe Herreweghe a donné avec l'Orchestre des Champs-Elysées une version ample et grave, rappelant en un sens les visions romantiques (Harmonia Mundi). Il n'est d'ailleurs nullement interdit de céder à l'émotion en réécoutant Böhm, Karajan (lors de sa deuxième gravure, en 1975, DG « Galleria ») et bien sûr Bruno Walter (Sony) dans le *Requiem ;* Bernstein dans l'une de ses dernières apparitions pour la *Messe en ut mineur* (ainsi que l'*Ave verum corpus KV 618* et l'*Exsultate Jubilate* par Arleen Auger, DG), Abbado dans la *Messe « de l'Orphelinat »* (DG) et Jochum dans la *Messe « du Couronnement »* (avec les *Vêpres d'un Confesseur KV 339*, EMI).

Oratorios, cantates, musique maçonnique

On retrouve Leopold Hager pour *La Betulia liberata*, dans le volume 22 de l'édition Philips, qui permet surtout de découvrir *Die Schuldigkeit des ersten Gebots* sous la direction de Marriner (à Stuttgart). Pour ce curieux travestissement de la *Messe en ut mineur* qu'est *Davidde Penitente KV 469*, la version sincèrement recueillie de La Petite Bande, dirigée par Sigiswald Ruijken, se recommande sans hésitation (DHM). Enfin, le disque d'Istvan Kertesz, comprenant notamment les *Cantates KV 429, 471, 619* et 623, donne un panorama complet et homogène des pages d'inspiration maçonnique (Decca « Serenata »), sans dispenser de chercher les interprétations d'exception de la poignante *Ode funèbre* (Fricsay, Walter et Klemperer).

Sélection discographique

Versions de référence de J.-V. Hocquard

Symphonies Christopher Hogwood (sept albums)
Sérénades à cordes Willy Boskovsky
Quatuors à cordes Quatuors de Budapest, Italien, Alban Berg
Quintettes à cordes Quatuor de Budapest
Trios Trio di Bolzano
Quintette clarinette K. 581 Antoine de Bavier et Quatuor italien
Sonates violon-piano Radu Lupu et Szymon Goldberg
Piano solo Wanda Landowska, K. 282, 283, 311, 333, 511, 355. – Emil Gilels, K. 281, 310, 397, 398. – Gieseking, Intégrale
Piano quatre mains P. Badura-Skoda et J. Demus
Concertos piano Edwin Fischer, K. 453, 466, 482, 491. – Clara Haskil, K. 459, 488. – Wanda Landowska, K. 537. – Barenboim, Intégrale
Concertos violon W. Schneiderhahn, K. 216, 218, 219
Concertos cor Hermann Baumann
Concerto clarinette Anthony Pay et Chr. Hogwood
Danses allemandes Willy Boskovsky
Airs de concert Ingebor Hallstein, Gundula Janowitz, Teresa Stich-Randall, Jozsef Reti
Lieder Irmgard Seefried, Elisabeth Schwarzkopf
Musique maçonnique H. Cuénot et G. Souzay
Messes. K. 139, Claudio Abbado. – K. 317, Karl Ristenpart (T. Stich-Randall). – K. 427, Rudolf Moralt (T. Stich-Randall)
Requiem Josef Krips. – G. Celibidache (versions pirates 1968, 1986)

Opéras

Mitridate Leopold Hager
Lucio Silla Leopold Hager
La Finta Giardiniera Leopold Hager
Enlèvement au Sérail Josef Krips, Thomas Beecham
Figaro Karajan (I. Seefried)
Don Giovanni Fr. Busch (Glyndebourne) Rosbaud (Aix)
Così fan tutte Karajan
La Flûte enchantée W. Furtwängler (1951), repris par Karajan (1952)

BIBLIOGRAPHIE SÉLECTIVE

Abert, Hermann, *W. A. Mozart*, Leipzig, Breitkopf & Härtel, 1919-1921, 7e éd. 1955, 3 vol.

Barth, Karl, *Wolfgang Amadeus Mozart*, Genève, Labor et Fides, 1956, trad. fr.

Einstein, A., *Mozart, l'homme et l'œuvre*, New York, Desclée de Brouwer, 1945, trad. fr.

Fischer, Edwin, *Considérations sur la musique*, 1951.

Gheon, Henri, *Promenades avec Mozart*, Desclée, 1932.

Girdlestone, C.-M., *W. A. Mozart et ses concertos pour le piano*, Desclée, 1932.

Henry, Jacques, *Mozart, frère maçon*, Alinéa, 1991.

Hildesheimer, Wolfgang, *Mozart*, J.-C. Lattès, 1979.

Hocquard, Jean-Victor, *La Pensée de Mozart*, Éd. du Seuil, 1958.
« Les grands opéras de Mozart », Éd. Aubier-Montaigne
Don Giovanni, 1978
Così fan tutte, 1978
Les Noces de Figaro, 1978
La Flûte enchantée, 1979
L'Enlèvement au Sérail, 1980
Idoménée, 1982
« La Clémence de Titus » et Opéras de jeunesse, 1986.
Les Airs de concert, Séguier.
Mozart, l'Amour, la Mort, Éd. J.-C. Lattès, 1992.
Mozart de l'ombre à la lumière, Éd. J.-C. Lattès, 1993.
En préparation :
Florilège mozartien.
Mozart, musique de vérité.

Jouve, Pierre Jean, *Le « Don Juan » de Mozart*, Plon, 1968.

Landon, H. C. Robbins, *L'Âge d'or de la musique à Vienne 1781-1791*, J.-Cl. Lattès, 1989.

Massin, Jean et Brigitte, *Wolfgang Amadeus Mozart,* Fayard, 1956 ; rééd. 1991.

Massin, Brigitte, *Mozart, le Bonheur de l'Europe,* Plon, 1991.

Messiaen, Olivier, *Les Vingt-Deux Concertos pour piano,* Séguier, 1988.

Mozart, *Correspondance,* Flammarion, 1986 (trad. Geneviève Geoffroy).

Nys, Carl de, *La Musique religieuse de Mozart,* PUF, « Que sais-je ? », 1982 ; rééd. 1991.

Oulibicheff, Alexandre, *Nouvelle Biographie de Mozart,* Moscou, 1843 ; rééd. Séguier, 1990 (présentation J.-V. Hocquard).

Saint-Foix, *W. A. Mozart,* 5 vol. Les deux premiers en collaboration avec Th. de Wyzewa. Les trois suivants, 1936-1946, Desclée de Brouwer.

Stricker, Remy, *Mozart et ses opéras,* NRF, Gallimard, 1980.

Tomatis, Dr. Alfred, *Pourquoi Mozart ?,* Fixot, 1991.

Zaslaw, Neal, *Mozart's Symphonie Content, Performance, Practice, Reception,* Clarendon Press, Oxford, 1989.

INDEX

Index des œuvres

Index des noms

TABLE

Table des illustrations

AKG, Berlin : 56-57, 58, 78, 90. – G. Dagli Orti : 6-7, 17, 19, 20, 22-23, 28, 30, 31b, 33, 34-35, 50, 63, 72, 102-103, 107, 109, 137, 151, 167, 175. – Édimédia : 87, 117, 164, 168, 170. – M. Enguerand : 188-189. – Steinberger-Enguerand : 151. – Giraudon : 15, 44-45, 159. – Lessing-Magnum : 9, 46, 68g, 70, 71, 96, 138, 143. – Coll. Viollet : 37, 77hg, 81, 147, 155. – BN, Paris : 24, 26h, 26b, 31h, 53, 54g, 54d, 65, 68d, 74-75, 80, 86, 123, 130h, 130b (© ADAGP, Paris, 1994), 134, 146, 148-149, 169. – Arch. Éd. du Seuil : 38bg, 38h, 77bd, 88, 95, 110-111, 166, 174, 179.

RECHERCHE ICONOGRAPHIQUE : ANNE MENSIOR
MAQUETTE ET RÉALISATION PAO ÉDITIONS DU SEUIL
PHOTOGRAVURE : CHARENTE PHOTOGRAVURE À ANGOULÊME
IMPRESSION : MAME À TOURS
DÉPÔT LÉGAL : MARS 1994. N° 19455 (13823)